Greta Henning
Halligmord

Greta Henning

Halligmord

Ein Nordseekrimi

Ullstein

Besuchen Sie uns im Internet:
www.ullstein.de

Originalausgabe im Ullstein Paperback
1. Auflage Juli 2020
3. Auflage 2022
© Ullstein Buchverlage GmbH, Berlin 2020
Umschlaggestaltung: bürosüd° GmbH, München
Titelabbildung: © www.buerosued.de
Gesetzt aus der Quadraat Pro powered by *pepyrus*
Druck und Bindearbeiten: CPI books GmbH, Leck
ISBN 978-3-86493-130-7

16. Januar 1987,
Freitagabend, 18.45 Uhr
Esther

Esther stand vor dem gedeckten Esstisch und prüfte angestrengt jedes Detail. Die Gläser waren poliert, die Servietten ordentlich gefaltet, die Salatteller standen bereit, das Besteck glänzte und lag da wie abgezirkelt. Die Tischdecke hatte sie gleich zweimal gebügelt, mit dem alten, schweren Bügeleisen, das einmal ihrer Schwiegermutter gehört hatte. Das Weiß der Tischdecke war makellos; es passte zu den Servietten und dem Porzellan. Ja, es war alles perfekt, so wie es von ihr erwartet wurde.

In der Mitte des Tischs stand das Blumengesteck aus weißen Rosen und cremefarbenen Freesien. Auch das prüfte sie mit geübtem Blick. Schließlich fiel ihr Auge auf das vertrocknete Blütenblatt einer Rose. Sie beugte sich vor und entfernte es. Ja, jetzt war es perfekt.

Nun konnte sie beruhigt zurück in die Küche nebenan gehen. Dort kochte auf dem Herd ein großer Topf mit Grünkohl. Esther hatte ihn so zubereitet, wie es hier an der nordfriesischen Küste Tradition war: mit Butterschmalz, Zwiebeln, Fleischbrühe und einem Lorbeerblatt. Obenauf lagen die Pinkel, die groben Kochwürste. Jetzt fehlten nur noch die Kartoffeln. Esther gab Butterschmalz in eine Pfanne. Sie drehte die Hitze darunter auf und sah zu, wie die Butter zu einem klar-goldenen Fleck zerschmolz. Dann streute sie Zucker darüber. Schnell war die Küche von einem typisch nordfriesischen Geruchs-

gemisch erfüllt: Kartoffeln, Zucker, Fleisch und Grünkohl. Süß und salzig – broken sööt, wie man auf Friesisch sagte, gebrochene Süße.

Esther gab die vorbereiteten Kartoffeln in die Butter und briet sie an. Sie warf einen kurzen Blick auf die Uhr; die Gäste konnten jeden Augenblick kommen.

Sie sah aus dem Fenster. Die Dämmerung lag schon nachtblau und schwer über der kleinen Hallig, ein dunkler, ungemütlicher Januarabend, wie geschaffen dafür, im Haus zu sitzen und es warm zu haben. Ab und zu schlugen Wellen gegen das Ufer. Das Meer war schon seit Tagen unruhig und der Wind schien nicht mehr aufhören zu wollen, sausend und pfeifend um das Haus und die Warft zu streichen. Gestern hatte er vom Dach des alten Schafstalls einen Ziegel geweht, der auf dem Asphalt des Hofes zerbrochen war. Esther hatte es schnell in Ordnung gebracht, jetzt sah der Hof wieder makellos aus.

An solchen Wintertagen fühlte sich Nekpen immer besonders klein an. Esther war selbst auf der Nachbarhallig aufgewachsen, Hallig Midsand, deutlich größer als die winzige Hallig, auf der sie gerade stand und Kartoffeln briet. Daran, wie winzig Nekpen war, hatte sie sich bis heute nicht wirklich gewöhnt, obwohl sie schon so viele Jahre mit Hinnerk hier lebte; es war sein Elternhaus. Esthers Gedanken flogen zurück zu ihrem Hochzeitstag. Sie war gerade erst achtzehn geworden und wie wahnsinnig verliebt in Hinnerk, Arzt und zwölf Jahre älter als sie. Sie dachte daran, wie schön sie sich in ihrem Brautkleid gefühlt hatte, und an die Feier im teuren Strandhotel drüben in Jüstering. Vom Küchenfenster aus konnte sie die Lichter der kleinen Küstenstadt auf dem Festland sehen, zu der die beiden Halligen gehörten. Das ist meine kleine Welt, dachte Esther, die Halligen und das Städtchen am Ufer, dazwischen bewegt sich alles. Als sie nach ihrer Hochzeit hier auf der Johannsenwarft eingezogen war, war ihr Nekpen vorgekommen wie ein nordfriesisches Bullerbü: ein postkartenblauer Himmel, die grüne weite Halligwiese, die einzigen beiden Warften von Nekpen mit ihren Höfen, der Johannsenwarft im Süden und der Holtwarft im Norden. Die Holts und die Johannsens waren schon immer die einzigen Familien auf Nekpen gewesen. Damals, als junge Braut, hatte Esther gedacht, dass es herrlich sein musste, auf diesem abgeschiedenen Flecken in der Nordsee Kinder großzuziehen, die den ganzen Tag auf der Halligwiese spielen konnten, nur in Gesellschaft einiger Möwen oder Strandkrabben. Das Leben auf Midsand war schon gemächlich, aber auf Nekpen stand die Zeit beinahe still. Die einzige Abwechslung boten im Frühjahr die Ringelgänse, die auf Nekpen ein paar Wochen Halt machten und die Luft mit ihren schnarrenden Rufen erfüllten, bevor sie weiterzogen.

Esther hätte gerne viele Kinder gehabt, aber sie hatte nur eines bekommen. Sie lächelte unwillkürlich, als sie an ihre Tochter dachte. Mutterliebe ist wirklich etwas Eigenartiges, dachte sie und wendete die Kartoffeln. So ein starker Instinkt. Als Linda klein war, hätte sie sie den ganzen Tag küssen und knuddeln können und ließ sie kaum eine Sekunde aus den Augen. Jetzt war Linda schon beinahe erwachsen; heute übernachtete sie bei einer Freundin drüben auf Hallig Midsand. Hinnerk hatte es ihr widerwillig erlaubt. Und bald wird sie ausziehen und ihr eigenes Leben führen, dachte Esther. Da war sie froh um den kleinen Nachbarsjungen, drüben auf der Holtwarft. Sonst wäre Nekpen endgültig viel zu still geworden. Jasper Holt hatte entgegen allen Erwartungen vor einigen Jahren doch noch geheiratet, und Christine war bald schwanger geworden. Jetzt war David sechs Jahre alt und kam manchmal zu Esther zu Besuch, dann kochte sie ihm eine heiße Schokolade. Auch mit Christine verstand sie sich gut, obwohl sie so unterschiedlich waren: Esther still und zurückhaltend, Christine lebensfroh und lustig.

Esther schaltete die Hitze unter den Kartoffeln auf eine niedrigere Stufe. Der Elektroherd war erst kurz vor ihrer Hochzeit eingebaut worden − »für dich, mein Liebling«, hatte Hinnerk damals gesagt. Vorher hatte ihre Schwiegermutter auf einem vorsintflutlichen Herd gekocht und sogar schon den Generator drüben auf der Holtwarft, der die Hallig mit Strom versorgte, für Teufelszeug gehalten. Die Halligen waren langsamer im 20. Jahrhundert angekommen als der Rest der Welt.

Esther griff sich in den Nacken und löste den Knoten ihrer Kochschürze.

Nachdem sie sie beiseitegelegt hatte, betrachtete sie ihr Spiegelbild im abendlichen Küchenfenster. Ihre glatten dunkelbraunen Haare hatte sie zu einer eleganten Frisur hochgesteckt. Das kirschrote Cocktailkleid, das sie trug, stand ihr gut. Die Perlenkette war ein Geschenk von Hinnerk zum fünften Hochzeitstag gewesen; sie wusste, dass es ihm gefiel, wenn sie sie trug. Esther strich sich über das Haar und stellte erleichtert fest, dass alles sicher saß. Nichts würde verrutschen, alles war in Ordnung.

Sie hörte, wie Hinnerk die Treppe aus dem oberen Stock herunterkam. Draußen an der Anlegestelle stiegen gerade Esthers Schwester und ihr Schwager aus dem Boot und kämpften sich durch den Wind. Ein Gast fehlte noch. Esther strich das Kleid glatt; dann atmete sie tief durch, öffnete die Küchentür und ging in den Flur. Hinnerk stand schon da. Er trug einen Anzug und ein Paar teure Lederschuhe wie immer. Die Schuhe ließ er sich aus England kommen, den Anzug maßschneidern. Auf solche Dinge legte er Wert.

»Ist alles fertig?«, fragte er, als er seine Frau sah.

Esther nickte.

Es klingelte an der Tür, der Abend begann.

NOCH VIER TAGE
BIS ZUM STURM

Das Wasser war dunkel. Die Schwärze, die Minke umfing, war so unglaublich, so atemberaubend. Sie fühlte die Kälte, die ihr in die Knochen kroch. Ihr Körper sank immer tiefer. Als sie beinahe den Grund erreicht hatte, begann sie, um sich zu schlagen, versuchte, zurück an die Oberfläche zu gelangen. Aber das Wasser war stärker, es hielt sie fest, zog sie immer weiter nach unten. Plötzlich – was war das? Möwen kreischten. Das konnte nicht stimmen. Unter Wasser gab es keine Möwen. Sie waren laut, ganz nah an ihrem Kopf. Minke wedelte mit den Armen, um sie zu vertreiben. Sie traf nur die weiche Bettdecke, und die Möwen kreischten weiter.

Langsam fand sie in die Realität zurück. Schon wieder der Traum, dachte sie. Die Möwen kreischten künstlich aus ihrem Handy. Ihr neuer Klingelton, gestern auf ihrer Einstandsfeier von diesem hübschen Kerl eingestellt, mit dem sie den halben Abend getanzt und geredet hatte. »Wer an die nordfriesische Küste zurückkommt, zu dem passt das«, hatte er gesagt und gegrinst. »Und als Nächstes schenke ich dir einen Leuchtturm als Schlüsselanhänger.«

Sie hatte gelacht. »Ich mag Leuchttürme.«

»Gut, meiner Familie gehört zufällig einer. Ich nehme dich gerne mal mit.«

»Angeber.«

Da waren sie schon draußen vor dem Gasthaus gewesen, verstohlen wie Fünfzehnjährige, damit Minkes übrige Gäste nichts davon mitbekamen, und nachdem sie genug über Leuchttürme geredet hatten, hatten sie sich geküsst. Minke stöhnte. Der Rest des Abends bestand in ihrem Kopf nur noch aus unzusammenhängenden Bildern. »Verdammter Grog«, murmelte sie. Seit vier Jahren hatte sie so einen Abend nicht mehr erlebt. Minkes Kopf brummte, das Möwengekreische zerrte an ihren Nerven. Endlich angelte sie nach ihrem Handy auf dem Nachttisch. Eine unbekannte Nummer wurde auf dem Display angezeigt. Sie nahm ab und hielt sich das Handy ans Ohr.

»Minke van Hoorn?« Sie war selbst überrascht, wie mitgenommen ihre Stimme klang.

»Minke? Du bist doch jetzt unsere Kommissarin, oder?«

»Ja«, murmelte sie, »seit heute.« Sie konnte die Stimme nicht zuordnen.

»Gut, gut ... Hier ist Jörg«, der Mann klang aufgeregt, »Jörg Schmidt. Du weißt schon ...«

»Der Postbote?«, fragte Minke verwirrt. Jörg Schmidt war, seit sie denken konnte, als Halligpostbote jeden Tag mit seinem kleinen Postboot zwischen Midsand und Nekpen unterwegs, brachte Briefe und Zeitungen und nahm wiederum mit, was die Halligbewohner nicht selbst zur Poststation aufs Jüsteringer Festland bringen wollten. »Was ist denn los?«, hakte Minke nach.

»Ich weiß nicht ...«, begann Jörg umständlich. »Ich bin hier auf Nekpen, habe gerade den Johannsens die Post gebracht und wollte dann von dort hinüber zu den Holts gehen. Jedenfalls, während ich so gehe – gestern Nacht war ja ganz schön Wind und die Flut war hoch -«

»Mhm.« Minke ließ sich wieder in ihr Kissen zurückfallen.

»Jedenfalls hat die Flut hier wohl was freigespült.«

»Aha. Und was?« Eine Flaschenpost, eine Coladose, einen Badeschlappen?, dachte sie müde und sarkastisch. Auf Nekpen passierte nie etwas, es gab keinen verschlafeneren Ort an der ganzen
nordfriesischen Küste.

»Einen Schädel. Von einem Menschen, falls ich das richtig be-
urteilen kann.«

Minke saß aufrecht in ihrem Bett.

. . .

Nachdem sie sich von Jörg verabschiedet hatte, wählte sie, immer
noch im Bett, die Nummer ihres Bruders.

»Du bist schon wach?«, fragte Bo gut gelaunt als Begrüßung.
»War gestern nicht dein großer Einstand?«

»Doch. Aber Jörg hat einen Schädel gefunden.«

»Jörg, der Postbote?«

»Ja.« Minke erklärte alles. »Kannst du kommen?«

Bos gute Laune schwand. »Deswegen den ganzen Weg von
hier raus nach Nekpen? Kannst du nicht einen anderen anrufen?
In der nordfriesischen Küstenprovinz habe ich auch Kollegen.«

»Aber ich frage doch nicht irgendwen, wenn mein Bruder
Rechtsmediziner ist. Und du willst sicher nicht, dass irgendjemand etwas übersieht, so einer aus der nordfriesischen Küstenprovinz ...« Minke grinste in sich hinein. Sie kannte den Stolz ihres Bruders und seine Abneigung gegen alles, was nicht städtisch
war.

Kurz blieb es still.

»Na schön«, brummte Bo.

»Danke, bis später. Und bring Gummistiefel mit, heute Nacht
war die Flut hoch und hat alles aufgeweicht.«

Bo hasste Watt und Schlick. Nicht umsonst hatte er sofort

nach der Schule die nordfriesische Küste verlassen und hielt
Minke für verrückt, weil sie nun freiwillig dorthin zurückgezogen
war.

»Scheißnordsee«, sagte er jetzt nur und legte auf.

...

Minke stand unschlüssig vor ihrem Kleiderschrank mit den Blüm-
chen darauf, den sie schon als Kind kitschig gefunden hatte. Einige davon hatte sie als Teenager mit Filzstift übermalt. Im
Schrank stapelten sich ihre Sachen, davon überraschend viele mit
Aufschriften wie »Forschungsprojekt Weißer Hai«, »Robben-
schutz geht alle an« oder »Gemeinsam für Tiere«. Es wurde Zeit,
dass sie sich neue Kleider anschaffte. Neues Leben – neue T-
Shirts, dachte Minke. Aber für heute musste sie sich mit dem zu-
friedengeben, was sie hatte. Sie griff nach einer Jeans und einem
neutralen Pullover.

Als sie auf einem Bein hüpfte, um mit dem anderen in die
Jeans zu schlüpfen, trat sie auf etwas Gummiartiges. Sie hob es
auf. Es war einer dieser Gummitrolle mit neonfarbenen Flam-
menhaaren, die vor fünfundzwanzig Jahren jedes Kind haben
wollte. Minke warf ihn zwischen die Umzugskartons. Nein, sie
brauchte nicht zuerst neue T-Shirts, sie brauchte zuerst eine neue
Wohnung. Vor zwei Tagen war sie übergangsweise hier in ihr altes
Kinderzimmer in ihrem Elternhaus auf Midsand eingezogen, und
es ging ihr jetzt schon auf die Nerven. Überall im Zimmer stapelten sich ihre untergestellten Umzugskartons, an den Wänden
hingen noch die Poster, die sie als Jugendliche aufgehängt hatte,
und auf dem Schreibtisch klebte noch der Stundenplan aus ihrem
Abschlussjahr. Neben der Doppelstunde Französisch stand
»Igitt«. Hier hatte sich wirklich nichts verändert, seit sie nach

dem Abitur ausgezogen war, um Meeresbiologin zu werden. Dazwischen lagen Jahre – in denen sie auf Forschungsschiffen quer über alle Meere unterwegs gewesen war, dann alles hingeschmissen hatte und Polizistin geworden war. Minke bahnte sich einen Weg zwischen den Kartons hindurch, bis sie den Futternapf und das Katzenfutter fand. Sie kippte eine großzügige Portion davon in den Napf. »Victor, wo bist du – es gibt Frühstück!« Ihr Kater lugte misstrauisch hinter einem Umzugskarton hervor, und es dauerte eine Weile, bis er sich traute, auf seinen drei Beinen durch die fremde Umgebung zu seinem Futter zu humpeln. Victor war Minke zu Beginn der Polizeischule zugelaufen und sie hatte ihn aufgepäppelt. Jetzt streichelte sie ihn. »Versprochen – ich suche uns bald etwas Eigenes«, sagte sie.

Im Badezimmer starrte ihr beim Zähneputzen eine Frau aus dem Spiegel entgegen, der man die Feier von gestern Nacht ansah. Minkes von Natur aus hellblonde Haare waren zerzaust, unter ihren Augen lagen tiefe Ringe, die Wimperntusche von gestern war über ihr Gesicht verschmiert. Sie sah genauso aus, wie sie sich fühlte. Widerstrebend klatschte sie sich ein paar Handvoll kaltes Wasser ins Gesicht und rubbelte mit dem Handtuch nach, bis die Haut rosig wurde. Dann band sie ihre Haare zu einem Pferdeschwanz zusammen. Das musste reichen.

Unten in der Küche saß ihre Mutter am Frühstückstisch und las Zeitung.

»Moin«, murmelte Minke.

»Moin!« Imma sah erstaunt vom »Jüsteringer Küstenboten« auf. Sie war in einen wild gemusterten indischen Kaftan gehüllt und trug ihre typische Frisur – eine Art unordentlicher, grau gewordener Turm. »Schon wach?«

»Ich muss arbeiten.« Minke nahm sich eine Tasse aus dem Regal, dann setzte sie sich zu ihrer Mutter an den Küchentisch. »Auf Nekpen.«

Imma sah sie forschend an. Ihr Therapeutinnengesicht, würde Bo jetzt sagen, die freundlich fragende Miene, die sie für ihre Patienten perfektioniert hatte, die sie im Anbau des Hauses seit Jahren mit Gesprächstherapie, Töpfern, Malen und Klangschalen therapierte. Minke war gegen das Therapeutinnengesicht immun. Sie goss sich wortlos Kaffee ein und löffelte Zucker nach, in der Hoffnung, dass die Mischung aus Koffein und Energie schnell wirken würde.

Schließlich gab Imma vorerst auf. Sie griff nach der Blaubeermarmelade und kleckste sich eine ordentliche Portion auf ihr Brötchen. »Ich gehe später übrigens zu Papas Grab. Ich dachte, du willst vielleicht mitkommen – jetzt, wo du da bist?«

Minke wusste, dass Immas beiläufiger Tonfall gespielt war. Michael van Hoorn war vor vier Jahren bei einem Segelausflug mit Freunden verunglückt. Seitdem war Minke noch nie zu seinem Grab auf den kleinen Midsander Halligfriedhof gegangen; nicht einmal bei seiner Beerdigung war sie gewesen – sehr zum Leidwesen von Imma, die das nicht für gesund hielt.

»Nein, will ich nicht.«

»Minke, ich glaube, es wäre wirklich gut für dich … ein Schritt in die richtige Richtung, Trauerarbeit ist ein Prozess …«, begann Imma die Diskussion, die sie schon oft geführt hatten. »Das Grab zu sehen, vielleicht ein bisschen mit ihm zu reden, das sind alles gesunde Dinge.«

»Mama, ich bin nicht eine deiner Patientinnen.« Minke stand auf und trank ihren Kaffee im Stehen aus. »Ich bin so nicht. Und ich rede auch garantiert nicht mit einem Grabstein.« Sie beugte sich vor und küsste ihre Mutter flüchtig auf die Wange. »Tschüss, ich muss los.«

Im Flur schlüpfte Minke in Gummistiefel und Regenjacke und öffnete dann die Haustür, wobei unvermeidlich eines der vielen Windspiele klimperte, die ihre Mutter im ganzen Haus und im halben Garten aufgehängt hatte. Draußen wehte ein leichter Wind, die salzige Nordseeluft war kühl und klar und der Himmel wolkenlos und hellblau. Ein perfekter Halligmorgen. Minke atmete tief durch. Hallig Midsand, wo sie aufgewachsen war, lag still und friedlich vor ihr. Minke sah von einer Warft zur anderen. Midsand bestand aus insgesamt fünf Warften, große, aufgeschüttete Erdhügel, auf denen die Häuser der Bewohner gebaut worden waren, um sie vor Überflutung zu schützen. Die Warften bildeten einen großzügigen Ring um eine ausgedehnte Wiesenfläche, die viel niedriger lag als die Warften und bei Landunter immer sofort überflutet wurde. Minke fand, dass die Markuswarft, auf der ihr Elternhaus stand, die schönste der Midsander Warften war. Hier gab es sieben Wohnhäuser, den kleinen Halligladen und den »Halligprinzen«, das einzige Gasthaus der Hallig. Dort hatte sie in der Nacht noch gefeiert. Außerdem lag auf der Markuswarft der Fething, der frühere Süßwasserspeicher aus den Zeiten, in denen es noch keine Wasserleitungen auf der Hallig gegeben hatte. Im Fething war damals das Regenwasser für ganz Midsand gesammelt worden, heute paddelten darauf ein paar Schwäne und Enten, und am Ufer standen zwei Sitzbänke, stolz aufgestellt, als Midsand vor ein paar Jahren den Wettbewerb »Schönste Hallig Nordfrieslands« gewonnen hatte.

Neben der Markuswarft lag die Stinewarft mit fünf Wohnhäusern, dann kam die Südwarft mit der Jugendherberge von Midsand, die im Sommer immer voll belegt war. Auf der Ostseite der Hallig, in Richtung Küste, lag die kleine Kirchenwarft mit der schiefen alten Halligkirche, dem kleinen Friedhof und dem Pfarrhaus. Noch kleiner war bloß die Frankwarft im Norden von Midsand. Auf ihr lebte nur eine Familie, die Franks, die den einzigen Bauernhof auf Midsand betrieben. Die dazugehörigen Schafe und zotteligen Gallowayrinder bevölkerten im Frühjahr und Sommer die Halligwiese.

Midsand lag still da, es war noch früh. Eine einsame Möwe kreischte über Minke am Morgenhimmel, eine Ente schnatterte auf dem Fething, mehr Bewegung gab es noch nicht. Alle saßen noch an den Frühstückstischen. Minke ging die Warft hinunter zum Wasser; dort wartete das Polizeiboot, ihr neues Dienstfahrzeug, das sie gestern Abend dort angelegt hatte. Die Nordsee war von der stürmischen Nacht aufgewühlt, das Wasser sandig braun. Die Ebbe hatte eingesetzt, in ein paar Stunden würde hier nichts als Watt sein, so weit das Auge reichte, sodass man zu Fuß zwischen den Halligen und Jüstering unterwegs sein konnte. Minke sah hinüber zur Küste. Jüstering lag in der Morgensonne, der flache Sandstrand, der im Sommer voller Badegäste war, war jetzt leer. Im Süden zog sich der Strand breit die Küste entlang, im Norden wurde er schmaler. Majestätisch erhoben sich die Steilklippen in der Sonne. Ganz am Ende der Klippen im Norden ging der Strand schließlich in Felsen über. Dort stand auf einer kleinen Felseninsel das Wahrzeichen der Stadt: ein kleiner, uralter Leuchtturm, nicht weiß-rot, sondern noch in Backstein gemauert, mit einer weißen Laterne auf der Spitze. Dieser Blick: der Leuchtturm, die Klippen, der Strand, die Nordsee ... und das alte Küstenstädtchen war ein beliebtes Fotomotiv. In den Jüsteringer Postkartenständern wurde es in unendlich vielen Varianten angeboten. »Nordfriesische Grüße aus Jüstering und von den Halligen«.

Minke wandte sich von dem malerischen Anblick ab und steuerte in Richtung Nekpen. Die kleine Schwester von Midsand lag ein wenig weiter draußen in der Nordsee. Früher einmal hatten die beiden Halligen zusammengehört, später hatte eine schwere Sturmflut ein Stückchen von Midsand abgetrennt und Hallig Nekpen geformt. So hatte Minke es jedenfalls im Erdkundeunterricht gelernt; als Kind hatte sie sich viel lieber vorgestellt, dass der berühmte nordfriesische Wassermann Ekke Nekkepenn ein Stück von Midsand abgebissen hätte. Weil es ihm nicht schmeckte, hatte er es in Minkes Fantasie gleich wieder ausgespuckt und die Midsander hatten es nach ihm benannt.

Minke hielt ihr Gesicht in den Fahrtwind. Die Gischt legte winzige Tröpfchen Meerwasser auf ihr Gesicht und vertrieb ihren Katerkopfschmerz. Für ihren Geschmack war die Fahrt beinahe zu kurz; bald schon lenkte sie das Boot an die betonierte Halligkante von Nekpen heran. Der Beton war nötig, um Nekpen davor zu bewahren, durch die Gezeiten immer weiter zu schrumpfen. Als Minke den Fuß auf den aufgeweichten Halligboden jenseits des Betons setzte, schien er nachzugeben, jeder Schritt hinterließ nasse Fußspuren im Gras. Sie stapfte an der Johannsenwarft vorbei zur flachen Halligwiese von Nekpen. Schon von Weitem winkte der Postbote ihr zu. »Moin Minke«, rief er erleichtert, »gut, dass du da bist! Lange hätte ich hier neben dem Burschen nicht mehr allein herumstehen wollen.« Er wandte den Kopf und zeigte auf eine Stelle in der Halligwiese. »Dort drüben ist er. Es ist schon ein bisschen unheimlich.«

Minke ging auf das Etwas zu, das dort halb in der Marsch steckte. Sie bückte sich hinunter, um es besser sehen zu können. Tatsächlich – es war ein Schädel. Die Augenhöhlen waren halb mit dem dunkelbraunen Marschboden gefüllt, sodass es wirkte, als würde er sie ansehen. Der Kiefer steckte noch halb im Boden, nur die obere Zahnreihe war zu sehen. Sehr schöne Zähne, dachte Minke. Und eindeutig menschlich.

Jörg, der nun, wo er nicht mehr alleine war, offensichtlich mutiger wurde, trat hinter sie. »Und?«, fragte er.

»Du hast recht, das ist ein Schädel. Es war richtig, dass du mich angerufen hast.«

Jörg starrte auf das, was dort in der Erde steckte. Er schüttelte sich. »Es sieht grausig aus«, sagte er. »Was glaubst du, wer ihn dort vergraben hat?«

Minke wusste noch nicht, ob der Schädel überhaupt etwas zu bedeuten hatte. Vielleicht war er viel eher etwas für das Museum als für die Polizei – ein Matrose, jemand, der vor hundert Jahren hier gelebt hatte ... Sie sah sich um. Der alte rote Backsteinbau auf der Johannsenwarft lag friedlich im Morgenlicht. Im Norden stand das stolze weiße Friesenhaus der Holts, der alten Deichgrafenfamilie. Der Fundort des Schädels befand sich ungefähr in der Mitte zwischen den beiden Häusern. Jörg sah sie mit gespannt aufgerissenen Augen an. Sie beschloss, ihm etwas zu bieten. »Na ja«, sagte sie mit Grabesstimme, »viel Auswahl gibt es hier ja nicht.«

Jörg schnappte entsetzt nach Luft.

• • •

Bo schlängelte sich schlecht gelaunt durch den morgendlichen Verkehr aus dem Stadtgebiet hinaus in Richtung Autobahnkreuz. Der Weg, der vor ihm lag, war umständlich: zuerst an die Küste nach Jüstering und von dort aus mit dem Boot nach Nekpen. Oder – wenn er Pech hatte – zu Fuß über das Watt. Nur im Sommer fuhr bei Ebbe ab und zu für die Touristen ein Pferdefuhrwerk durchs Watt, oder es gab Ponyreiten über den graubraunen Schlick. Aber es war nicht mehr Sommer. Bo war es schon als Kind auf die Nerven gegangen, ständig davon abhängig zu sein, ob die Nordsee gerade mit Wasser gefüllt war oder nicht. Jetzt rechnete er nach. Wenn dort draußen wirklich ein ganzes Skelett lag, dann würde er – auch mit Unterstützung der Spurensicherung, die er vorsichtshalber verständigt hatte – viele Stunden brauchen, um jeden Knochen zu bergen. Anschließend dann mit der Leiche zurück an Land und von dort aus ins Rechtsmedizinische Institut ... Er überschlug die Fahrtdauer, und ihm wurde klar, dass er seine Theaterkarten für heute Abend vergessen konnte. Und alles nur, weil meine Schwester nicht einfach Robbenstreichlerin und Haizählerin bleiben konnte, dachte er säuerlich. Minke war begeisterte Meeresbiologin gewesen; schon als Kind hatte sie sich lieber mit Tieren als mit anderen Kindern abgegeben und niemals Angst vor dem Wasser gehabt, egal wie hoch die Wellen waren. Darum hatte es alle so überrascht, als sie ihren Beruf nach Michaels Tod hingeschmissen hatte. Normale Leute trauerten, indem sie schwarze Kleider anzogen, weinten und Blumen am Grab niederlegten. Minke tat nichts von alledem, dafür hatte sie sich in den Kopf gesetzt, in die Fußstapfen ihres Vaters zu treten. Michael van Hoorn war fünfundzwanzig Jahre lang der Kommissar von Jüstering gewesen – und ein sehr erfolgreicher noch dazu.

Bo hatte das Autobahnkreuz erreicht und fuhr in Richtung Küste. Er schaltete das Radio ein. »Moin, wunderschönes Friesland«, jubilierte der Sprecher. Bo verdrehte die Augen. Auch diesen Friesenpatriotismus hatte er noch nie verstanden. Seine Eltern hatten ihren Kindern ja unbedingt traditionelle nordfriesische Namen geben müssen. Er war Eibo getauft worden, nach einem seiner Urgroßväter. Als Kind hatte er seine Freunde beneidet, wenn sie im Kunstunterricht »Florian«, »Sebastian« oder »Marc« unter ihre Kartoffeldrucke kritzeln konnten – und früh dafür gesorgt, dass ihn jeder Bo nannte.

Im Radio kam nun die Wettervorhersage. »Es sieht nicht gut aus, liebe Nordfriesen«, sagte die Sprecherin. »Vor Island hat sich eine Sturmfront gebildet, die Kurs auf unsere Küste nimmt. Die Meteorologen erwarten ihre Ankunft in den nächsten Tagen; Orkanstärke ist wahrscheinlich. Die Sturmsaison beginnt in diesem Jahr also ungewöhnlich früh. Decken Sie sich mit allem Nötigen ein, und rechnen Sie auf den Halligen mit Landunter.«

Ein unpassend sorgloser Jingle wurde eingespielt, dann sagte eine Stimme: »Und nun ein bisschen Morgenmusik.« Bo schaltete das Radio aus, als die ersten Klänge von »Cheri Cheri Lady« einsetzten.

· · ·

Esther Johannsen wachte an diesem Morgen auf und fühlte sich wie gerädert. Die ganze Nacht hatte der Wind ums Haus auf der Johannsenwarft gepfiffen, und sie war deswegen ständig aufgewacht. Irgendwann war sie in die Küche gegangen und hatte sich eine heiße Milch mit Honig gemacht, aber auch das hatte nichts genützt. Erst als es draußen schon dämmerte, war sie endlich eingenickt. Ein Blick auf den Wecker sagte ihr, dass sie nur zwei Stunden geschlafen hatte. Im Haus war es vollkommen still. Linda, die mit ihrer Familie seit ein paar Jahren im oberen Stockwerk wohnte, war mit ihrem Mann und ihrer Tochter übers Wochenende zu den Schwiegereltern nach Sylt gefahren.

Esther stand auf und ging ins Badezimmer. Dort ließ sie heißes Wasser in die Badewanne einlaufen und gab das Badesalz mit Lavendelduft dazu, das Linda ihr zum Geburtstag geschenkt hatte. Als die Wanne voll mit warmem Wasser und duftendem Schaum war, schlüpfte sie aus ihrem Nachthemd. Bevor sie in die Wanne stieg, fiel ihr Blick auf ihr Spiegelbild, nackt, wie sie war.

Sie sah sich selten so an, und niemand sonst sah sie so – sie hatte seit Langem keinen Mann mehr. Ihre Figur war immer noch gut; die meisten Frauen in ihrem Alter hatten keine Taille mehr, waren mollig und schlaff geworden, aber sie nicht. Wenig essen, wenig Fett, wenig Zucker, diese Regeln waren ihr in den vielen Jahrzehnten in Fleisch und Blut übergegangen, sie beachtete sie streng, ließ sich nie gehen. Im Herbst und Winter fuhr sie einmal in der Woche hinüber nach Jüstering in das kleine Hallenbad und schwamm dort eine Stunde; im Sommer ging sie in der Nordsee schwimmen. Ihre Haare färbte sie braun und achtete darauf, dass nie ein Ansatz zu sehen war. Nur die Falten um ihre Augen und den Mund verrieten, wie alt sie wirklich war.

Esther tauchte einen Fuß ins Badewasser. Die Wärme entspannte sie sofort. Bald lag sie zufrieden in der Wanne und dachte über den Tag nach, der vor ihr lag. Es war ein Montag. Montags saugte sie gewöhnlich Staub, bezahlte anfallende Rechnungen, und abends leitete sie die Kirchenchorprobe drüben in der kleinen Midsander Halligkirche.

Esther schloss die Augen und sank etwas tiefer in das warme Wasser. Noch einmal ging sie alle Schritte des vor ihr liegenden Tages durch. Ja, es würde ein ganz normaler Montag werden.

· · ·

»Also, was denkst du?« Minke sah ihren Bruder an, der mit für Anlass und Umgebung völlig unpassenden kalbsledernen Herrenschuhen und in einem safranfarbenen Kaschmirmantel neben ihr auf der Halligwiese vor dem Schädel stand und sich fortwährend Schlick von den Schuhen putzte.

Um sie herum liefen einige Leute der Spurensicherung in weißen Schutzanzügen über die Wiese und bereiteten sich darauf vor, die Knochen zu bergen, die da noch unter Gras und Erde stecken mochten.

»Na ja – ein Mensch«, Bo wischte sich schon wieder mit einem frischen Taschentuch über die Schuhspitze. »Tot. Mehr weiß ich nicht.«

»Was ist mit diesem Loch im Schädel?« Minke deutete auf die tiefe Einkerbung am Oberkopf. »Ist das die Todesursache, oder könnte das auch irgendwann im Nachhinein geschehen sein?«

»Du meinst, als ihm eine Möwe posthum den Schädel aufhackte – wie das ja ständig vorkommt?«

Minke verdrehte nur die Augen.

Bo grinste und besah sich nun das Schädeldach genauer. »Spontan würde ich sagen: Das ist die Todesursache. Aber ich muss das alles erst genauer untersuchen.«

Gerade begann die Spurensicherung damit, das Gelände um den Schädel herum abzusperren. Das gelbe Absperrband flatterte hörbar im Wind.

»Du hast ›er‹ gesagt. Glaubst du, es war ein Mann?«, fragte Minke.

Bo legte den Kopf schief und starrte den Schädel an, der seinerseits zurückzustarren schien. »Ich muss warten, ob wir einen Beckenknochen finden, aber er hat ausgeprägte Augenwülste, das spricht für einen Mann.«

Minke musterte ihren Zwillingsbruder. »Seltsam, dass wir jetzt Kollegen sind, findest du nicht?«

»Furchtbar seltsam. Könntest du nicht doch wieder Sender auf Fische kleben? Dann wäre meine Welt wieder in Ordnung.«

Minke knuffte ihn in die Seite.

In diesem Moment nahm sie eine Bewegung auf der Johannsenwarft wahr. Sie sah hinüber. Dort stand eine Frau im Bademantel. Zuerst regungslos, dann setzte sie sich in Bewegung und kam auf sie zu.

»Ich glaube, ich rede besser mal mit ihr«, sagte Minke. Bo nickte und begann dann damit, den Schädel freizulegen.

. . .

Esther Johannsen trug Gummistiefel, die einen deutlichen Kontrast zu ihrem fliederfarbenen Bademantel bildeten. Ihre Haare wurden von einer großen Klammer am Hinterkopf zusammengehalten. Selbst so sah sie noch wie aus dem Ei gepellt aus.

»Was ist denn passiert?«, rief sie, als sie in Hörweite von Minke angekommen war. Sie kannten sich, so wie sich alle Bewohner der beiden Halligen irgendwie kannten.

»Minke«, Esther hatte sie inzwischen erreicht und stand vor ihr. Minke nahm einen dezenten Duft von Lavendel wahr. »Was ist denn da drüben los?« Esther wirkte verschreckt.

»Ich weiß noch nichts Genaues«, beschwichtigte Minke. »Der Postbote hat einen Schädel gefunden.«

Esther sah sie einen Moment ungläubig an, dann schlug sie die Hand vor den Mund. »Oh Gott, wie grauenvoll.« Sie sah hinüber zu den Leuten von der Spurensicherung, die gerade damit beschäftigt waren, ihre Werkzeuge auszupacken. »Linda wird auch erschrecken, wenn sie nach Hause kommt und das sieht.«

Minke beschloss, das nicht zu kommentieren. Linda, Esthers Tochter, hatte ihr vor vielen Jahren einmal Nachhilfe gegeben. Sie war eine robuste Frau, die nicht den Eindruck machte, leicht zu erschrecken zu sein.

»Und Emily erst ...«, murmelte Esther.

Minke erinnerte sich vage an Lindas Tochter. Sie kannte sie nur als kleines Mädchen, inzwischen musste sie ein Teenager sein. »Linda und Felix waren mit Emily übers Wochenende auf Sylt, weißt du«, schob Esther nach. Immer noch war ihr Blick wie gebannt auf die Stelle auf der Halligwiese gerichtet. Dann straffte sie sich. »Minke, darf ich wieder reingehen? Mir ist kalt und ich habe zu tun.«

»Natürlich«, Minke lächelte ihr aufmunternd zu. »Und mach dir keine Sorgen, bestimmt ist es ein Fall fürs Museum.«

Esther lächelte erleichtert zurück. »Richtig, das kann natürlich sein.« Sie drehte sich um und ging zu ihrem Haus zurück. Ihre Schritte erzeugten in der nassen Wiese ein schmatzendes Geräusch.

· · ·

Geert Lütz öffnete die winzige Bankfiliale von Midsand an diesem Morgen ein wenig später als sonst. Er hatte die Zeit zuvor damit vertrödelt, zu frühstücken, die Ergebnisse von ein paar Pferdewetten zu googeln und mit seiner Frau darüber zu diskutieren, wohin sie im nächsten Sommer in den Urlaub fahren könnten.

»Wenn schon England, dann zum Pferderennen, damit ich auch was davon habe«, hatte er gesagt.

»Du immer mit deinen Pferderennen«, hatte Ruth geantwortet. »Ich will eine hübsche kleine Pension, Tea Time, Spaziergänge, kleine Dörfchen ...«

Geert hatte geseufzt. Seine Frau war eine glühende Verehrerin von Rosamunde Pilcher und ähnlichen Liebesromanen, und ihre Reisevorstellungen entsprachen diesen kitschigen Welten, in denen sie so gerne versank.

»Nein, Ruth, nicht schon wieder«, hatte er darum am Frühstückstisch dagegengehalten. »Dann lieber richtig in den Süden. Mallorca – zwei Wochen all inclusive, Pool, kühles Bier und in Badeschlappen zum Abendessen.« Schon als er es ausgesprochen hatte, wusste er, dass Ruth dagegen sein würde. Sie hatte ihn entsetzt angesehen:»Es fehlt gerade noch, dass du einen Eimer Sangria und einen langen Strohhalm willst, Geert.«

Schließlich waren sie ohne Einigung auseinandergegangen, und so kam es, dass Geert nun eine Viertelstunde zu spät die winzige Bankfiliale aufschloss, die er nun schon seit beinahe vierzig Jahren als einziger Mitarbeiter auf Midsand betreute.

Die Halligbank bestand nur aus einem einzigen Raum, einem Safe, einem Tisch und einem etwas altersschwachen Computer. Geerts Arbeit dort war eher beschaulich, auf einer Hallig gab es wenige Kunden, aber Geert machte das nichts aus. Schon als junger Mann hatte er etwas gefunden, womit er seinen Alltag trotzdem aufregend gestalten konnte: Pferderennen. Er kannte sich aus, wettete auf alles und verlor meistens – wobei er stets alles daransetzte, dass Ruth nie etwas von diesen Verlusten erfuhr. Sie hielten ihn außerdem nicht davon ab, immer weiterzuwetten.

Geert schloss die Tür mit der Aufschrift »Jüsteringer Bank-Dependance Midsand« auf und knipste die hässliche Neonlampe an der Decke des Büros an. Das Zimmer hatte einen ganz eigenen Geruch, den er in all den Jahren nicht wirklich zu benennen geschafft hatte. Es roch nach dem alten braunen Teppichboden, ein bisschen staubig, ein bisschen nach Heizungsluft und ein bisschen nach der Erde der Topfpflanzen, die auf Ruths Betreiben hin in dem Büro verteilt waren.

Ein Kalender mit rotem Schiebefenster hing an der Wand hinter Geerts Schreibtisch. Es stand noch auf dem letzten Monat; er hatte bisher vergessen, es zu ändern. Das Foto des Monats zeigte eine Landschaft in Griechenland. Griechenland, dachte Geert plötzlich, dahin könnte man auch fahren. Klingt vielleicht romantischer als Mallorca. Romantik war seiner Frau doch so wichtig, wichtiger als alles andere. Er nahm sich vor, es ihr am Abend vorzuschlagen.

Aber zuerst lag ein weiterer Tag an seinem Schreibtisch vor ihm. Er setzte sich und nahm die Brotbüchse, die Ruth ihm jeden Morgen liebevoll füllte, heraus. Er hatte zwar gerade erst gefrühstückt, aber das war ihm egal. Während er in ein Käsebrot biss, sah er durch die Fensterscheiben hinaus auf die Hallig. Die Morgensonne schien, der Morgen war ruhig, die Wege, die sich über Midsand zogen, menschenleer und das Meer dahinter glatt. Arne stapfte gerade über die Halligwiese, um nach seinen Kühen zu sehen, sonst war niemand unterwegs. Geert wusste, dass er nicht allzu bald mit Kundschaft rechnen musste, er hatte Zeit. Also kramte er Wetttabellen hervor. Schnell war er in Träumen darüber versunken, welche großen Summen er bald gewinnen würde.

· · ·

Im Gegensatz zu seiner Nachbarin Esther Johannsen machte Jasper Holt keine Anstalten, auf Minke zuzugehen, um zu erfahren, was auf der Halligwiese vor sich ging. Er wartete, bis Minke zu ihm kam. Jasper stammte aus der alten, wichtigen Familie der Holts, über Jahrhunderte hatten seine Ahnen als Deichgrafen maßgeblich die Geschicke der beiden Halligen und Jüsterings gelenkt, er selbst war der letzte Deichgraf von Jüstering gewesen – er hatte seinen Stolz. So saß er ruhig an die Hauswand gelehnt auf der schmalen Holzbank in der Herbstsonne, über ihm der hohe Giebel seines Hauses mit dem kreisrunden Bullaugenfenster darin und dem überstehenden Reetdach, das das Haus ein wenig an einen Zyklopen mit Ponyfrisur erinnern ließ, und wartete. Über der alten, blau lackierten Haustür mit dem mächtigen metallenen Türklopfer hing das Wappen der Deichgrafen Holt: ein goldener Fisch auf blauem Grund, darum Schnörkel und die gemeißelte Jahreszahl 1703. Während Minke auf ihn zuging, dachte sie, dass es schwer zu entscheiden war, wer mehr Selbstbewusstsein ausstrahlte: der große weiße Friesenhof mit dem prächtigen alten Wappen oder der alte Deichgraf selbst in Wachsjacke und mit Hut, der ihr mit unbewegter Miene entgegensah. Ein alter knorriger Birnbaum stand vor dem Deichgrafenhaus und wirkte wie ein Wächter der Warft.

»Moin, Herr Holt.«

»Moin, Lütte«, antwortete Jasper mit knarrender Altmännerstimme. »Du bist doch die Kleine von Imma und Michael, stimmt's? An dich kann ich mich noch erinnern, als du so klein warst.« Er zeigte mit der Hand etwa Zwergengröße. »Hast dich ganz schön verändert.«

Von Jasper konnte man das nicht behaupten, dachte Minke. Er war in ihren Augen schon immer alt gewesen; hochgewachsen mit schneeweißen Haaren und meerblauen Augen, die ziemlich viel Intelligenz ausstrahlten. Ein Deichgraf, wie man ihn sich vorstellte, auch wenn Jüstering das altehrwürdige Amt als letzte der nordfriesischen Provinzen irgendwann Anfang der Neunziger auch endlich abgeschafft hatte – belächelt vom Rest Schleswig-Holsteins, der fand, dass es schon längst wie aus der Zeit gefallen war.

»Ich bin jetzt Kommissarin«, antwortete Minke. »Ganz neu – das ist mein erster Tag.«

»Aha.«

Minke wandte sich hinüber zur Halligwiese, wo die Leute von der Spurensicherung inzwischen wie kleine weiße Gespenster über das Grün wanderten; Bos gelber Mantel leuchtete in der Sonne.

»Der Postbote hat ein Skelett dort gefunden, das wir jetzt bergen«, erklärte sie. »Ich wollte Sie nur darüber informieren.«

»Ein Skelett?« Die wasserblauen Augen blickten milde interessiert. »Ein alter Wikinger vielleicht?«

»Vielleicht. Ich weiß noch nichts Genaueres.«

»Papa, wo soll ich mit den Fischen hin?«, fragte in diesem Moment eine Stimme, die Minke bekannt vorkam. Sie und Jasper drehten sich gleichzeitig um. Im Türrahmen eines der alten Wirtschaftsgebäude stand ein groß gewachsener Mann, dunkelblond mit attraktivem Gesicht und breiten Schultern. Er trug einen Norwegerpullover und darüber eine Anglerhose. Selbst in diesem Aufzug sah er gut aus. Als er Minke erkannte, lächelte er. »Oh, hallo«, sagte er, »wir haben uns ja erst gestern Nacht gesehen.«

Minke schwieg. Er war es gewesen, den sie hinter dem »Halligprinzen« geküsst hatte; David Holt, der Sohn des Deichgrafen. Er war ihr gestern gleich aufgefallen. Seit vier Jahren interessierte sie sich kaum für etwas – das hatte Männer mit eingeschlossen. Seltsam, dass es bei David plötzlich anders war.

»Guck, Lütte, wir waren schon heute früh morgens Kabeljau angeln«, sagte Jasper in diesem Moment gut gelaunt und beendete damit das gespannte Schweigen. »Kabeljau beißt am besten, wenn es kalt und dunkel ist, wusstest du das?« Tatsächlich lagen in einem Eimer neben ihm drei sehr schöne Fische.

Der alte Deichgraf sah seinen Sohn an. »Nimmst du sie für mich aus, bevor du fährst?«

»Okay.« David nickte. Er sah wieder zu Minke hinüber. »Ist es bloß ein verrückter Zufall, dass du hier bist? Zuerst sehen wir uns ewig nicht und jetzt zweimal hintereinander.«

»Auf der Halligwiese wurde ein Schädel gefunden.«

»Oh. Deshalb der Menschenauflauf – für Nekpener Verhältnisse«, David sah hinüber zu der Fundstelle.

»Vielleicht ein Wikinger«, sagte Jasper noch einmal. »Aber das wissen wir noch nicht.«

»Na dann …«, David lächelte Minke noch einmal an, drehte sich dann um und verschwand im Schuppen. Sie sah ihm nach. »Wie steht's, Lütte?«, riss der Deichgraf sie aus ihren Gedanken. »Willst du vielleicht eine Birne für auf den Weg? Die sind gerade reif und wirklich gut.« Er zeigte auf den Baum. Dort hingen zwischen den zart herbstlich verfärbten Blättern gelbe Birnen.

»Nein, danke.«

»Schade. Ich hätte dir eine gegeben.« Er lächelte. »Herr Ribbeck auf Ribbeck im Havelland …«

»… ein Birnbaum in seinem Garten stand«, ergänzte Minke das einzige Gedicht, das sie noch aus der Schule kannte.

Er zwinkerte ihr zu. »Genau.«

• • •

Bo verpackte einen weiteren Knochen in einer Plastiktüte, auf der »Spurensicherung« stand. Jeder einzelne dieser Knochen musste nummeriert und sortiert werden, damit er später in der Rechtsmedizin nicht zu lange würde puzzeln müssen.

Minke sah ihm dabei zu. Die Knochen waren nicht weiß, sondern von der langen Zeit in der Erde bräunlich verfärbt. An manchen hing noch ein bisschen Gras, das Bo mit spitzen behandschuhten Fingern entfernte.

»Der Deichgraf meint, es ist ein Wikinger«, sagte sie schließlich.

»Wikinger gibt es nicht mehr, genauso wenig wie Deichgrafen«, brummte Bo. »Das hat der alte Mann da drüben irgendwie nie begriffen. Ich kann mich noch daran erinnern, dass er mir mal auf dem Krabbenfest in Jüstering gegenübersaß und mir stundenlang von seinen Vorfahren erzählt hat.« Bo ließ den nächsten Knochen in eine Plastiktüte gleiten und schrieb mit Filzstift eine Kombination aus Buchstaben und Zahlen darauf.

»Und, könnte es sein?«

»Was meinst du?«

»Könnte es sein, dass es ein alter Wikinger ist? Irgendetwas Archäologisches, nichts für die Polizei?«

Bo zuckte die Achseln. »Das weiß ich noch nicht – Altersbestimmungen dauern ein paar Tage und sind kompliziert. Möglich wäre es. Aber hast du die Bilderbuchzähne gesehen? In historischen Filmen haben sie doch nur noch Stummel im Mund.«

»Okay – sag Bescheid, wenn du ein bisschen handfestere Informationen als Filmklischees hast.« Minke grinste, dann machte sie sich auf den Weg zum Polizeiboot.

...

Während Esther ihren morgendlichen Kaffee trank – mit fettarmer Milch und Süßstoff -, sah sie immer wieder aus dem Küchenfenster hinüber zur Halligwiese und zu den Leuten von der Spurensicherung, die dort arbeiteten. Sie beobachtete Bo van Hoorn, wie er sich nach etwas bückte und dann einen halbrunden, weißlich-braunen Gegenstand hochhielt. Es dauerte einen Moment, bis sie verstand, dass es der Schädel war. Esther schauderte. Sie sah sich im Fernsehen nicht einmal Krimis an, weil sie ihr zu düster waren, und nun hielt vor ihrem Fenster jemand einen Totenschädel in die Sonne.

Schnell wandte sie sich ab und sah stattdessen zum Kruzifix an der Küchenwand. Es war alt; früher hatte es ihrer Großmutter gehört. Esther sah auf das filigrane Metallkreuz. Als Kind war sie schon mit ihrer Schwester Ruth zusammen in den Kindergottesdienst gegangen und hatte dort Fleißbildchen gesammelt für auswendig gelernte Bibelverse. Kein Kind hatte so viele Fleißbildchen bekommen wie sie. Später, während ihrer Ehe, war sie nur selten in die Kirche gegangen, weil Hinnerk nichts dafür übriggehabt hatte. Esther sprach ein kurzes Gebet; danach fühlte sie sich wie immer ruhiger. Sie wusch die Kaffeetasse ab, wobei sie peinlich genau darauf achtete, nicht noch einmal aus dem Fenster zu sehen. Stattdessen richtete sie ihren Blick auf ihren Garten. Sie liebte ihn; die Herbstastern, die Ranunkeln, die Dahlien, die Rosen – weiter hinten die drei kleinen Apfelbäume, das Gemüsebeet, das jetzt im Herbst beinahe abgeerntet war, und die Kräutertöpfe auf der Terrasse. Esther entschied sich, heute Nachmittag im Garten zu arbeiten. Nachdem sie die Tasse abgespült, abgetrocknet und fein säuberlich ins Regal an ihren Platz zurückgestellt hatte, ging sie hinüber ins Schlafzimmer und zog sich an. Dann ging sie zur Putzkammer im Flur und holte den Staubsauger hervor – egal, was dort draußen auf der Halligwiese vor sich ging, es war immer noch Montag.

· · ·

Die kleine Küstenstadt Jüstering war im Sommer ein beliebter Urlaubsort. Nicht nur, weil Jüstering am Meer lag und einen weißen, feinen Strandstrand mit Dünen, langem Strandgras und bunt gestreiften Strandkörben besaß, sondern auch, weil die Stadt genau so aussah, wie man es von Nordfriesland erwartete. Es gab einen kleinen Hafen, an dem Krabbenkutter anlegten und jeden Sommer das Jüsteringer Krabbenfest stattfand. Überhaupt gab es viele Feste: das Biikebrennen im Februar, das Deichfest mit dem jährlichen Deichlauf und immer im September die Freilichtaufführung der berühmten nordfriesischen Geschichte vom Schimmelreiter.

Die Altstadt schmückten viele alte Backsteinhäuser mit schönen Giebeln und weiß lackierten Sprossenfenstern, es gab Teestuben und kleine Läden, in deren Schaufenstern alte Steuerräder und Fischernetze als Dekoration dienten, und es gab das Jüsteringer Heimatmuseum, das über die Zeiten informierte, in denen die Stadt noch vom Walfang und vom Handel mit weit entfernten Ländern gelebt hatte.

Minke konnte dem Charme von Jüstering allerdings in diesem Moment nicht viel abgewinnen. Nachdem sie mit dem Polizeiboot von Nekpen aus hinüber zum Festland gefahren war, ratterte sie nun auf dem alten Fahrrad ihrer Mutter über die Kopfsteinpflastergassen in Richtung Polizeistation. Die Polizeiwache Jüstering lag in einer schmalen Straße mit dem klingenden Namen Heringsgasse und war in einem alten Haus untergebracht, das, dem Straßennamen entsprechend, in früheren Zeiten einmal eine Fischhandlung gewesen war.

Minke stieg vom Rad und nahm die paar Stufen zur Eingangstür. Sie zog gerade ihren nagelneuen Türschlüssel, den sie vor zwei Tagen in der Polizeizentrale bekommen hatte, aus ihrer Tasche, als sie stutzte. Die Tür war nur angelehnt. Minke öffnete sie. Schon im Flur war die Schlagermusik, die durch die Wache hallte, ohrenbetäubend. Sie kam aus dem kleineren der beiden Büros, die neben einer kleinen Teeküche und einer winzigen, moosgrün gefliesten Toilette die einzigen Räume der Jüsteringer Polizei bildeten. Minke riss die Tür des Büros auf. Dahinter saß ein dicker Mann mit dunklem Schnauzbart und Halbglatze am Schreibtisch. Er las Zeitung, vor ihm auf dem Tisch stand eine knallrote Kaffeetasse mit dem Aufdruck »Klootschießmeisterschaft 2014, erster Platz«. Während er umblätterte, sang er selbstvergessen mit: » … doch keiner kennt mein Girl in Mendocinooooo«.

»Klaus!«, schrie Minke, um die Musik zu übertönen. Er reagierte nicht, sie schrie noch einmal seinen Namen.

»Oh, hallo Mäuschen«, sagte er. »Stehst du schon lange da?« Minke ging die paar Schritte zur Musikanlage und schaltete sie aus. »Wir haben Arbeit«, sagte sie. »Auf Nekpen gibt es ein Skelett.«

»Oh nein«, Klaus schlüpfte aus seinen Büropantoffeln und legte demonstrativ die Füße auf den Schreibtisch. »Ich bin ja eigentlich gar nicht mehr im Dienst. Meine Rente beginnt am Samstag, und eigentlich sollte dein neuer Assistent schon hier sein. Ich kann nichts dafür, wenn die Polizeizentrale schlampt.«

»Was soll das heißen? Dass du beabsichtigst, die ganze Woche über gar nichts zu tun?«

»Nein, überhaupt nicht«, Klaus grinste, »ich will meine Party zum Ausstand planen. Das ist eine ganze Menge Arbeit.«

Minke starrte ihn an. Klaus Wagenscheidt war schon der Assistent ihres Vaters gewesen und hatte Michael regelmäßig zur Weißglut getrieben. Er war faul, unzuverlässig, arbeitsscheu – außer wenn es um den Klootschieß-Verein Jüstering ging, dessen Präsident er war. Klootschießen, die uralte nordfriesische Sportart mit einer bleigefüllten Holzkugel, war Klaus' Lebensinhalt.

Jetzt tippte er auf einen Zeitungsartikel. »Hast du das gelesen, Mäuschen? Der Bürgermeister will, dass die nächsten Meisterschaften im Klootschießen nicht bei uns, sondern in Husum abgehalten werden. Das ist absurd – die sind die ganzen letzten Jahre bei uns gewesen.«

»Aha.«

»Mäuschen, ›Aha‹ ist da eine viel zu schwache Reaktion.«

»Heißt das also, du willst mir nicht bei den Ermittlungen helfen?«

»Bei deinem alten Schädel? Nein. Wie gesagt, ich muss die

Party planen, und offiziell ist seit dieser Woche jemand anderes der Polizeiassistent.« Er lachte röhrend. »Auch wenn er bisher unsichtbar ist.«

Minke drehte sich um und verließ kommentarlos Klaus' Büro. »Ach Mäuschen ...«, rief er ihr hinterher. »Nicht aufregen, das steht dir nicht.«

Minke warf die Tür ihres Büros hinter sich zu. Einen Augenblick später schallte wieder Schlagermusik durch die Wand. Jetzt war es »Hölle« von Wolfgang Petry.

Minke starrte das an, was eigentlich ihr Büro sein sollte. Es war das ehemalige Büro ihres Vaters, als Kind war sie hier öfter gewesen, um ihn zu besuchen. In den letzten vier Jahren nach seinem Tod war es aber offensichtlich von Klaus zu einer Rumpelkammer umfunktioniert worden. Vor Minke stapelten sich ausrangierte Büromöbel, ein kaputter brauner Plastikpapierkorb, Kisten voller Ordner, sogar ein vertrockneter Ficus stand in der Ecke vor dem Fenster. An den Schreibtisch kam sie so noch nicht einmal ran. Minke schnaubte. Dann krempelte sie die Ärmel hoch.

Nach einer Stunde verbissener Arbeit war das Gröbste geschafft. Minke setzte sich an den Schreibtisch. Sie hob prüfend den Telefonhörer, es war ein Freizeichen zu hören. Sofort wählte sie die Nummer der Polizeizentrale.

»Moin«, sagte eine schläfrige Stimme.

»Moin, Minke van Hoorn hier. Ich will mich erkundigen, wie es mit der Neubesetzung der Assistentenstelle bei mir aussieht. Eigentlich sollte schon jemand hier sein.«

»Hm, Moment.« Der schläfrige Mann schien nicht besonders interessiert. Es dauerte lange, bis er wieder den Hörer aufnahm. »Jüstering ist das, richtig?«

»Ja.«

»Tut mir leid – da gibt es mit der Besetzung Probleme. Wir melden uns bei Ihnen. Allerdings steht hier, dass ein Herr Wagenscheidt bei Notfällen noch einspringen könnte.«

»Der muss Zeitung lesen und Wolfgang Petry hören.«

»Wie bitte?«

»Vergessen Sie es.«

Minke sah sich um. Es war merkwürdig, am Schreibtisch ihres Vaters zu sitzen, ohne ihn. Sie zog die Schubladen auf. Darin befand sich nicht viel – nur ein paar Textmarker und ein ganzer Stapel Haftnotizen, dazu Reißnägel und Büroklammern. Minke nahm die Textmarker heraus, um zu prüfen, ob sie noch malten. Dabei entdeckte sie unter den Stiften einen Zeitungsausschnitt. Imma musste ihn übersehen haben, als sie Michaels persönliche Dinge nach seinem Tod hier abgeholt hatte. Minke zog ihn vorsichtig heraus. Ihr Vater war auf dem Zeitungsfoto zu sehen, am selben Schreibtisch. Minke strich darüber. Die Schlagzeile lautete: »Sherlock Holmes von Nordfriesland – Kommissar Michael van Hoorn hat die höchste Aufklärungsquote im Land.« Minke schluckte. Ihr Vater war tatsächlich sehr gut gewesen; einer, der mit Logik und damit, um die Ecke zu denken, Fälle gelöst hatte, die kein anderer lösen konnte. Die Fußstapfen, in die ich trete, sind ganz schön groß, dachte Minke. Spontan griff sie nach einem Reißnagel, stand auf und heftete den Zeitungsausschnitt an die kahle Wand hinter ihrem Schreibtisch. Dann setzte sie sich wieder und schaltete den Computer an. Er gab allerdings nur ein Piepsen von sich, dann wurde der Bildschirm wieder schwarz.

»Klaus!«, rief sie. »Was ist mit dem Computer los?«

»Ist kaputt«, brüllte Klaus zurück. »Schon ewig.«

Minke schnaubte. Sie rief den Computerservice an, der ihr keine Hoffnungen machte, noch diese Woche bei ihr vorbeizukommen: »Wir haben wirklich viel zu tun – und dann soll ja auch noch dieser Sturm aufziehen ...«

Dann saß sie einfach nur so da. Ihr Gesicht spiegelte sich im schwarzen Bildschirm des Computers. »Was als Nächstes?«, murmelte sie. Sie wusste bis jetzt rein gar nichts über das Skelett. Sie wandte sich um und sah zum Foto ihres Vaters. Was hätte der nordfriesische Sherlock Holmes getan?

...

Kurz darauf stand Minke im alten großen Gewölbekeller unter der Polizeistation. Er war damals, als sich im Haus noch eine Fischhandlung befunden hatte, voller Heringsfässer gewesen, und Minke hatte den Eindruck, die Wände hätten den Geruch gespeichert. Eine der Neonröhren an der Decke flackerte. Die Regalreihen auf beiden Seiten des Kellers waren lang und vollgestopft mit der ganzen Jüsteringer Polizeigeschichte: Kartons voller Akten, Dinge, die irgendwann einmal konfisziert worden waren, vergessene Gegenstände und Sandsäcke für den Fall, dass der Winterdeich eines Tages vielleicht doch einmal brechen und Jüstering wieder ein Hochwasser haben würde.

Minke ging an den Regalreihen entlang und las die Aufschriften auf den Kartons; viele trugen die Handschrift ihres Vaters. Sie waren nach Themen geordnet und mit Jahreszahlen versehen. Dies war tiefste nordfriesische Provinz, Mord und andere schwere Verbrechen geschahen eher selten, das konnte man an der Anzahl der betreffenden Kartons ablesen. Viel öfter ging es um Küstenschutz, Schmuggel über die Nordsee oder um Unfälle mit Schiffen. Es gab einige Kartons voller Akten über Diebstahl, ein paar zu Körperverletzungen und Schlägereien, eine lange Reihe von

Ordnern, auf denen jeweils nur »Nachbarschaftsstreitigkeiten«
und Jahreszahlen standen.

Erst nach einer Weile fand Minke, was sie gesucht hatte: einen
Karton mit der Aufschrift »Vermisstenfälle«. »Nur für den Fall,
dass der Tote auf der Hallig kein Wikinger ist«, murmelte sie.
Minke zog den Karton aus dem Regal und nahm den Deckel ab.
Es waren vielleicht vierzig Akten darin, von der Zeit nach dem
Zweiten Weltkrieg bis jetzt. Minke setzte den Deckel wieder auf
den Karton und hob ihn an. Er war schwer, aber sie hatte auch
keine Lust, nach Klaus zu rufen – abgesehen davon war sie sich si-
cher, dass er sich sowieso totstellen würde. Also schleppte sie den
Karton selbst zum Kellerausgang, knipste das flackernde Neon-
licht aus und hievte ihren Fund die steile Kellertreppe hinauf ins
Büro.

Zwei Stunden später fragte sie sich, ob sie mit den Akten-
stapeln nicht ihre Zeit vergeudete. Die meisten Fälle konnte sie
weder ausschließen noch für wahrscheinlich halten, solange sie
nicht mehr über das Skelett wusste. So las sie sich ziellos durch
die Vermisstenfälle der letzten Jahrzehnte in Jüstering und auf
den Halligen.

Als sie die nächste Akte zuklappte und auf ihren wachsenden
»Vielleicht«-Stapel legte, streckte Klaus ohne anzuklopfen den
Kopf in ihr Büro. Draußen hatte sich die Musik auf Roy Black ein-
gependelt.

»Ich hab mir zu viel Kaffee gemacht und dachte ...«, er stellte
eine Kaffeetasse mit Sahnehaube auf Minkes Schreibtisch,
»Mäuschen nimmt auch einen.«

»Danke. Nenn mich nicht Mäuschen.«

Klaus überhörte das geflissentlich. »Was machst du mit den
modrigen Akten?«

»Nachsehen, ob ich auf einen Fall stoße, der vielleicht hinter dem Skelett stecken könnte.«

»Oh Gott, übertreib mal nicht. Das wird irgendein alter Soldat sein, und du machst hier so einen Wind.« Er lachte spöttisch.

Minke griff nach der Kaffeetasse und trank einen Schluck. Sie hätte ihn fast wieder ausgespuckt.

»Klaus! Was ist das?«

»Kaffee.«

»Und was noch?«

»Sahne.«

»Das meine ich nicht.«

»Ach so – Rum.« Er zwinkerte. »Ein klassischer friesischer Pharisäer.«

»Ich bin im Dienst. Und du auch.«

»Mach mal halblang. Du blätterst alte Geschichten durch, und ich lese Zeitung.« Er sah sich um. »Gut, dass du das Büro aufgeräumt hast. Hier drin könnte ich bei meiner Party das Büfett aufstellen. Oder wir machen die Tanzfläche draus, was meinst du?«

»Raus.«

Er ging lachend und zwirbelte seinen Schnurrbart.

...

Minke kehrte zu den Akten zurück und stieß als Nächstes auf den Fall einer vermissten Frau, die bei einer Wattwanderung verschwunden war. Immer wieder gab es an der Nordsee solche Fälle: Feriengäste, die die Kraft der zurückkommenden Flut unterschätzten, die zu weit ins Watt hinausgingen und dort in die Unterströmungen gerieten. Minke überflog die Unterlagen; davon abgesehen, dass Bo schließlich schon vage auf einen Mann getippt hatte, verrieten ihr die in der Akte notierten Zeiten von

Ebbe und Flut am Tag, an dem die Frau verschwunden war, dass sie ziemlich sicher Opfer der Flut geworden und nicht auf Nekpen begraben worden war. Sie klappte die Akte zu und legte sie erleichtert auf den noch sehr überschaubaren »Nein«-Stapel.

Der nächste Fall war der eines Fischers, der nicht mehr von einer Fahrt auf der Nordsee zurückgekommen war. Weder das Boot noch er wurden gefunden. Es war in den Sechzigerjahren passiert; einer von Minkes Vorgängern hatte in steiler Handschrift an den Rand der Vermisstenanzeige »Kommunist? In die DDR abgesetzt?« gekritzelt.

Minke klappte auch diese Akte zu. Sie kam auf den »Vielleicht«-Stapel, auf dem fast alle Fälle bisher gelandet waren.

Irgendwann unterbrach die schrille Klingel der Polizeiwache Minkes Blättern. Draußen stand Bo mit einem großen Karton unter dem Arm. Er grinste. »Schwesterherz! – Der Knochenmann und ich dachten, wir schauen mal in deinem neuen Wirkungskreis vorbei.«

»Ihr seid schon fertig? Da drin ist das ganze Skelett?«

»Jap«, Bo stellte den Karton ab. Die in Plastik verpackten Knochen darin machten scharrende Geräusche. »Die Spurensicherungsleute waren wirklich schnell. Ich bringe ihn jetzt in die Rechtsmedizin und schaue, was ich noch aus ihm rauskriegen kann.«

Er machte eine Pause und seine Miene verriet Minke, dass das noch nicht alles war. Es musste einen triftigeren Grund geben, warum er gekommen war.

»Und was noch?«, fragte sie gedehnt.

Bo hatte offensichtlich nur darauf gewartet. »Drei Kleinigkeiten, die dir helfen könnten«, sagte er betont lässig. »Also erstens – ich habe den Beckenknochen noch nicht vermessen, aber es ist tatsächlich ziemlich sicher ein Mann. Zweitens: Er hatte einen hervorragenden Geschmack, was Schuhe angeht«, Bo zückte sein Handy und zeigte Minke darauf das Foto von einer Art brauner Masse. Als sie ihn fragend ansah, erklärte er: »Seine Schuhe. Handgenähtes Leder, England, wenn mich nicht alles täuscht. Ganz ähnlich wie meine. Er und ich hätten uns viel zu sagen.«

»Aha. Und drittens.«

»Tja, drittens ...«, Bo griff in seine Manteltasche und zog eine kleine Plastiktüte heraus. »Den hier hatte er am Ringfinger. Er ist graviert.«

Minke griff nach der Tüte. Darin lag ein goldener Ring. Sie hielt ihn so, dass sie im grellen Bürolicht die feine Gravur auf der Innenseite lesen konnte. »Hinnerk und Esther, 7. August 1972«, las sie laut vor. Sie starrte ihren Bruder an. »Hinnerk?«, flüsterte sie ungläubig.

Inzwischen war auch Klaus aus seinem Büro gekommen und beobachtete, mit seiner Tasse in der Hand und den Büropantoffeln an den Füßen, gleichmütig die Szene. Minke stürzte an ihm vorbei zu ihrem Schreibtisch und griff zielsicher nach einer der Akten, die sie bereits durchgesehen hatte. Damit kehrte sie zu Bo und Klaus zurück und hielt sie ihnen so entgegen, dass sie den Aktendeckel und seine Aufschrift lesen konnten.

»Doktor Hinnerk Johannsen«, stand darauf, »verschwunden 16. Januar 1989.« Quer über das Blatt war mit rotem Filzstift geschrieben: »Boot explodiert, verm. ertrunken.«

»Oh ja«, sagte Klaus leichthin. »Daran kann ich mich erinnern. Da war ich noch jung. Das Boot von diesem Arzt ist komplett verbrannt, bumm! Das muss richtig mit Schmackes gelodert haben.«

Minke ignorierte seinen Einwurf. »Hinnerk Johannsen«, sagte sie. »Der Tote ist Esther Johannsens Ehemann!« Sie hielt den Ring in die Höhe und dachte an die Frau im fliederfarbenen Bademantel, mit der sie heute Morgen noch geredet hatte. »Sie hat die ganzen Jahre fast neben der Leiche ihres Mannes gewohnt?!«

Kurz war alles still.

»Tja«, sagte Bo dann langsam, »eines ist sicher: Ertrunken ist er damals nicht.«

...

Ruth Lütz saß in ihrer Wohnung vor dem Fernseher. Sie hatte den Halligladen vor einer halben Stunde geschlossen und gab sich nun ihrem Feierabend so hin, wie sie es am liebsten tat. Wohlig saß sie auf dem Sofa in ihrer Wohnung über dem Laden, von der aus man einen schönen Blick über die Hallig und das Watt hatte, über dem sich der Himmel langsam zuzog. Wind war aufgekommen.

Ruth bemerkte beides nicht. Sie hatte eine geblümte Sofadecke um sich gewickelt und hielt eine Schachtel Pralinen auf den Knien. An einer dieser Pralinen knabberte sie, während sie völlig versunken verfolgte, was auf dem Bildschirm passierte.

Im Film ging eine junge Frau gerade in einem weißen Sommerkleid und mit langen, wehenden Haaren an einem englischen Sandstrand spazieren. Die Kameraeinstellung weitete sich, ein Mann kam ins Bild, der neben der Frau ging. Seine Haare fielen in weichen Wellen, und er hatte dieses Grübchen am Kinn, sodass ihn eine geübte Zuschauerin wie Ruth sofort als charmanten Herzensbrecher erkannte.

»Rebecca«, sagte er gerade mit einer tiefen, vollen Stimme, »ich weiß, dass es kein Zufall war, dass wir uns begegnet sind.« Die Frau lächelte nur geheimnisvoll und hielt ihr Gesicht in den Wind. Das Meer hinter ihr glitzerte in der strahlenden Sonne tiefblau.

»Nicht auszudenken, wenn ich an einer anderen kleinen Bäckerei hier in Cornwall angehalten hätte. Dann wären wir uns nie begegnet«, fuhr der Mann, jetzt eindringlicher, fort.

Nun wandte die Frau ihren schwanengleichen Hals endlich zu ihm hin. »Oh Lloyd«, hauchte sie, »es war Schicksal. Dass dein Wagen dann auch noch einen Platten hatte und wir so Zeit bekamen, uns kennenzulernen ...«

Der Mann nahm ihre Hand. »Rebecca, du bist die Frau meines Lebens.« Er hauchte ihr einen keuschen Kuss auf die Wange.

»Aber wie sollen wir eine Zukunft haben? Ich habe hier meine Bäckerei, und du bist in London ein erfolgreicher Geschäftsmann«, erwiderte Rebecca leidend, aber dennoch tapfer.

»Liebling, mir ist doch alles Geld gleichgültig, wenn ich nur dich habe. Ich will mit dir zusammenleben, hier«, sein Blick ging schmachtend in die Landschaft, »hier am Meer.«

Er ging vor ihr auf die Knie. Sie wirkte nicht sehr überrascht – aber warum sollte sie auch, in solchen Filmen gab es meistens einen Heiratsantrag.

Die Frau legte ihre Hand anmutig auf ihre Brust. Ruth ahmte unbewusst die Geste nach, während sie sich mit der anderen Hand einen Buttertrüffel in den Mund steckte.

»Willst du mich heiraten?«

»Ja«, schluchzte Rebecca, »ja, das will ich.«

Beide fielen sich in die Arme und küssten sich in Großaufnahme. Ruth seufzte glücklich. In diesem Moment fiel krachend die Wohnungstür ins Schloss. Sie zuckte zusammen.

»Ruth?«, rief Geert.

»Hier – im Wohnzimmer.« Sie griff nach der Fernbedienung und hielt den Film an. Einen Moment später stand ihr Mann in seinem blassbeigen Bankanzug in der Tür. Er warf einen Blick auf den Fernseher mit dem Standbild des sich küssenden Paares. »Na,

Schatz, schaust du wieder eine deiner Schnulzen?« Er beugte sich über sie, gab ihr einen Kuss. »Eines Tages überzuckerst du noch davon.« Er bediente sich an der Pralinenschachtel. Dann ließ er sich in den Sessel neben ihr fallen. Er stopfte sich die Praline mit Schwung in den Mund. Banause, dachte Ruth. Teure Pralinen waren an Geert nur verschwendet.

»Wie war dein Tag?«, fragte er und patschte mit seiner Hand auf ihr Knie.

»Es soll in den nächsten Tagen Sturm geben«, antwortete sie. »Ich habe deshalb Sandsäcke und Dosensuppen bestellt. Das kaufen die Leute immer, wenn Sturmwarnung ist.«

Sie nahm sich einen Champagnertrüffel, ihre Lieblingssorte. Dann sagte sie: »Meine Schwester hat vorhin angerufen.«

Geert zuckte die Schultern. »Ja und?«

»Auf Nekpen wurde heute Morgen ein Schädel freigespült.«

Geert erstarrte für einen Moment. »Ein Schädel?«

»Ja. Die Polizei hat das ganze Skelett ausgegraben und untersucht es jetzt.«

Geert entspannte sich wieder. »Ach, da werden sie nicht viel finden. Ich habe letztens was im Fernsehen gesehen. Man glaubt immer, dass man heutzutage alles rauskriegen und untersuchen kann, aber das stimmt nicht.«

Er streckte seine Hand wieder nach den Pralinen aus, Ruth gab ihm einen sanften Klaps. »Es gibt bald Abendessen. Außerdem sind das meine Pralinen.«

»Pilcher und Pralinen – die beiden Leidenschaften meiner Frau«, Geert sah demonstrativ zum Bücherregal über dem Fernseher. Dort standen aufgereiht sämtliche Rosamunde-Pilcher-Bücher, die es gab, außerdem noch viele andere Liebesromane. Ruth las nichts anderes. Neben den Büchern reihten sich ein paar kitschige Porzellanfigürchen – Ballerinas, rotwangige Blumenmädchen und Kinder, die mit Kätzchen spielten.

»Übrigens«, sagte Geert. »Ich habe noch mal über unseren Urlaub nachgedacht. Was hältst du von Griechenland? Stell es dir vor: Tempel, Tsatsiki und Sirtaki. Und das Meer.«

»Wir leben auf einer Hallig. Wir haben schon Meer.«

»Ja, aber in Griechenland haben sie eines, das nicht so kalt ist, dass man sich den Tod darin holt.«

Ruth sah aus dem Fenster. Das Watt breitete sich in alle Himmelsrichtungen aus, die Nordsee hatte sich weit zurückgezogen. »Man kann auch hier baden«, sagte sie. »Oder in E-«, Geert verschloss ihren Mund mit einem Kuss.

Später, als Geert im Badezimmer war und man die prasselnde Dusche durch die Wohnung hörte, sah Ruth ihren Film zu Ende. Sie hatte ihn heute besonders nötig gehabt. Auch wenn Geert sich immer ein bisschen darüber lustig machte – sie liebte diese Filme. Sie war regelrecht süchtig danach, nach idyllischer, romantisch heiler Welt, in die sie eintauchen konnte. Wie lange war das schon so? Sehr lange, dachte Ruth, mindestens zwanzig oder dreißig Jahre. Vielleicht waren es auch genau dreiunddreißig.

· · ·

Als Minke zum zweiten Mal an diesem Tag auf Nekpen ankam – dieses Mal nicht per Boot, sondern über den Wattweg –, schien ihr die kleine Hallig lange nicht so friedlich wie am Morgen. Wolken hatten sich inzwischen vor die Sonne geschoben und verdüsterten den Himmel, ein kalter Wind wehte von Nordwesten, in ein paar Stunden würde es dunkel sein. Lag ihr Eindruck nur daran oder kam er eher daher, dass Minke nun wusste, dass auf der unschuldigen Halligwiese vor über dreißig Jahren ein Mann vergraben worden war? Ein Arzt, der hier gewohnt hatte. Jemand, von dem bisher alle dachten, dass er in der winterlichen Nordsee nach einem Bootsunfall ertrunken war. Als Hinnerk Johannsen starb, war Minke erst drei Jahre alt gewesen. Sie hatte keine Erinnerung an ihn, für sie war Esther schon immer allein gewesen. Erst langsam fielen ihr Gesprächsfetzen ein, die sie im Laufe ihres Lebens gehört hatte, in denen es darum ging, dass Esthers Mann vor langer Zeit verunglückt war. Niemand hatte daran gezweifelt.

Minke holte tief Luft, bevor sie auf die Johannsenwarft zuging. Es war ihr erstes Gespräch mit einem Angehörigen, und Minke machte sich keine Illusionen über ihr Einfühlungsvermögen. Sie war schon immer direkt gewesen und leicht angeeckt. Mit Tieren verstand sie sich deutlich besser als mit Menschen. Ich hätte meine Mutter mitnehmen sollen, dachte sie. Imma beherrschte als Therapeutin die Kunst, taktvolle Gespräche zu führen.

Der Hof der Johannsens war auffallend penibel gepflegt. Es gab einen schönen Garten mit akkurat geschnittenen Rasenkanten und Beeten, die wie mit dem Lineal gezogen wirkten. Das Wohnhaus bestand aus alten roten Backsteinen, die allerdings wie frisch geschrubbt aussahen, ebenso wie die weißen Sprossenfenster. Sogar das Reetdach war völlig akkurat und auf dem Hof lag kein Stäubchen. Neben der Klingel hing ein poliertes Messingschild. »Doktor Hinnerk Johannsen« stand darauf – nach dreiunddreißig Jahren. Minke klingelte; gleich darauf öffnete Esther die Tür. Der Bademantel war verschwunden, sie trug ein sandfarbenes Twinset, die Haare waren perfekt frisiert. An ihrem Hals schimmerte eine dünne Goldkette mit einem kleinen Kreuzanhänger.

»Ich bin es schon wieder«, sagte Minke. »Kann ich reinkommen?«

»Natürlich. Wir sind in der Küche ...«

Sie machte eine einladende Armbewegung; Minke folgte ihr. Das Haus war genauso absurd sauber und ordentlich wie der Hof und der Garten. In der Küche saß Linda mit ihrer Familie am Küchentisch: Felix, ein Mann mit Durchschnittsgesicht, und ein junges Mädchen, das Kopfhörer auf den Ohren hatte und auf sein Handy starrte. »Linda kennst du; und kannst du dich auch noch an Felix erinnern?« Minke gab ihm die Hand. Linda hatte offensichtlich ihre Jugendliebe geheiratet. »Und das ist meine Enkelin.« Emily sah nur kurz auf, bevor sie sich wieder auf ihr Handy konzentrierte.

Linda verdrehte entschuldigend die Augen. »Sie hat ihren ersten Freund. Alles andere ist da unwichtig.«

»Verstehe.« Minke räusperte sich. »Ich muss mit euch reden. Es ist etwas Ernstes.«

Felix verstand sein Stichwort. »Komm, Emily, wir müssen die Koffer noch auspacken«, sagte er und erreichte tatsächlich, dass Emily lange genug ihren Blick vom Handy hob, um ihm murrend aus der Küche zu folgen. Nachdem beide gegangen waren, sah Linda Minke fragend an. »Was ist denn los? Du machst es ja spannend.«

Minke zog die Plastiktüte mit dem Ehering aus der Tasche und legte sie auf den Tisch. »Der Tote – der, den wir heute hier auf Nekpen ausgegraben haben«, sagte sie, »der hatte das hier am Finger.«

Esther starrte auf den Ring. Minke sah auf ihre Hand. An Esthers rechtem Ringfinger steckte das Pendant zu dem in der Plastiktüte, es war unverkennbar. Esthers Gesicht verriet, dass sie es sofort erkannt hatte. Linda dagegen griff erst nach der Tüte und las die Gravur. Dann wurde sie blass. »Oh Gott. Das ist Papas Ring!«

Minke nickte.

»Heißt das, der Tote ist … mein Vater?« Linda sah Minke entsetzt an.

»Es ist die einzig logische Erklärung.«

Linda schüttelte den Kopf. »Nein«, sagte sie, »das ist überhaupt nicht logisch. Papa ist ertrunken, sein Boot hatte einen Defekt und ist explodiert, und er ist ins Wasser gefallen und ertrunken. So war es.« Linda rüttelte ihre Mutter am Arm. »Mama, sag doch was. So war es doch!«

Esther griff nach ihrer Kaffeetasse. Sie wirkte wie vom Donner gerührt, ihre Hände zitterten. »Ja«, stimmte sie zu, »ja, so war es. Minke, das ist absurd.«

»Ich habe die Polizeiakte gelesen, aber es kann nicht stimmen, was dort steht. Es macht keinen Sinn, wenn die Leiche hier auf der Halligwiese auftaucht.« Sie sah von einer zur anderen. »Wir müssen den Fall wieder aufrollen, versteht ihr? Damals wurde ein Fehler gemacht.«

Beide sahen sie an, sie schienen das alles noch nicht verdaut zu haben.

»Könnt ihr mir erzählen, woran ihr euch noch erinnert? Was ihr von dem Abend damals noch wisst? Ich weiß, es ist lange her.«

Linda schüttelte den Kopf. »Es liegt nicht daran, dass es lange her ist – aber ich weiß einfach nichts. Ich war an dem Abend gar nicht auf Nekpen, sondern drüben auf Midsand bei den Franks. Nadine und ich waren damals schon die besten Freundinnen.«

»Esther?«

Esther sah auf. Es schien ihr schwerzufallen, überhaupt Worte zu finden. Sie griff ganz unwillkürlich zu ihrem eigenen Ehering und drehte ihn. »Wir hatten an dem Abend Gäste zum Grünkohlessen. Es war ja Winter, darum der Grünkohl.«

»Wer waren denn die Gäste?«

»Ruth, meine Schwester, und ihr Mann Geert. Und Doktor Simon, ein Kollege meines Mannes«, zählte Esther auf. »Hinnerk wollte irgendwann nach dem Essen noch einmal los zu einem Patienten. Er nahm sein Boot, er hatte es erst neu gekauft, und fuhr damit los. Ich habe die Gäste verabschiedet, habe alles aufgeräumt und geputzt, und dann bin ich ins Bett. Ich habe erst am nächsten Morgen gemerkt, dass er«, sie stockte, »dass er nicht nach Hause gekommen war. Es war schrecklich.«

»Und die Polizei hat dann das Boot gefunden?«

»Ja. Es war völlig verbrannt. Und von Hinnerk war dort nichts mehr zu finden.«

Das ging ja auch schlecht, dachte Minke. Der lag begraben in der Halligerde.

»Weißt du, zu welchem Patienten er wollte?«

Esther schüttelte den Kopf. »Nein. Irgendjemand auf Midsand.«

»Darf ich mal was fragen?«, schaltete sich Linda ein. »Bedeutet das alles, dass jemand Papa etwas angetan hat? Und ihn dann hier auf der Hallig vergraben?«

»Ich muss das Obduktionsergebnis von Bo noch abwarten.«

»Aber das ist das, was du glaubst.«

»Gab es jemanden, der deinem Vater schaden wollte? Hatte er Feinde?«

»Nein, natürlich nicht«, sagte Esther sofort. »Er war sehr beliebt. Ein Arzt.« Es wurde still in der Küche; das leise Ticken der Wanduhr war zu hören.

»Na ja, da wären aber noch die Straubs«, sagte Linda schließlich.

Esther wurde ärgerlich. »Linda! Du kannst doch nicht einfach jemanden verdächtigen.«

»Was meinst du mit ›die Straubs‹?«, hakte Minke nach.

Esther seufzte. »Familie Straub hat gegen Hinnerk geklagt.

48

Das war ein halbes Jahr vor seinem Unfall ... Ich meine, vor seinem –«, sie fand kein Wort dafür. »Jedenfalls haben sie ihm einen Kunstfehler vorgeworfen.«

»Und wie ging die Geschichte aus?«

»Natürlich wurde Hinnerk in allen Punkten freigesprochen.«

»Eben«, meinte Linda. »Es könnte doch sein, dass die Straubs deswegen ...«

»Unsinn«, wehrte Esther ab. »Die Straubs sind nette Leute.« Sie stand heftig auf und ging hinüber zur Spüle. Auf dem Weg dorthin gaben ihre Beine nach. Minke sprang auf und fing sie auf. Sie setzte Esther auf einen Stuhl, Linda flößte ihrer Mutter Wasser ein.

»Tut mir leid«, wisperte Esther, »das ist alles gerade ein bisschen viel für mich.«

»Ich bin gleich weg«, sagte Minke. »Nur eines noch: Kann ich ein Foto von Hinnerk sehen?«

»Natürlich.« Linda verschwand. Gleich darauf kam sie mit einem gerahmten Foto zurück. Es zeigte die ganze Familie in dem schönen Garten der Johannsenwarft am Terrassentisch. An der Mode konnte man sehen, dass es schon einige Jahrzehnte alt war. Minke schätzte es auf Mitte der Achtzigerjahre.

»Das war an meinem fünfunddreißigsten Geburtstag«, erklärte Esther leise. Hinnerk saß am Kopfende des Tischs. Ein Mann mit dunklen Haaren, scharf geschnittenem Gesicht und einem auffallend schönen Zahnpastalächeln. Minke dachte an die besonders geraden Zahnreihen, die ihr schon bei dem Schädel aufgefallen waren. Sie hatte endgültig keinen Zweifel mehr daran, dass es sich bei dem Skelett tatsächlich um das von Hinnerk Johannsen handelte. Er hielt auf dem Foto Esthers Hand. Esther sah in ihrem Kleid und mit der festlichen Frisur absolut perfekt aus. Sie hätte Model werden können, dachte Minke. Auf Hinnerks anderer Seite stand Linda, an ihn geschmiegt, im geblümten Kleidchen und mit Zöpfen.

Minke betrachtete das Bild eine Weile. Dann nickte sie und reichte es Linda zurück. »Danke«, sie stand auf. »Ich lasse euch mal allein.«

Esther brachte sie zur Tür.

»Sag mal, Esther«, Minke drehte sich noch einmal um, als sie schon draußen war, »war eure Ehe glücklich – Hinnerks und deine?«

Esther lächelte traurig. »Ich war verrückt nach ihm.«

...

Auch auf der Holtwarft brannte Licht. Minke beschloss spontan, auch gleich noch mit Jasper zu reden. Immerhin hatte er zu der Zeit, in der Hinnerk auf der Halligwiese vergraben worden war, auch hier auf Nekpen gelebt. Und ein wenig war sie auch neugierig, ob David dort war.

Als der alte Deichgraf ihr öffnete, hatte er eine Pfeife im Mundwinkel und sah aus wie ein Kapitän aus früheren Zeiten. »Moin moin – je später der Abend, desto schöner die Gäste«, sagte er. »Ich muss dich enttäuschen, mein Sohn ist nicht da.«

Minke fühlte sich ertappt. »Ich wollte mit Ihnen sprechen«, sagte sie.

»So? Na, dann komm mal rein. Ist ja schon fast dunkel draußen.« Minke sah sich interessiert in dem Haus um. Noch nie war sie im Innern des Deichgrafenhofs gewesen. Das Haus schien seine lange Geschichte in jedem Winkel zu atmen: alter Dielenboden, niedrige Decken, im Flur stand eine bemalte Truhe, auf der Walfangszenen zu sehen waren. Gegenüber an der Wand, an der einfachen Garderobe, hingen Ölzeug und ein Jagdgewehr, darunter standen Gummistiefel in einer großen Größe.

Der Deichgraf führte sie in das großzügige Wohnzimmer voller antiker Möbel und düsterer Ölbilder an den Wänden, die irgendwelche bärtigen Männer mit Orden an der Brust zeigten.

»Alle mit dem Nachnamen Holt, nehme ich an?«, fragte Minke.

»So ist es.« Jasper setzte sich in einen etwas abgewetzten Ohrensessel und sah sie interessiert an, während er an seiner Pfeife zog. »Dann schieß mal los. War es ein Wikinger?«

»Nein. Es war Ihr Nachbar, Hinnerk Johannsen.«

Jasper sah sie erst stumm an, dann lachte er los. »Aber der ist doch ertrunken, weißt du das nicht?«

»Das ist er offensichtlich nicht.«

Jaspers Pfeife verglühte. Er zündete sie neu an. »Unglaublich«, murmelte er. »Weiß es Esther schon?«

Minke nickte.

»Und wie hält sie sich?«

»Na ja, es war ein Schock. Können Sie sich noch daran erinnern, wie es war, als Hinnerk verschwand?«

Jasper zuckte die Achseln. »Der Bootsmotor muss explodiert sein, das Boot war total verbrannt. Jeder ging davon aus, dass er ins Wasser gefallen ist. Kaltes Nordseewasser im Winter, das überlebt man nicht lange.«

»Waren Sie mit Hinnerk befreundet?«

Jasper zog an der Pfeife. Der angenehme Geruch nach Pfeifenrauch breitete sich sanft in der Luft aus. »Hinnerk und ich waren Nachbarn, unser ganzes Leben lang. Wir sind miteinander aufgewachsen, er war ein paar Jahre jünger als ich. Aber auf Nekpen hat man nicht so viel Auswahl, was die Spielkameraden angeht.«

»Und wie war er so?«

Der Deichgraf antwortete nicht sofort. Schließlich sagte er:

»Hinnerk hat sich vor nichts gefürchtet, vor gar nichts. Ein Teufelskerl, hat mein Vater immer gesagt.«

»Waren Sie auch auf Nekpen? An dem Abend, als es passiert ist, meine ich.«

»Nein, da war ich auf dem Deich. Drüben, auf dem Winterdeich in Jüstering. Damals war ich noch Deichgraf, und der Deich war neu gebaut. Ich hatte eine Menge Helfer, die Freiwillige Feuerwehr und noch ein paar andere, und wir haben in diesem Winter in den stürmischen Nächten ständig am Deich patrouilliert und Schwachstellen ausgebessert. Es war ein Jahrhundertwinter damals, mit Eis und Stürmen, vollgelaufenen Kellern ... Der Generator hier auf Nekpen fiel ständig aus. Es war ein Chaos.«

Minke sah auf das Foto, das im Bücherregal stand. Es zeigte eine Frau mit kupferfarbenen Haaren, die ausgelassen einen kleinen Jungen herumwirbelte. Das mussten David und seine Mutter sein. »Und Ihre Frau?«

»Christine? Es ist schon so lange her, aber ich bin mir sicher, dass sie hier war, mit David. Er war ja noch klein damals.« Im Gesicht des Deichgrafen zeigte sich Schmerz. Jeder wusste, dass Christine Holt sich vor vielen Jahren das Leben genommen hatte. Schwer zu glauben, dachte Minke, als sie nun das Foto dieser ausgelassenen Frau sah. Jaspers Miene machte deutlich, dass er nicht über Christine reden wollte.

»Also Lütte«, sagte er stattdessen, »wie gefällt dir denn mein Sohn? Ich bin vielleicht alt, aber nicht blind.«

• • •

Doktor Alexander Simon ging wie jeden Abend, nachdem die Arzthelferinnen sich verabschiedet hatten, durch die stillen, verlassenen Räume seiner großen, erfolgreichen Arztpraxis im Jüsteringer Speckgürtel und sah noch einmal nach dem Rechten. Hier und da räumte er einen vergessenen Kugelschreiber weg oder stellte ein Buch zurück ins Regal. Die Praxis hatte sich in den vergangenen Jahrzehnten als wahre Goldgrube erwiesen. Er konnte zufrieden sein. Die Lage war perfekt, der Ruf hervorragend, an Patienten mangelte es ihm nicht.

Doktor Simon löschte nach und nach in jedem Raum das Licht. Auch das gehörte zu seinem abendlichen Ritual. Er stand dann immer noch ein wenig da, in der stillen Dunkelheit, sah aus dem Fenster auf das abendlich erleuchtete Städtchen und ließ den Tag Revue passieren. Er rief sich die Patienten ins Gedächtnis, die er heute behandelt, die Gespräche, die er geführt hatte, die Krankenakten, die über seinen Tisch gewandert waren. Er seufzte. In ein paar Wochen würde er siebzig Jahre alt werden. Eigentlich war es Zeit aufzuhören. Aber er war leidenschaftlicher Arzt. Er konnte sich das Leben ohne diesen Beruf gar nicht vorstellen. Seine Frau Sybille drängte ihn immer öfter, einen Nachfolger für sich zu finden und in Pension zu gehen. »Alexander, ich will das Alter mit dir genießen«, sagte sie oft. »Ein bisschen reisen, vielleicht ein gemeinsamer Kochkurs. Und wir könnten die Kinder viel öfter besuchen.« Ihre beiden Kinder, ein Sohn und eine Tochter, wohnten beide inzwischen in Hamburg. Das zweite Enkelkind würde bald geboren werden.

Oh Gott, ich bin alt, dachte Alexander Simon plötzlich. Ich bin Opa, und ich werde siebzig! Früher hatte er gedacht, wer siebzig ist, trüge beigefarbene Kleider und Gesundheitsschuhe und stünde mit einem Bein im Grab. Er sah auf seine Hände. In letzter Zeit breiteten sich darauf verräterische Altersflecken aus. Er dachte über sein Leben nach. Er dachte an seine Frau, seine Kinder, gemeinsame Urlaube, gemeinsame Feste, lange Sommerabende am Strand und auf dem kleinen Segelboot, das er sich geleistet hatte, als er fünfzig geworden war. Mein Leben ist gut gelungen, dachte er. Besser, als ich es mir jemals ausgemalt habe. Er konnte wirklich zufrieden sein. Mit diesem warmen Gefühl drehte er sich um und ging aus der Praxis. Er zog die Tür zu und drehte sorgfältig zweimal den Schlüssel im Schloss. Dann ging er zu seinem schicken Auto, setzte sich hinein und fuhr durch das dunkle Jüstering nach Hause.

...

Minke ging über das Watt durch die Abenddämmerung von Nekpen nach Midsand hinüber. Es war ein Marsch von zwanzig Minuten durch die klare, blaue Abendluft. Das Watt lag völlig verlassen da. Im Sommer waren immer viele Touristen unterwegs, geführte Wattwanderungen, Pferdewagen, die die Besucher über diese merkwürdige Landschaft zogen, aber an diesem Herbstabend schien das ganze Watt Minke allein zu gehören. Es reichte bis zum Horizont, wo es mit einem bisschen Meer und mit dem rosablauen Horizont zu verschmelzen schien. Im Osten, dort wo Jüstering lag, war der Himmel schon beinahe nachtschwarz.

Immas Haus auf der Markuswarft empfing Minke mit Licht und Wärme. Als sie die Haustür aufschloss, kamen ihr Stimmen und Lachen entgegen. Die eine Stimme gehörte Imma, die andere war die eines Mannes. Minke schlüpfte schnell aus Gummistiefeln und Jacke. Die Bassstimme war unverkennbar.

Sie riss die Küchentür auf. »Jan!«, rief sie. Der Mann mit den eisgrauen Haaren und dem dunkelblauen Segelpullover, der dort an Immas Kühlschrank gelehnt stand, breitete die Arme aus. »Komm her, du Kommissarin«, sie umarmte ihn, er hob sie hoch und wirbelte sie herum. Dann stellte er sie wieder auf die Füße. »Ich musste doch unbedingt vorbeikommen und sehen, wie es meinem Patenkind am ersten Arbeitstag ergangen ist.« Jan, Staatsanwalt in Jüstering, war der beste Freund von Michael van Hoorn gewesen. Er war auch einer der Freunde gewesen, die damals bei Michaels Unfall mit auf dem Segelboot gewesen waren.

Minke schnitt eine Grimasse. Sie erzählte von Klaus, von dem Skelett und von Hinnerk.

»Ein richtiger Cold Case«, sagte Jan. »Wenn dein Vater noch leben würde, würde er jetzt zur Höchstform auflaufen«, er klopfte Minke auf den Rücken. »Aber jetzt läufst eben du zu Höchstform auf.«

»Mal sehen.«

»Jan will helfen, Knerken zu backen«, verkündete Imma, die sich bisher im Hintergrund gehalten hatte. Sie klatschte eine vorbereitete vanillegelbe Teigkugel auf den Küchentisch. Knerken, kleine, runde, süße Kekse und ein typisches Halliggebäck, waren Immas Spezialität.

»Ach so, deshalb bist du in Wirklichkeit gekommen«, grinste Minke.

Jan krempelte die Ärmel hoch. »Natürlich. Vor allem, weil ich darauf hoffe, viele abzukriegen, sobald sie fertig sind.«

In der nächsten Stunde formten sie um die Wette die Kugeln und bestreuten sie später mit Hagelzucker. Als sie schließlich fertig waren, duftete das ganze Haus nach Zucker und Vanille. Imma entschuldigte sich, weil sich noch ein später Patient zu einer Notfallsitzung angemeldet hatte, während Minke und Jan mit einem großzügigen Teller fertiger Kekse und zwei Tassen heißem Kakao ins Wohnzimmer übersiedelten. Victor gesellte sich zu ihnen und rollte sich neben Jan schnurrend zusammen, wobei sein fehlendes Bein gar nicht auffiel.

Während Jan einen Knerken in den heißen Kakao stippte, sah

er Minke an. »Deine Mutter macht sich Sorgen um dich«, begann er vorsichtig.

»Weil ich nicht zu Papas Grab gehe?«

»Wegen allem. Wegen dem Grab, weil du nie über ihn reden willst, weil du deinen Job hingeschmissen hast, obwohl du ihn so sehr mochtest. Weil du jetzt Kommissarin bist, nicht gerade ungefährlich.«

»Es war auch nicht ungefährlich, durchs Polarmeer zu fahren und Orcas zu beobachten.« Minke sah ihn hart an. »Es war meine Entscheidung, das aufzugeben. Ich will Kommissarin sein.«

»Okay«, Jan nickte. »Du warst schon immer sehr selbstständig. Natürlich ist es deine Sache.« Er musterte sie. »Aber zumindest das mit dem Grab – versuch es doch mal. Besuch ihn einfach, rede mit ihm.«

»Das ist doch albern. Er ist tot.«

»Trotzdem. Versuch es.«

Minke griff nach einem neuen Knerken. »Nächstes Thema«, sagte sie. Jan wusste aus Erfahrung, dass er das akzeptieren musste. Es wurde noch ein langer, lustiger Abend, aber er erwähnte Michael nicht mehr.

. . .

David kam nach Hause in seine Wohnung nahe dem Jüsteringer Hafen. Der Tag war lang gewesen – die Nacht mit Minke im »Halligprinzen«, die frühe Angeltour mit seinem Vater, dann der anstrengende Arbeitstag in der Seehundstation Jüstering, die er seit zwei Jahren leitete. Eigentlich hatte er vorgehabt, nach der Arbeit noch einmal nach Nekpen zu fahren und im Bootsschuppen seines Vaters ein bisschen an dem Boot zu arbeiten, das er seit Wochen wieder seetüchtig zu bekommen versuchte, aber er war viel zu müde. Nach einigen Wochen Arbeit war es zwar noch lange nicht fertig, aber man konnte erahnen, was für ein Schmuckstück es einmal sein würde. Das rotbraune Holz des Bootskörpers hatte eine wunderschöne Maserung, dazu passten die chromglänzenden Armaturen.

Während David ein schnelles Abendessen aß, malte er sich aus, wie es sein würde, mit dem Boot auf die Nordsee hinauszusegeln. Bisher hatte er immer geplant, seinen Vater auf die Jungfernfahrt mitzunehmen. Oder vielleicht ein paar Kumpels. Oder seine Kolleginnen von der Seehundstation. Aber seit gestern Abend tauchte jemand ganz anderes in seinen Gedanken auf – eine Frau mit hellblonden Haaren und einem lauten Lachen, die Grog trinken konnte wie ein Seemann, ein paar Sommersprossen auf der Nase hatte und kein Blatt vor den Mund nahm. Ja, Minke gefiel ihm, da gab es nichts zu leugnen. Sie war ihm gestern im »Halligprinzen« sofort aufgefallen. Es war diese besondere Mischung – eine Frau zum Pferdestehlen, selbstständig, direkt, aber da war auch etwas Verletzliches an ihr, das sie nicht jedem zeigte und das sie manchmal ein bisschen unnahbar wirken ließ. Es interessierte ihn, was dahintersteckte.

Ja, David wusste plötzlich, wen er zur Jungfernfahrt seines Segelboots einladen würde. Er nahm sein Handy und scrollte durch seine Kontakte bis zu ihrem Namen. Sie hatten gestern Nacht noch die Nummern getauscht. Ob er ihr schreiben sollte? Aber obwohl er sonst schlagfertig und spontan war, fiel ihm plötzlich nichts ein, was er gut genug fand. Er legte das Handy beiseite. Morgen, dachte er, morgen schreibe ich ihr.

Er dachte an den nächsten Tag. In der Seehundstation gab es viel zu tun, ein paar der Robben, die dort aufgepäppelt wurden, machten ihm Sorgen – er würde den Tierarzt rufen müssen. Einige andere waren schon fast so weit, dass sie wieder ausgewildert werden konnten. Für morgen war auch eine Schulklasse angemeldet, die er durch die Station führen würde. Außerdem hatte er seinem Vater versprochen, nach der Arbeit hinüber nach Nekpen zu kommen und ihm zu helfen, eine Stelle im Reetdach zu flicken. Es würde wieder ein langer Tag werden.

Weil er so müde war, beschloss David, heute ungewöhnlich früh ins Bett zu gehen. Nachdem er das Licht im Schlafzimmer gelöscht hatte, schlief er beinahe sofort ein, während draußen die Nordsee Stück für Stück langsam wieder zurück in Richtung Strand floss.

Mitten in der Nacht schreckte er aus dem Schlaf auf. Sein Herz raste. Er sah sich im dunklen Schlafzimmer um. Der Wind, der durch das gekippte Fenster wehte, blähte die Vorhänge. Was hatte er da gerade geträumt? Er versuchte, sich zu erinnern. Er war in seinem Traum auf Nekpen gewesen und hatte aus dem Fenster gesehen. Und er hatte einen Schlafanzug getragen, hellblau mit Bärchen darauf. Seit Ewigkeiten hatte er sich nicht mehr an diesen Schlafanzug erinnert. Ich hatte ihn als Kind, dachte er jetzt, richtig, es war mein Lieblingsschlafanzug. Er hatte im Traum auch nicht aus irgendeinem Fenster gesehen – es war das Fenster seines Kinderzimmers auf Nekpen gewesen. Im Traum hatte er dort gestanden und hinausgesehen. Und draußen, vor dem Fenster ... Ja, was? Davids Puls beschleunigte sich; eine merkwürdige Unruhe erfüllte ihn. Er schlug die Bettdecke zurück, stand auf und ging hinüber in die Küche. Dort drehte er den Wasserhahn auf und füllte ein Glas mit kaltem Leitungswasser. Warum war er so aufgewühlt? Noch einmal langsam, dachte er: Ich habe die Halligwiese gesehen und Schatten. Ein Schatten hob die Hand, der andere sank zu Boden. Dann lag er da, alles war dunkel.

David hatte plötzlich Kopfschmerzen. Das Wasser schien nicht zu helfen. In seinem Kopf begann sich der Ort, an dem im

Traum die dunkle Gestalt gelegen hatte, mit der Stelle auf der Halligwiese zu überlagern, an der er heute Morgen das gelbe Absperrband gesehen hatte. Er hörte es im Wind flattern, das Geräusch wuchs in seinem Kopf zu einem Crescendo. David ließ das Wasserglas fallen. Es zerschellte auf dem Fußboden, Scherben glitzerten, Wasser spritze.

»Verdammt!«

Es war kein Traum gewesen, da war er sich plötzlich sicher. Es war eine Erinnerung! David sah auf das zerbrochene Glas zu seinen Füßen und auf das Wasser, das eine Pfütze auf dem Holzboden bildete. Plötzlich sah er alles ganz genau vor sich. »Ich erinnere mich«, flüsterte er, »oh mein Gott, ich erinnere mich!«

• • •

In einem anderen Haus in Jüstering drehte sich etwa zur selben Zeit ein Mann im Bett um. Er schlief gut. Den ganzen Tag hatte er gearbeitet, war von Auftrag zu Auftrag gefahren, von Kunde zu Kunde. Jetzt lag er schlafend im Bett und träumte von Licht.

16. Januar 1987,
Freitagabend, 19.30 Uhr
David

Der Teddy war ganz weich und flauschig und hatte runde Knopfaugen, die ihn freundlich ansahen. Inzwischen war der Plüsch an den Ohren etwas abgegriffen, und es gab eine kleine, haarlose Stelle, wo der Teddy einmal einer Kerze zu nahe gekommen war. Aber David hätte ihn niemals gegen einen neuen eingetauscht. Er klemmte den Teddy entschlossen unter den Arm, während er im Wohnzimmer auf der Holtwarft stand, wo er bis eben zufrieden mit seinen Bauklötzen gespielt hatte. Aber nun war es Schlafenszeit, und das mochte er gar nicht. »Ich will noch nicht ins Bett!«, rief er bockig. »Ich bin noch nicht müde.« Draußen pfiff der Wind, er heulte im Kamin und zerrte an den Zweigen des Birnbaums. Anderen Kindern hätte das vielleicht Angst gemacht, aber David war ein echtes Halligkind, aufgewachsen mit Wind und Wetter.

Seine Mama, Christine, lächelte und strich ihm über den Kopf. »Aber das Sandmännchen war doch schon da. Spürst du nicht, wie es dir Sand in die Augen gestreut hat, von dem du ganz müde wirst?«

»Nein.« Er stampfte mit dem Fuß auf. Mama ging in die Hocke und hob ihn hoch, als wäre er noch ganz klein. Er schlang seine Arme um ihren Hals, roch ihren Duft. Er legte seinen Kopf an ihre Schulter und fühlte sich wohl. Sein Zorn war vergessen, er ließ sich von ihr die Treppe nach oben tragen. Zuerst half sie ihm dabei, die Zähne zu putzen. Dann brachte sie ihn in sein

Kinderzimmer. Es war ein schöner Raum, mit alten knarrenden Deckenbalken, viel Spielzeug und zwei Fenstern, von denen aus David über die ganze Hallig Nekpen sehen konnte: am Birnbaum vorbei über die Wiese bis zu den Johannsens. Esther Johannsen mochte er besonders. Wenn er sie entdeckte, winkte er von seinem Fenster aus wie wild und freute sich, wenn sie ihn auch sah und zurückwinkte.

Jetzt war es aber draußen schon dunkel. Bei den Johannsens brannte Licht, die dunkle Nordsee rauschte.

David ließ sich von Mama den Schlafanzug anziehen. Es war sein liebster, der mit den Bärchen darauf. Dann kroch er in sein weiches Bett und kuschelte sich hinein. Der Teddy lag neben ihm.

Mama setzte sich auf die Bettkante. »Liest du mir noch eine Geschichte vor?«, fragte David. »Eine von Michel aus Lönneberga?«

Das war sein Lieblingsbuch. Er hörte ihr zufrieden dabei zu, wie sie die Geschichte vorlas, in der Michel seinen Kopf in die Suppenschüssel steckte. Schließlich war die Geschichte vorbei. Mama klappte das Buch zu, legte es auf den Nachttisch neben die Lampe, über deren Schirm Löwe und Zebra spazierten, und gab David einen Kuss auf die Nasenspitze. »Schlaf schön. Es ist schon spät.«

»Wo ist Papa?«, fragte David.

»Drüben am Deich. Du weißt doch, er muss sich darum kümmern, damit das Meer dort nichts kaputt macht.«

David nickte. In seinen Augen war sein Vater ein Held – ständig draußen unterwegs, um die Stadt vor dem Meer zu beschützen. »Wann kommt er wieder?«

»Erst am Morgen. Wenn du frühstückst, ist er da.« Mama stand auf und ging zur Tür. »Gute Nacht.« Sie löschte das Licht im Kinderzimmer und ließ die Tür einen Spalt breit offen, damit das Licht aus dem Flur noch ins Zimmer fiel. David war bald darauf eingeschlafen.

Irgendwann später am Abend wachte er wieder auf. Er hörte Stimmen, draußen irgendwo. Als er sich im Bett aufsetzte, dachte er, dass jetzt, im

Dunkeln, alles so anders aussah als bei Tag: der Schrank, die Kommode, die verstreuten Spielsachen. Immer noch hörte er Stimmen. Neugierig griff er nach dem Teddy und setzte dann seine nackten Füße auf die kühlen glatten Dielen und tapste zum Fenster hinüber. Draußen war alles dunkel, dunkler als sonst. Nur die alte Stalllampe, die neben der Haustür hing, gab ein bisschen Licht, das auf die Halligwiese schien. Ansonsten war die Nacht so düster. Der Birnbaum stand schwarz und knorrig gegen den Nachthimmel; der Wind trieb Regentropfen an die Fensterscheibe.

David hielt seinen Teddy im Arm. Es waren nicht die Regentropfen, der Birnbaum, die Nacht oder der Schein der Laterne, die seine Aufmerksamkeit fesselten. Es war das, was dort draußen auf der Halligwiese vor sich ging. Er verstand es nicht, er sah nur zu. Das eine Ohr des Teddys wanderte in Davids Mund, und er lutschte daran. Das tat er immer, wenn er konzentriert oder ängstlich war. Er war eigentlich ein unerschrockenes Kind; er ging gerne mit seinem Vater fischen, er tollte auf der Wiese herum, er kletterte manchmal sogar auf den Birnbaum. Du bist ein richtiger Holtjunge, sagte sein Vater stolz, und zeigte ihm manchmal die alten Bilder unten im Wohnzimmer mit den graubärtigen Männern. Er nannte David jeden Namen. »Das waren alles Holts, genauso wie du, verstehst du? Deine Familie, das ist wichtig.«

Aber heute war David kein mutiger Holtjunge. Er lutschte am Ohr seines Teddybären und sah ängstlich hinaus in die Dunkelheit – hinaus auf etwas, das er nicht verstand.

NOCH DREI TAGE
BIS ZUM STURM

Es war früh am Morgen, als David auf seinem Rad den Klippenweg entlang zur Arbeit fuhr. Die Seehundstation nördlich von Jüstering konnte er schon von Weitem sehen. Er beeilte sich, weil ihm der Fahrtwind einen unangenehmen Nieselregen ins Gesicht trieb. Das schöne Herbstwetter von gestern war verschwunden – heute konnte man gut glauben, dass bald der große Sturm kommen sollte. Die Nordsee jenseits der Klippen war grau, die Regentropfen ließen die Wasseroberfläche rau erscheinen. Der Himmel war wolkenverhangen und versprach noch mehr Regen. David trat in die Pedale. Er dachte an die Aufgaben, die ihn in der Station erwarteten. Obwohl er dort schon einige Jahre arbeitete, machte ihm sein Job immer noch Spaß. Der Umgang mit den Tieren, die Schulklassen, die Kindergartengruppen, die er dort herumführte und für das Wattenmeer und die Robben begeisterte, das alles gefiel ihm. Mit seinen Kolleginnen verstand er sich sehr gut. Er war der einzige Mann, Hahn im Korb, wie seine Kumpels oft neidisch spotteten. Seine Kolleginnen waren nett, aber mehr war da für David nicht. Davids Gedanken wanderten wieder zu Minke. Er hatte nun endlich eine Idee, was er ihr schreiben könnte. Später, wenn ich dort und im Trockenen bin, dachte er. Alles andere, was seit der letzten Nacht noch in seinem Kopf herumgeisterte, versuchte er vorerst zurückzudrängen. Er musste jetzt den Dingen ihren Lauf lassen.

Der Wind trieb stärkeren Regen vor sich her. David senkte den Kopf, um die Tropfen nicht direkt ins Gesicht zu bekommen. Darum wäre er beinahe über das Hindernis gefahren, das sich ihm in den Weg stellte. Er machte eine Vollbremsung, die Reifen quietschten auf dem nassen Boden. Er stellte einen Fuß auf den asphaltierten Klippenweg und starrte auf das, was er dort sah. »Warum ...?«, begann er und wischte sich über das regennasse Gesicht. Weiter kam er nicht.

. . .

Zur gleichen Zeit, früh am Morgen, stand Minke vor dem Haus auf der Markuswarft, in dessen Erdgeschoss sich der Halligladen befand, und klingelte bei Lütz. Ruth und Geert mussten schon wach sein; in ihrer Wohnung über dem Laden brannte Licht. Tatsächlich summte gleich der Türöffner. Während Minke die Treppe nach oben stieg, wurde ihr klar, dass sie noch nie in der Wohnung von Ruth und Geert gewesen war. Sie kannte beide schon ihr ganzes Leben, und als Kind hatten sie und Bo ihr Taschengeld immer sofort zu Ruth in den Laden getragen, um es dort in Schokolade und Gummibärchen einzutauschen. Und in Geerts zwergenhafter Bankfiliale hatte sie mit vierzehn stolz ihr erstes eigenes Konto eröffnet. Aber in ihrer privaten Wohnung war sie nie gewesen.

Ruth öffnete ihr in einem rüschenbesetzten Morgenmantel; ihr Haar war auf Lockenwickler gedreht. »Moin, Minke«, sagte sie erstaunt, »brauchst du etwa schon etwas aus dem Laden? Du weißt, dafür ist es eigentlich noch zu früh.«

»Nein, danke, ich brauche nichts. Ich muss mit dir und Geert reden – es ist wegen Hinnerk. Hat Esther es dir schon erzählt?«

Ruths Gesicht wurde ernst. »Ja, sie hat gestern Abend angerufen. Komm rein.«

Die Wohnung war so kitschig, wie eine Wohnung es nur sein konnte. Es gab geblümte Tapeten, Sofakissen mit Häkelüberzug, überall stand Nippes herum, und in der Küche gab es ein Regal mit bemalten Schmucktellern. Am meisten fielen aber die Liebesromane auf, die überall in den Regalen standen. Minke fragte sich, ob es einen einzigen gab, den Ruth nicht besaß und noch nicht gelesen hatte. Vermutlich nicht. Ihr fiel ein Foto an der Wand auf, das Ruth neben einer Frau mit halblangen grauen Haaren und einem ziemlich kantigen Gesicht zeigte.

»Das bin ich mit Rosamunde«, sagte Ruth stolz. »Du weißt schon – Rosamunde Pilcher. Das war auf einem Fantreffen in England.«

»Moin, was haben wir denn da für einen frühen Gast?«, Geert kam ins Zimmer. Er trug schon eine Anzughose, aber am Oberkörper nur ein Feinrippunterhemd, das den Blick auf seine grau werdende Brustbehaarung freiließ. Sie bildete einen beeindruckenden Kontrast zu seiner Stirnglatze und dem dünnen Haarkranz. »Gib es zu – du willst Frühstück abstauben.«

»Nein, ich will mit euch über Hinnerk reden.«

Geerts Grinsen erlosch. »Oh, ach so, wenn das so ist ...«

Sie setzten sich an den Frühstückstisch, der schon gedeckt war. Auch dort lag der unvermeidliche Liebesroman aufgeschlagen, in dem Ruth bei einer ersten Tasse Tee gelesen hatte, bevor Minke dazwischengekommen war.

»Wir verstehen natürlich, dass du mit uns reden willst«, sagte Ruth eilig und bot Minke ebenfalls Tee an. »Es ist selbstverständlich wegen dem Grünkohlessen, habe ich recht?«

Minke nickte. »Ihr wart damals eingeladen. Ich würde einfach gerne wissen, wie der Abend war.«

Ruth und Geert tauschten einen kurzen Blick. Sie schienen sich dabei darauf zu einigen, dass Ruth zuerst antwortete. »Es war nett«, sagte sie. »Wir haben uns unterhalten, Esther hat einen wunderbaren Grünkohl gemacht.«

»Esther ist die perfekte Hausfrau«, unterbrach Geert. »Hätte keiner gedacht, als Hinnerk damals dieses blutjunge Ding geheiratet hat, aber es war der Wahnsinn, wie schnell sie alles gelernt hat.«

Ruth schien Geerts Einwurf unangenehm zu sein. »Jedenfalls war es ein schöner Abend, gemütlich, würde ich sagen. Irgendwann ist Hinnerk zu einem Patienten gefahren, und wir sind dann auch recht bald danach gegangen, oder, Geert?«

Geert nickte. »Ist alles schon lange her, aber ich denke, das stimmt.«

»Wie war Hinnerk an dem Abend?«

»Na, ganz normal«, sagte Geert. »Hat Geschichten erzählt und so weiter.« Er klatschte eine ordentliche Portion Teewurst auf sein Brot und quetschte darauf noch Senf aus der Tube.

»Wie Ruth schon sagte, alles war ganz normal. Ach ja, dieser Arzt war noch da, Alexander Simon. Ein Kollege von Hinnerk. Auch nett.«

Minke sah vor allem Ruth an. »Wie haben sich Esther und Hinnerk verstanden?«, fragte sie. »War das eine gute Ehe?«

Ruth griff nach ihrer Teetasse. »Ach, weißt du, wie Geert sagte – Esther war unglaublich jung. Sie war siebzehn, als sie ihn kennenlernte, und völlig verschossen in ihn. Wirklich, ich glaube, ich habe noch nie jemanden gesehen, der so verliebt war. Sie musste ihn einfach haben und er sie. Und da haben sie ziemlich schnell geheiratet.«

»Hat Esther einen Beruf?«

»Nein. Ziemlich bald nach der Hochzeit kam Linda – und dann, na, wie es eben so ist.«

»Drum wurde sie ja so eine perfekte Hausfrau«, insistierte Geert wieder.

»Hinnerk hat immer sehr gut verdient, und nachdem er ertrunken war«, sie stockte, weil ihr auffiel, dass das ja nun nicht mehr stimmte, »jedenfalls hat sie eine gute Witwenrente. Hinnerk hat sie da gut abgesichert, für so einen Fall. Aber das ist natürlich kein Trost, wenn dein Mann stirbt – nur eine Hilfe.«

»Hm. Wann habt ihr am nächsten Morgen erfahren, dass Hinnerk diesen Unfall hatte?«

»Esther hat mich früh angerufen, um mir zu sagen, dass er nicht nach Hause gekommen war. Sie machte sich furchtbare Sorgen, und ich habe ihr geraten, die Polizei zu rufen.« Ruth lächelte. »Wir stehen uns sehr nahe, schon immer. Darum hat sie mich als Erstes angerufen.«

»Tja, sein Boot hat gebrannt«, sagte Geert kauend, »einfach – puff, explodiert. Und der arme Teufel ist über Bord gegangen, das haben wir gedacht.«

»Nein, er wurde auf Nekpen vergraben«, widersprach Minke.

»Kann sein, aber das wusste ja bisher keiner.« Geert nahm sich noch einmal Teewurst. Minke wurde schon beim Zusehen schlecht.

»Es ist einfach schrecklich«, seufzte Ruth, »aber wenigstens kann Esther ihn jetzt ordentlich und christlich begraben. Das hat ihr all die Jahre gefehlt – sie hatte ja nicht einmal einen Ort, an dem sein Name auf dem Grabstein steht und sie Blumen niederlegen konnte.«

Nicht schon wieder das Thema, dachte Minke. Schnell fragte

sie: »Habt ihr eine Vermutung, was wirklich passiert sein könnte?«

Beide schüttelten den Kopf. »Leider nicht.«

»Hatte Hinnerk Feinde?«, stellte Minke dieselbe Frage, die sie schon Esther und Linda gestellt hatte.

»Nein, ich glaube nicht«, antwortete Ruth. »Fällt dir jemand ein, Geert?«

»Nö. Der war doch Arzt.«

»Die Straubs vielleicht?«, wiederholte Minke das, was ihr Linda gesagt hatte.

Ruth riss ihre sowieso schon großen Augen auf. Es ist kaum zu glauben, dass Esther und Ruth Schwestern sind, dachte Minke in diesem Moment. Wo Esther beinahe statuenhaft perfekte Gesichtszüge und immer noch eine gute Figur hat, ist an Ruth alles irgendwie ein bisschen verrutscht, größer, draller. Ihre großen Augen mit den schweren Lidern erinnerten unschmeichelhaft an die Halligkühe. Im Gegensatz zu ihrer Schwester war sie außerdem deutlich gealtert – zwischen Rosentapeten und über ihren Liebesgeschichten, fügte Minke in Gedanken hinzu.

»Die Straubs?«, echote Ruth jetzt. »Oh nein, das glaube ich nicht. Das sind ganz nette Leute mit einer kranken Tochter, mehr nicht.«

Minke fiel nichts mehr ein, was sie hätte fragen können. »War's das? Ich muss mal duschen«, sagte Geert. Nachdem Minke sich verabschiedet hatte und wieder draußen vor dem Haus stand, musste sie feststellen, dass aus dem Nieselregen dicke Tropfen geworden waren, die sich über der Nordsee ausließen. Es war selbst für Halligverhältnisse ein unangenehmer Morgen.

· · ·

Während Minke auf dem Weg nach Jüstering war, fuhr ein anderes Boot in der entgegengesetzten Richtung über die Nordsee. Der Mann darauf hatte die Kapuze seiner dunkelblauen Regenjacke tief ins Gesicht gezogen und fluchte wegen dem Regenschauer, der ihm ins Gesicht geweht wurde. Aber es half alles nichts – er hatte einen Auftrag auf Hallig Midsand. Und außerdem musste er dort mit jemandem reden.

. . .

Minke fuhr mit Immas Fahrrad wieder durch die Jüsteringer Straßen in Richtung Polizeiwache, als ihr Blick am Zeitungskiosk hängen blieb. Sie bremste; beinahe wäre eine Frau mit Hund in sie hineingelaufen. »Das darf doch nicht wahr sein!«, rief sie. Ein paar Leute drehten sich um. Minke stieg vom Rad und war in ein paar Schritten am Kiosk. Dort riss sie die heutige Ausgabe des »Jüsteringer Küstenboten« aus dem Zeitungsständer und starrte fassungslos auf die Titelschlagzeile.

»Cold Case«, stand darauf in fetten Buchstaben. »Jüsteringer Arzt vor über dreißig Jahren Mordopfer?« Darunter ein Artikel, der sowohl den Namen von Hinnerk Johannsen nannte als auch die wenigen Tatsachen, die bisher feststanden: das Grab auf der Hallig, der kaputte Schädel, der Bootsunfall, der keiner war. Neben dem Text prangte ein Bild der zerwühlten Halligwiese von Nekpen mit dem gelben Absperrband. Darunter – der Gipfel des Ganzen – kursiv die Frage: »Wird unsere neue Kommissarin Minke van Hoorn diesen Fall lösen können?«

»Das ist doch ...!«

Die Verkäuferin am Kiosk sah auf und lächelte. »Unglaublich spannend, oder?« Sie beugte sich vor. »Stellen Sie sich vor, Sie wohnen da auf dieser winzigen Hallig, und irgendwann erfahren

Sie, dass Ihr Ehemann nur einen Steinwurf vom Haus entfernt unter der Erde lag, die ganzen Jahre. Richtig gruselig, finden Sie nicht auch?«

Minke knallte das Geld auf den Tresen und nahm die Zeitung wortlos mit.

»Halt, Sie kriegen noch zehn Cent raus!«, rief ihr die Frau nach.

Minke reagierte nicht. Sie klemmte die Zeitung auf den Gepäckträger und fuhr, so schnell sie konnte, in die Heringsgasse.

»Klaus!«, schrie sie schon im Flur, »Klaus, du brauchst dich gar nicht zu verstecken!«

Klaus streckte seinen Kopf aus seinem Büro. »Tu ich gar nicht«, sagte er gut gelaunt. »Aber du siehst aus, als würde dir gleich der Kopf platzen. Nicht sehr vorteilhaft, Mäuschen.«

Minke hob die Zeitung. »Bist du verrückt? Das kannst nur du gewesen sein, der das der Zeitung brühwarm weitergetratscht hat.«

»Oh, das«, Klaus drehte sich um und ging seelenruhig in sein Büro zurück. Minke ließ sich nicht so leicht abschütteln. Sie folgte ihm. In Klaus' Büro herrschte Chaos, überall standen Umzugskisten, auf denen »Klaus Polizeibüro« stand. »Ich dachte, ich fange mal an, hier auszuräumen«, sagte er beschwingt. »Schließlich habe ich nur noch vier Tage, und drei davon brauche ich sicher für die Partyplanung. Und wann dein neuer Assistent kommt, weiß nur Gott allein. Übrigens – du hast noch nichts wegen dem Büfett gesagt. Kriege ich dafür jetzt dein Büro oder nicht?«

Minke knallte die Zeitungsausgabe auf seinen Schreibtisch zwischen die Kartons. »Wie kommst du dazu, das einfach der Zeitung weiterzugeben?«

»Ach, bist du immer noch bei dem Thema? Du beißt dich ja

richtig fest. Einer der Redakteure ist auch im Klootschieß-Verein. Und wir hatten gestern Abend Sitzung – eines führte zum anderen ...« Er hielt eine hässliche Porzellanmöwe hoch, die einen Fisch im Schnabel hatte. »Willst du die? Schenk ich dir. Das potthässliche Ding hat mir mal meine Großtante mitgebracht.«

»Nein«, zischte sie. »Ich will keine Möwe. Und ich will, dass du in Zukunft der Presse gegenüber deine Klappe hältst.« Sie drehte sich um und ging.

»Welche Zukunft, Mäuschen? Ab Freitag bin ich in Pension, hast du das vergessen?«, rief er ihr nach. »Und überleg dir das mit dem Büfett.« Er versenkte die Möwe in einem der Umzugskartons.

In ihrem Büro atmete Minke tief durch. Der Schaden war passiert, es war nichts mehr daran zu ändern. »Wird unsere neue Kommissarin Minke van Hoorn diesen Fall lösen?« Sie starrte auf die Titelseite. Ja, dachte sie, das ist die Frage. Sie riss den Artikel aus der Zeitung aus und hängte ihn neben den über ihren Vater an die Wand. Nach einigem Überlegen nahm sie einen Haftnotizblock, eines der wenigen Dinge, die ihr in diesem Büro, das nicht einmal einen funktionierenden Computer hatte, überhaupt zur Verfügung standen, und einen Filzstift. Um seine Gedanken zu ordnen und richtig nachdenken zu können, hatte ihr Vater früher immer gesagt, schreibt man sie sich am besten auf. Also beschloss Minke, genau das zu tun. Sie zog die Kappe vom Filzstift und klemmte sie zwischen ihre Zähne. Dann zog sie einen ersten Haftnotizzettel vom Block und schrieb Hinnerks Namen darauf. Hinnerk, um ihn drehte sich alles. Sie klebte den Zettel in die Mitte der Wand. Es folgten Zettel mit den Namen Esther, Ruth, Geert und diesem Arzt, der auch noch mit am Esstisch gesessen hatte an diesem Abend und mit dem sie noch nicht geredet hatte. Minke verteilte die Zettel kreisförmig um Hinnerk. Sie alle waren an dem Abend mit ihm zusammen gewesen. Gut – weiter, welche Personen waren an dem Abend noch auf der Hallig? Christine Holt, sie bekam auch einen Zettel, und David genauso – der Vollständigkeit halber. Außerdem schrieb sie Jaspers und Lindas Namen auch jeweils auf Zettel, klebte sie aber ganz an den Rand, Jasper dorthin, wo, wäre die Wand eine Landkarte, Jüstering läge, Lindas auf das imaginäre Midsand. Dann schrieb sie noch einen Zettel mit dem Wort »Patient« und klebte ihn auf Midsand. Zu wem war Hinnerk an diesem Abend gefahren? Eine der Fragen, die sie beantworten musste.

Minke trat einen Schritt zurück und betrachtete ihr Werk. Ein Name fehlte noch – der der Straubs. Sie schrieb auch für sie einen Zettel. Mit ihnen würde sie sich unterhalten müssen, egal wie oft noch jemand betonte, dass sie nette Leute waren. Auch nette Leute konnten Mörder werden. In diesem Moment krächzten die künstlichen Möwen aus ihrem Handy.

· · ·

Der kleine Halligladen von Midsand versprühte das Flair eines Tante-Emma-Ladens aus vergangenen Zeiten – ein schwarz-weiß gefliester Boden, hohe alte Wandregale, ein antikes Bonbonglas auf der Verkaufstheke mit immer denselben Sorten: Himbeer und Sahne-Karamell. An einer Wand hing ein großes, altes Emailleschild, das Ruth einmal auf einem Trödelmarkt gefunden hatte. »Südfrüchte und Schokolade« stand in schnörkeliger Schrift darauf, darunter war eine Palme gemalt. Ruth liebte den Laden. Sie hatte ihn vor vielen Jahren von ihrer Tante übernommen und so wenig wie möglich daran verändert, abgesehen von der Anschaffung einer kleinen Tiefkühltruhe, in der immer ein paar Packungen Fischstäbchen und Spinat lagerten. Sie war nicht die Einzige, die sich für den Laden begeisterte. Im Sommer drängten sich die Halligtouristen hier, machten Fotos von Ruth in ihrer altmodischen weißen Schürze hinter der Ladentheke und kauften gekochte Nordseekrabben im Glas und Halligbutter, frisch von der Frankwarft.

Jetzt, im Herbst, gehörte der Laden wieder nur Ruth und den Bewohnern von Midsand. An diesem regnerischen Morgen füllte sie die Himbeerbonbons auf und zählte die Packungen Butterkäse. Dann begann sie damit, die neu angelieferten Waren in die Regale einzusortieren. Dabei wartete sie darauf, dass die Ladenglocke zum ersten Mal an diesem Tag klingeln würde. Sie liebte das Geräusch, seit sie als junges Mädchen hier bei ihrer Tante ausgeholfen hatte – nicht nur, weil es Kundschaft bedeutete, sondern weil es auch immer eine kleine Überraschung war, wer in den Laden kam. Manchmal malte Ruth sich in ihren Tagträumen aus, wer es wohl sein könnte. Ein gutaussehender Mann, dessen Boot kaputt war und der nun auf der Hallig festsaß. Er würde ihr Komplimente machen und ihr sagen, wie hübsch ihr Laden war, und genauso aussehen wie die Männer in den Liebesfilmen, die Ruth so gerne sah. Ein anderes Mal träumte sie davon, die Ladenglocke würde eine alte reiche Dame ankündigen, die darüber klagte, dass sie gerne eine Kreuzfahrt durch die Karibik machen würde – aber ihr die passende Reisebegleitung fehlte. »Möchten Sie mich vielleicht begleiten? Sie wirken so nett.« Ein dritter Tagtraum beinhaltete einen Mann im förmlichen Anzug und mit einem großen Scheck unter dem Arm. Er würde sagen: »Herzlichen Glückwunsch, Ruth Lütz, Sie haben im Lotto gewonnen. Was machen Sie nun mit den zwanzig Millionen?« Plötzlich richteten sich Fernsehkameras auf sie, ein Mikrofon wurde ihr unter die Nase gehalten, Konfetti wurde geworfen. Gerade als Ruth diese Vorstellung auskostete, klimperte tatsächlich die Ladenglocke. Gespannt drehte sie sich um. Aber es war nur Imma van Hoorn, in einem orangefarbenen Filzmantel und mit ihrer wilden Turmfrisur. »Moin Ruth.«

»Moin Imma«, Ruth konnte ihre leichte Enttäuschung kaum verbergen. Imma hob ihren großen, geflochtenen Einkaufskorb mit afrikanischem Muster. »Ich hoffe, du hast einiges da, ich habe nämlich eine lange Liste«, sie wedelte mit einem eng beschriebenen Einkaufszettel. »Seit Minke bei mir wohnt, habe ich das Gefühl, mir werden die Haare vom Kopf gefressen.«

»Wie ist es denn, sie wieder bei dir zu haben?«

»Ach, schön – aber man fällt schnell wieder in alte Muster. Mutter – Kind, du weißt schon. Es gibt dazu ein paar interessante Theorien ...«, während Imma redete, begann Ruth, die Einkaufsliste abzuarbeiten. Sie hörte nur mit halbem Ohr hin, Psychologie interessierte sie nicht besonders. Sie vertrug sich nicht mit Romantik und Gefühl. Ziemlich schnell füllte sich die Verkaufstheke mit den vielen Posten von Immas Einkaufsliste. »Oh, und ich sehe, du hast Pfirsiche im Glas?«, unterbrach sich Imma irgendwann selbst.

Ruth nickte. »Ich habe mehr Eingemachtes und Konserven bestellt, jetzt, wo der Sturm kommen soll.«

»Dann nehme ich noch zwei Gläser Pfirsiche.«

Die Gläser standen weit oben im Regal; Ruth musste eine Leiter holen, um an sie ranzukommen. Sie beschloss, erst den Rest der Einkaufsliste abzuarbeiten. Gerade als sie eine großzügige Scheibe Käse abschnitt, klingelte wieder die Ladenglocke. Arne, kein geborener Midsander, sondern Zugezogener, stand im Laden, mit matschigen Gummistiefeln an den Füßen. Er war der Mann von Nadine Frank, gemeinsam bewirtschafteten sie den Hof von Nadines Eltern. In den letzten Jahren hatten sie sich auf Halligbutter und Käse spezialisiert. »Moin die Damen«, sagte Arne gut gelaunt. »Ruth, ich habe wieder Butter für dich.«

Während Ruth ihm die Lieferung abnahm und in die Kühlfächer einsortierte, unterhielten sich Arne und Imma. »Heute schon Zeitung gelesen?«, fragte Arne. »Das ist ja unglaublich mit diesem Skelett auf Nekpen. Und deine Minke als Kommissarin? Ganz schön aufregend. Kanntest du diesen Hinnerk?«

»Ja, aber nicht besonders gut«, Imma warf einen unbehaglichen Seitenblick auf Ruth. »Er war Ruths Schwager.«

»Ouh!«, machte Arne, »Ruth, das tut mir leid, ich wollte nicht ...«

Ruth winkte ab.

»Wie geht es deiner Schwester?«, fragte Imma mitfühlend.

»Es ist natürlich ein Schock. Aber sie hält sich tapfer.«

Ruth erinnerte sich an die Pfirsiche, die sie Imma versprochen hatte. Sie griff nach der leichten Haushaltsleiter, die zu diesem Zweck immer in einer Ladenecke bereitstand, und trug sie zu dem Regal mit dem Eingemachten. »Ein Glas oder zwei, Imma?«, fragte sie und stellte die Leiter sorgfältig unter das Regal.

»Zwei, bitte.«

Ruth kletterte auf die Leiter. Währenddessen unterhielten Imma und Arne sich weiter. Ruth hörte kaum zu, sie war in Gedanken versunken. Dann, genau in dem Moment, als Ruth ihre Hand nach einem Glas Pfirsiche ausgestreckt hatte, fiel ihr Blick durch das Ladenschaufenster nach draußen. Dort im Regen stand jemand in einer dunklen Regenjacke. Sie erkannte ihn zunächst nicht, dann streifte er seine Kapuze ab und winkte ihr zu. Ruth erschrak. In diesem Moment klirrte etwas laut und spritzte über den Boden. Imma und Arne fuhren erschrocken herum. Ruth stand mit aufgerissenen Augen auf der Leiter. Ihr Arm war noch erhoben, unter ihr auf den schwarz-weißen Fliesen lag ein zerbrochenes Pfirsichglas, zwischen den Scherben die satt orangegelb glänzenden Pfirsichhälften. Ein süßlicher, fruchtiger Duft verbreitete sich im Laden.

»Entschuldigung«, stotterte Ruth, »es ist mir einfach aus der Hand gerutscht.«

...

Der Anruf auf Minkes Handy war ein Videoanruf. Als sie ihn annahm, tauchte Bos Gesicht auf dem Display auf. Er trug einen weißen Arztkittel und stopfte sich gerade den Rest eines Croissants in den Mund, bevor er es mit Kaffee herunterspülte. »Moin Schwester«, nuschelte er. »Na, hast du den Fall schon halb gelöst?«

Minke schnitt eine Grimasse.

»Ja, das dachte ich mir. Aber Hilfe naht, ich habe die ersten Obduktionsergebnisse. Dein genialer Bruder hat die halbe Nacht gepuzzelt, bis der Patient wieder vollständig war«, er hielt sein Handy so, dass die Kamera den Seziertisch aus Edelstahl im Rechtsmedizinischen Institut erfasste. Darauf lag tatsächlich ein Skelett, ausgestreckt, als würde es schlafen. Die bräunlich verfärbten Knochen wirkten geradezu bizarr natürlich in der sterilen Umgebung und unter dem grellen Neonlicht. »Mein Kollege Doktor Hinnerk Johannsen in seiner ganzen Pracht und Größe.« Bo drehte die Kamera wieder so, dass sein Gesicht auf dem Display erschien. »Und er war wirklich groß – etwa einen Meter neunzig, schätze ich.«

»Einundneunzig laut Vermisstenanzeige.«

»Na, dann habe ich ja gut geschätzt. Aber fangen wir an. Zuerst einmal – eindeutig ein Mann. Gut in Schuss, abgesehen von einer OP am rechten kleinen Zeh. Da wurde ein Stück Knochen entfernt, aber die muss sehr lange zurückliegen, das war alles sehr gut verheilt.« Die Kamera fuhr von den Fußknochen über das Schienbein zu den Knien. »Keine Arthrose, keine Verwachsungen, alles tipptopp.« Die Kamera glitt weiter über Becken und Wirbel. »Die Knochen sind allerdings merkwürdig porös, vielleicht beginnende Osteoporose – was das angeht, bleibe ich dran. Wobei er ja nicht an Osteoporose gestorben ist, also ist das wohl eher eine Fußnote.«

Die Kamera war nun beim Schädel angelangt. Die kerzengeraden Zahnreihen kamen ins Bild, wieder diese auffällig schönen Zähne. »Ein Zahnpastalächeln«, war Bos Stimme zu hören, »beneidenswert und – falls du dich das gefragt hast – echt. Nur ein einziges Loch. Für dich als Laie einfach ausgedrückt: oben hinten links. Mit einer Amalgammischung gefüllt, für die man heute seinen Zahnarzt verklagen könnte. Aber bis in die Achtziger war die völlig normal.«

Er machte eine Pause, in der er sich neu positionierte, nämlich so, dass Minke auf das Schädeldach sehen konnte. »Kommen wir zu dem, was dich eigentlich interessiert – die Todesursache. Auch hier gibt es keine Überraschungen, ich habe ja schon gestern auf dieser ekligen Matschwiese gesagt, dass er vermutlich erschlagen wurde. Und so ist es auch«, ein behandschuhter Finger kam ins Bild, Bo zeigte auf das Loch im Schädeldach – gezackt und unregelmäßig.

»Ein Schlag, er war sofort tot. Wahrscheinlich hat er kaum etwas mitbekommen.«

»Kannst du was zur Tatwaffe sagen?«

Bo seufzte. »Tja. Da kommt auch mein Genie an seine Grenzen. Nichts Spitzes. Nichts Breites. Nichts Flaches. Der berühmte stumpfe Gegenstand. Durchmesser des Lochs ..., Moment«, er ging zu seinem Schreibtisch zurück und blätterte in seinen Unterlagen, »vier Zentimeter, sieben Millimeter. Falls dir das was hilft.«

»Gibt es Hinweise auf den Täter? Irgendeinen Anhaltspunkt?«

»Wenig. Ich glaube, es war ein Rechtshänder, aber das sind ja viele. Und ich gehe davon aus, dass der Täter oder die Täterin nahe an ihm dran war, als der Schlag ausgeführt wurde.«

»Eine Frau könnte es also auch gewesen sein?«

»Ja. Das Opfer war zwar groß, aber falls es einen Kampf gegeben hat oder er saß, könnte an seinen Kopf auch eine Frau rangekommen sein. Und wenn sie außerdem genug Wut hatte ... Nein, ich würde eine Frau nicht ausschließen.« Er grinste in die Kamera. »Dass Frauen immer nur Gift benutzen, ist ein sexistisches Klischee. Der Schlag war jedenfalls nicht gerade zögerlich. Sieht für mich nach ordentlich Emotion aus. Warum, wieso, weshalb – das ist dein Part.«

Er räusperte sich. »Anderes Thema: Mama will demnächst ein Familienessen machen – du, ich, sie, und es soll Labskaus geben. Kannst du ihr das ausreden?«

»Ich mag Labskaus.«

Bo machte Würggeräusche. »Du passt wirklich in die friesische Provinz.«

Nachdem sie sich von Bo verabschiedet hatte, betrachtete Minke wieder ihre Wand. Sie wusste nun ganz sicher, was sie vorher schon vermutet hatte – Hinnerk Johannsen war ermordet worden. Sein Boot war vielleicht in Flammen aufgegangen, aber er war nicht auf dem Meer geblieben; jemand hatte ihn auf Nekpen vergraben. »Warum eigentlich?«, murmelte Minke. Warum machte sich jemand die Mühe, einen Einsneunzig-Mann in der schweren Halligerde zu vergraben? Warum hatte ihn sein Mörder nicht einfach in die Nordsee geworfen? Die nächste Ebbe hätte ihn vermutlich einfach aufs offene Meer hinausgezogen. Minke griff nach einem neuen Haftzettel. »Grab«, schrieb sie darauf und malte daneben ein dickes Fragezeichen. Dann klebte sie den Zettel an ihre Wand zu den anderen und schnappte sich die Schlüssel für den einzigen Polizeiwagen, den Jüstering besaß.

...

»Was willst du hier?«, fragte Ruth wispernd. »Das ist nicht gut, dass du jetzt herkommst.«

»Ich habe einen Job drüben im Pfarrhaus. Und na ja, ich habe die Zeitung gelesen«, antwortete der Mann. Sie standen hinter dem Halligladen im Regen.

»Ja, aber warum kommst du zu mir?«

»Weil ich dachte ... na ja, dass wir vielleicht reden sollten.«

»Worüber? Es ist doch alles klar, oder nicht?«

Er nickte zögernd. »Ja, schon. Ich wollte nur wissen, na ja, wie es dir geht.«

Ruth entspannte sich. Sie schämte sich in diesem Moment ein wenig, dass sie bis eben so misstrauisch gewesen war. »Mir geht es gut«, sagte sie. »Und wie geht es dir?«

»Auch gut. Wenig Neues – das Geschäft läuft. Ach ja, ich bin geschieden – na ja, es hat einfach nicht mehr funktioniert.«

»Das tut mir leid.«

»Tanja ist mit den Kindern ausgezogen, aber ich sehe sie jedes Wochenende. Es war kein Rosenkrieg.«

Ruth lächelte. »Ich hätte von dir auch nichts anderes erwartet. Du bist immer so freundlich gewesen.«

Er lächelte zurück. »Ich muss los, der Pfarrer wartet. Es war schön, dich zu sehen.«

...

Die Praxis von Doktor Alexander Simon war elegant und befand sich in bester Lage. Schon das goldglänzende Praxisschild, die blütenweißen Wände und das Fischgrätenparkett verrieten, dass die Praxis gut lief und sich um Patienten, vermutlich viele private, nicht zu sorgen brauchte. Minke meldete sich am Empfangstresen bei einem schmalen Mädchen mit langem Pferdeschwanz an. »Doktor Simon hat gerade einen Patienten«, sagte sie mit säuselnder Stimme. »Aber danach kann ich Sie einschieben, Frau van Hoorn.«

»Danke.« Minke setzte sich auf einen der ergonomisch geschwungenen Wartestühle, die überall in Reih und Glied standen. Leise klassische Musik klang in der Luft, ein Zimmerbrunnen plätscherte leise. Schließlich nickte ihr die Arzthelferin zu. »Der Herr Doktor ist so weit«, sagte sie.

Minke folgte ihr in ein großzügiges Arztzimmer. Am gläsernen Schreibtisch saß ein Mann mit knochigem Pferdegesicht und Hornbrille, hinter ihm ragte ein Regal voller Medizinbücher auf. Auf dem Schreibtisch bildete das Knochenmodell einer liegenden Hand den einzigen Schmuck. Er stand auf. »Frau van Hoorn«, sagte er, »Sie sind die neue Kommissarin und wegen Hinnerk hier, richtig? Ich habe es in der Zeitung gelesen.«

Minke nickte und schüttelte ihm die Hand.

»Schrecklich, das mit Hinnerk«, sagte der Arzt und setzte sich wieder. Mit einer einladenden Geste bot er Minke ebenfalls einen Platz an. Sie setzte sich. »Möchten Sie vielleicht einen Tee? Oder einen Kaffee?«, fragte er.

»Nein, danke.«

Er nickte dem Mädchen mit dem Pferdeschwanz zu; sie ging und schloss die Tür hinter sich.

»Ich nehme an, Sie möchten mit mir sprechen, weil ich an dem betreffenden Abend auch auf Nekpen war.«

»Genau.«

»Ja, ich war damals zum Grünkohlessen eingeladen. Es war allerdings eher spontan. Ich erinnere mich noch daran, dass ich am Nachmittag mit Hinnerk telefoniert habe, und da hat er mich eingeladen.«

Minke sah auf seine Hände, an denen ein Ehering steckte. »War Ihre Frau auch dabei?«

»Oh nein, unsere Tochter hatte zu der Zeit gerade die Masern. Sybille blieb bei ihr.«

»Sie haben ja ein sehr gutes Gedächtnis. Das alles ist doch dreiunddreißig Jahre her.«

»Ja, aber nicht jeden Tag erfährt man, dass der Freund, bei dem man am Abend zuvor beim Essen war, verschwunden ist. Da brennt sich alles ein.«

»Möglich ...«, Minke ließ den Blick über den Raum schweifen. Jedes einzelne Möbelstück sah teuer aus.

»Wie war der Abend denn?«, fragte sie. »Wenn sich alles in Ihr Gedächtnis eingebrannt hat, können Sie sich ja vielleicht auch noch an Einzelheiten erinnern.«

Doktor Simon legte seine hohe Stirn in Falten. Er war kein gutaussehender Mann, hatte aber eine angenehme Ausstrahlung. »Oh, es war ein netter Abend. Esther kocht sehr gut, wissen Sie. Wir haben uns unterhalten, es gab Grünkohl mit Pinkel, das klassische friesische Winteressen, und später noch Esthers hervorragendes Schokoladensoufflé. Es war wirklich ein netter Abend.«

»Und Hinnerk?«

»Der war gerne Gastgeber. Er hat gerne eingeladen und mochte ... na ja, Feste und gesellschaftliche Anlässe. Er zeigte gerne, was er hatte. Sein Haus und so weiter.«

»Sie waren Freunde?«

»Ja, wir kannten uns schon seit dem Studium in Hamburg.

Wir haben dort gemeinsam gewohnt, gemeinsam studiert, gemeinsam die Prüfungen gemacht – und dann waren wir plötzlich Ärzte.« Doktor Simon lächelte wehmütig. »Er ist dann hierher zurückgegangen, er kam ja von hier, besser gesagt von Nekpen. Und ein paar Monate später hat er mich auf eine Stelle im Jüsteringer Krankenhaus aufmerksam gemacht. Ich habe zugeschlagen. Wir – Sybille und ich – haben uns sofort in das Städtchen verliebt. Der Strand, das Meer, die Klippen, es ist einfach wunderschön.«

»Waren Sie auch mit Esther befreundet?«

Wieder runzelte sich die Stirn. »So wie man eben befreundet ist mit der Frau seines Freundes. Sie war ja sehr jung, als sie heirateten – zwölf Jahre jünger als Hinnerk und ich. Man konnte natürlich verstehen, warum sie Hinnerk aufgefallen war, sie war ja wirklich sehr hübsch. Ist es immer noch.«

»Sie haben noch Kontakt?«

Täuschte sie sich, oder glitt ein Schatten über das Gesicht des Arztes. »Hin und wieder.«

Minke erinnerte sich an ihre Zettelwand, besonders an einen der Zettel. »Die anderen haben ausgesagt, dass Hinnerk spät abends noch zu einem Patienten aufgebrochen ist. Vermutlich jemandem auf Midsand.«

Doktor Simon nickte.

»Wissen Sie zufällig, wer das gewesen ist?«

»Nein. Hinnerk hat es nicht gesagt, und ich habe nicht gefragt. Der Name hätte mir vermutlich auch nichts gesagt. Ich war ja damals Arzt im Krankenhaus, da kennt man die Patienten nicht so persönlich wie als Hausarzt.«

»Und wann haben Sie erfahren, dass Hinnerk ... sagen wir mal, etwas zugestoßen war?«

»Morgens. Da wurde ja das Boot gefunden, völlig ausgebrannt. Es war eine klare Sache – Hinnerk war über Bord geschleudert worden. Entweder hatte er durch den Aufprall schon tödliche Verletzungen oder er war im kalten Nordseewasser ertrunken. Ich als Arzt habe eine Vorstellung davon, was solch kaltes Wasser mit dem Körper anrichtet. Da hat man wenig Chancen.«

»Tja, irgendwie erzählen mir alle dieselbe Geschichte, jeder, der bei diesem Grünkohlessen am Tisch saß.«

Doktor Simon lächelte.»Wahrscheinlich, weil es eben einfach so war, Frau van Hoorn.« Er räusperte sich.»Gut, ich versuche, mich an Details zu erinnern. Vielleicht haben Sie die ja noch nicht gehört. Es gab Schokoladensoufflé zum Nachtisch ...«

»Das weiß ich schon.«

»... und irgendwann gab es einen kurzen Stromausfall, weil der Generator auf der Nachbarwarft kaputtging. Es war ein scheußlicher Winter damals.«

»Das mit dem Stromausfall ist tatsächlich endlich einmal etwas Neues«, Minke verzog das Gesicht,»aber Hinnerk ist nicht gestorben, weil er in eine Steckdose gefasst hat.« Sie sah ihn an. »Haben Sie eine Idee, wie er mit einem eingeschlagenen Schädel in der Halligwiese gelandet ist?«

Doktor Simon zuckte zusammen.»Das hätten Sie aber nicht so brutal ausdrücken müssen«, sagte er.

»Tut mir leid – das, was Ihrem Freund da passiert ist, war auch brutal.«

Die Arzthelferin erschien wieder.»Doktor Simon, die Patienten warten.«

Er nickte ihr zu und stand auf.»Sie sehen, ich muss weiterarbeiten. Aber zu Ihrer Frage: Nein, ich habe keine Ahnung. Ich kann es mir nicht erklären.« Er reichte ihr die Hand.»Melden Sie sich gerne, wenn es noch Fragen gibt. Ich werde versuchen, sie zu beantworten.«

...

Von unterwegs versuchte Minke, David zu erreichen. Er hatte ihr seine Nummer an dem Abend im »Halligprinzen« eingespeichert. »Für alle Fälle«, hatte er gesagt und gegrinst. Dass jetzt allerdings so ein Fall der Grund war, ihn anzurufen, hätte keiner von ihnen kommen sehen. Sie wollte mit ihm reden, um die Reihe vollständig zu machen. Mit Christine Holt konnte sie nicht mehr reden, also war David der Einzige, der an dem Abend auf Nekpen gewesen war und mit dem sie sich noch nicht unterhalten hatte. Aber sein Handy war ausgeschaltet. Minke geriet nur an die automatische Bandansage, der Teilnehmer sei momentan nicht zu erreichen. Sie warf ihr Handy auf den Beifahrersitz. Als sie am Hafen vorbeifuhr, beschloss sie spontan, eine Pause für ein schnelles Mittagessen einzulegen.

...

Der Fischbrötchenstand am Jüsteringer Hafen war legendär, berühmt vor allem für seine Krabbenbrötchen. Im Sommer war er vor Touristen beinahe überlaufen, jetzt, an diesem verregneten Herbsttag waren kaum Gäste da. An den drei Stehtischen, die wegen des Regens unter das Vordach des Stands gequetscht worden waren, standen nur zwei Hafenarbeiter und stopften jeder ein Fischbrötchen in sich hinein. Minke stieg aus und ging durch den Regen auf den Stand zu. Hier hatte sie oft mit ihrem Vater Krabbenbrötchen gegessen, es war so ein Ding zwischen ihnen gewesen. Sie waren dann mit ihren Krabbenbrötchen am Strand entlanggegangen, hatten manchmal geredet und manchmal auch nicht und hatten sich die Meeresbrise um die Nase wehen lassen. Jetzt, als Minke zum ersten Mal seit vier Jahren wieder auf den

Fischbrötchenstand zuging, hatte sie mit jedem Schritt mehr das Gefühl, ihre Beine verwandelten sich in Blei. Gerade wollte sie auf dem Absatz kehrtmachen, als der Brötchenverkäufer sie entdeckte.

»Hey!«, rief er ihr mit dem geübten Organ eines nordfriesischen Fischverkäufers zu, »Blondie! Dich habe ich ja schon ewig nicht mehr gesehen, aber ich erinnere mich noch. Solche hellen Friesenprinzessinnenhaare vergisst man nicht.« Minke schluckte. Dann gab sie sich einen Ruck und ging auf den Stand zu. Die beiden Hafenarbeiter beobachteten sie. »Krabbenbrötchen hast du immer gegessen, stimmt's? Immer mit einem älteren Herrn.«

»Ja.« Ihr Kloß im Hals wurde nicht kleiner.

»Also wieder Krabbenbrötchen – auch wenn du heute alleine bist?«

Sie wollte nicken, aber sie konnte es nicht. »Ähm, nein, Backfisch bitte.« Backfischbrötchen waren neutral, sie verband nichts damit und machte sich wenig daraus.

Der Verkäufer runzelte die Stirn, als er ihr das Brötchen reichte. Minke bezahlte und floh zurück in den Regen. Sie zog sich die Kapuze ihres Regenmantels über und ging in Richtung Hafenkante, während sie in das Brötchen biss. Es war okay, mehr aber auch nicht.

Die Ebbe kam sichtlich, der Strand hatte sich im Laufe des Vormittags schon deutlich verbreitert, in ein paar Stunden würde hier nur Watt sein, so weit das Auge reichte. Eine Möwe näherte sich Minke und sah sie aufmerksam an. Offensichtlich hoffte sie, dass etwas für sie abfiel. Minke biss ab, kaute, schluckte, biss wieder ab. Es wollte ihr nicht schmecken. Der Regen fiel auf ihre Hände und ging ihr auf die Nerven. Es war kein Wetter, um Fischbrötchen draußen zu essen. Aber um nichts in der Welt wollte sie sich an den Stand stellen. Schließlich gab sie auf. »Da«, sie zupfte den Rest des Brötchens in kleine Stücke, die sie der Möwe vor die gelben Füße warf. Begeistert stürzte die sich darauf, in ein paar Augenblicken gesellten sich noch weitere Möwen dazu. Minke sah ihnen beim Fressen zu, bis keine Spur mehr von dem Brötchenrest zu sehen war. Dann nahm sie ihr Handy und rief noch einmal bei David an. Erstens, weil sie mit ihm wegen Hinnerk reden wollte, zweitens, weil sie überhaupt mit ihm reden wollte. Aber immer noch war sein Handy nicht erreichbar. Minke steckte ihres wieder ein. Die Möwen sahen sie auffordernd an, als erwarteten sie ein zweites Backfischbrötchen. »Ich habe zu tun, Mädels«, sagte sie. »Die Straubs erwarten mich. Die Einzigen mit einem Motiv – ihr versteht also, warum das wichtig ist.«

...

Birgit und Heiner Straub wohnten in einem biederen Einfamilienhaus in einer in die Jahre gekommenen Neubausiedlung im Süden von Jüstering. Im Garten standen Gartenzwerge, und jedes einzelne Fenster war mit Gardinen versehen, um neugierige Blicke abzuhalten. Minke ging über den Gartenweg aus Waschbetonplatten zur Haustür und klingelte. Eine Frau mit grauer Dauerwelle und rundem Gesicht öffnete. »Moin, Frau Straub, wir haben telefoniert.«

»Sie sind die Kommissarin?«

»Ja.«

»Sie sehen so unglaublich jung aus.«

»Danke«, Minke hatte nicht vor, ihre Kompetenz in Frage stellen zu lassen. »Darf ich reinkommen?«

Im Wohnzimmer, in das die Frau sie führte, saß ein Mann auf dem Sofa und las Zeitung. Er trug einen ballonseidenen Jogginganzug in Flieder; vor ihm stand auf dem ausklappbaren Wohnzimmertisch mit Häkeldeckchen ein Kaffeebecher. Dieser Fall führt mich in sehr unterschiedliche Häuser, dachte Minke: die Eleganz von Jaspers Deichgrafenhaus, die penible Sauberkeit bei Esther Johannsen, der überbordende Kitsch in der Wohnung von Geert und Ruth und nun dieses etwas betagte Wohnzimmer im Gelsenkirchener Barock. Heiner Straub sah auf, als Minke hereinkam.

»Die Kommissarin ist hier«, sagte seine Frau überflüssigerweise. Er faltete die Zeitung zusammen und legte sie so auf den Tisch, dass die Schlagzeile zu Hinnerk gut zu sehen war.

»Möchten Sie etwas trinken? Und vielleicht ein paar Kekse?«

Minke, die immer noch Hunger hatte, nickte. Frau Straub verschwand.

»Also, Sie sind wegen dem dort hier«, Heiner Straub zeigte auf die Zeitung. »Hab ich recht?«

»Ja. Wegen Hinnerk Johannsen.«

»Diesem Arschloch.« Heiner Straub spie das Wort aus. »Ein verdammtes Arschloch!«

Seine Frau kam mit einem offensichtlich schon im Voraus angerichteten Tablett zurück. Auf dem Tablett war eine Dünenlandschaft abgebildet, darauf standen eine Kaffeekanne mit braunem Muster und ein Teller mit Butterkeksen. Sie starrte ihren Mann an. »Heiner!«

»Ist doch so.«

Birgit Straub stellte das Tablett ab und goss für alle Kaffee ein. Minke biss hungrig in einen Keks.

»Die Obduktion hat ergeben, dass er erschlagen wurde«, sagte sie. »Es muss viel Wut im Spiel gewesen sein.«

Heiner ließ sich davon nicht beeindrucken. »Wut auf den Kerl, das verstehe ich.«

»Bisher sind Sie da der Einzige«, antwortete Minke. »Bisher erzählen alle nur Gutes.«

Birgit setzte sich neben ihren Mann auf das Sofa. Ihre etwas teigigen Finger hielten ihre Kaffeetasse, sie war blass geworden. »Egal, was Doktor Johannsen getan hat – wir könnten niemandem etwas zuleide tun«, sagte sie. »Das müssen Sie uns glauben.«

Minke biss in den nächsten Keks. Bisher konnte sie sich die beiden mit den Gartenzwergen im Vorgarten und der Schrankwand im Wohnzimmer tatsächlich nur schwerlich als Mörder vorstellen. »Aber erklären Sie mir doch, warum man mir dann überhaupt Ihren Namen nennt.«

»Wegen Stefanie. Dieser Quacksalber hat unsere Tochter auf dem Gewissen«, rief Heiner.

»Heiner, sie lebt noch.«

»Ja, aber sie ist nicht mehr meine Stefanie, die sie mal war.«

Minke verfolgte den Wortwechsel. »Wie ist sie denn?«, fragte sie. »Stefanie, meine ich.«

Birgit tauschte einen Blick mit ihrem Mann. »Wollen Sie sie sehen?«

Das Zimmer, in dem Stefanie bei ihren Eltern wohnte, hatte bunte Buchstaben an der Türfüllung kleben, die ihren Namen bildeten. Es sah aus wie die Tür eines Kinderzimmers. Als Birgit die Tür öffnete, war Minke erstaunt. Der Raum hatte mehr Ähnlichkeit mit einem Zimmer auf einer Intensivstation als mit einem Raum in einem bescheidenen Einfamilienhaus. In der Mitte stand ein Pflegebett, es gab verschiedene Geräte, außerdem einen Rollstuhl, Medizin stand auf dem Nachttisch. Im Bett lag eine Frau mit langen Haaren, durch die sich graue Strähnen zogen. Die Gesichtszüge waren völlig entspannt – unnatürlich entspannt. Der linke Mundwinkel hing zur Seite nach unten; die Augen waren halb geöffnet. Ihr Alter war, abgesehen von den grauen Strähnen, nur schwer zu schätzen.

»Sie liegt im Wachkoma. Nächsten Sommer werden es vierunddreißig Jahre«, sagte Heiner Straub bitter.

»Unser Dornröschen«, seine Frau strich Stefanie übers Haar.

Vierunddreißig Jahre, dachte Minke, das war unvorstellbar lange für einen solchen Zustand. Sie trat ein bisschen näher ans Bett und stellte sich Stefanie vor, nur für den Fall, dass sie sie hören konnte. »Was ist passiert?«, fragte sie dann.

Birgit begann zu erzählen. »Es war im Sommer, Stefanie hatte Schulferien und war ständig mit ihren Freundinnen am Strand zum Baden. Sie ist immer sehr gerne geschwommen und getaucht. Zum letzten Geburtstag hatte sie ein Gummiboot von uns bekommen, das hatte sie sich gewünscht. Knallrot, wie in dem Lied.«

»Hätten wir es ihr nur nicht geschenkt«, knurrte Heiner, während er die Hand seiner Tochter streichelte.

»Stefanie hatte es auch an diesem Tag dabei. Sie paddelten den Strand entlang, bis ans Ende der Steilklippen.«

»Beim Leuchtturm?«

»Ja, dort, wo die Felsen beginnen. Ich weiß nicht, was sie sich dabei gedacht haben. Jedenfalls ist Stefanie vom Boot aus ins Wasser gesprungen. Sie muss dabei mit dem Kopf auf einen Stein gestoßen sein, der im Meer verdeckt lag.«

»Ihre Freunde haben sie herausgezogen und den Notarzt gerufen«, sagte Heiner. »Und derjenige, der an diesem Tag Dienst hatte, war Doktor Johannsen.«

»Er hat Stefanie untersucht, aber gesagt, es sei nichts weiter. Nur eine schwere Gehirnerschütterung, und dass sie vielleicht ein bisschen simuliere«, nun rannen Tränen über Birgits Wangen. »Simulieren, können Sie sich das vorstellen? Wir konnten doch sehen, dass es ihr überhaupt nicht gut ging. Sie hat wirr geredet, sagte, sie würde doppelt sehen. Aber Doktor Johannsen hat gesagt, es käme schon alles in Ordnung. Er hat sich überhaupt keine Sorgen gemacht, im Gegenteil, er war sehr gut gelaunt. Wir haben dann natürlich gemacht, was er gesagt hat – er war ja der Arzt. Wir haben Stefanie zu Hause ins Bett gesteckt.«

Birgit sah auf ihre Tochter hinunter. »Und als ich nach einer halben Stunde nach ihr sah, war sie so.«

»Es war keine Gehirnerschütterung?«

»Nein, es war ein schweres Schädel-Hirn-Trauma.« Heiner musste offensichtlich an sich halten, um nicht zu schreien. »Es ist selten, dass Patienten bei so etwas zuerst noch ansprechbar sind, aber bei Stefanie war es so. Dann ist sie ins Koma gefallen. Hätte ...«, er atmete tief durch, »hätte er es erkannt und sie ins Krankenhaus gebracht, vielleicht hätte man ihr noch helfen können. Aber das werden wir nie erfahren.« Wütend ballte er die Faust.

Das, dachte Minke, während sie in die schlaffen Züge von Stefanie sah, ist in der Tat ein Motiv.

Als sie wieder draußen vor Stefanies Tür standen, sah sie von einem zum anderen.

»Los, fragen Sie«, sagte Heiner angriffslustig. »Fragen Sie, ob ich ihn umgebracht habe. Nein, habe ich nicht. Aber dem, der es getan hat, dem würde ich gerne eine Dankeskarte schreiben.«

»Wo waren Sie denn am 16. Januar 1987?«, fragte Minke. Sie rechnete mit keiner wirklichen Antwort. Wer wusste schon, wo er an einem Tag vor dreiunddreißig Jahren gewesen war?

Kurz herrschte Schweigen. Dann sagte Birgit: »In Nyborg waren wir da. Ganz bestimmt. Dort gibt es ein Rehazentrum für solche Patienten wie unsere Stefanie, und dort waren wir mit ihr.«

Heiner sah seine Frau verblüfft an, dann nickte er. »Stimmt.

Als wir wiederkamen, war dieser Scharlatan schon verschwunden. Hat mich nicht weiter gejuckt.« Er sah Minke direkt an. »Juckt mich auch heute nicht.«

»Vor seinem Verschwinden haben Sie ihn immerhin verklagt.«

»Ja, und es brachte uns nichts. Er wurde in allen Punkten freigesprochen.« Heiner schnaubte. »Es war lachhaft. Er hatte einen Kollegen da, der wie eine Marionette alles sagte, was Hinnerk hören wollte.«

Minke runzelte die Stirn. »Wie hieß dieser Kollege?«

»Ich weiß es nicht mehr. Es war irgendein Name, also ein Vorname, meine ich. Ein Vorname als Nachname.«

Minke stutzte. »Simon?«

»Ja, genau.«

. . .

Während Linda in ihrer Obergeschosswohnung auf Nekpen Biologieklausuren ihrer zehnten Klasse korrigierte und Felix in Jüstering am Hafen arbeitete, saß Esther mit ihrer Enkelin Emily auf dem Sofa in Esthers Wohnzimmer. »Ich verstehe das nicht – Opa wurde also umgebracht? So wie im Film? Wie im Tatort?«

»Er wurde erschlagen, ja.« Esther hatte gerade erst mit Minke telefoniert, die ihr die Obduktionsergebnisse mitgeteilt hatte.

»Und dann hat ihn jemand dort draußen auf der Wiese vergraben?«

»Ja.«

»Aber warum?«

»Das versucht die Polizei herauszufinden.«

Emily schwieg. Ihr Handy lag auf dem Wohnzimmertisch, sie hatte es schon auffallend lange nicht in die Hand genommen. Offensichtlich faszinierte sie der Tod ihres Großvaters, den sie nie kennengelernt hatte, genug, um sogar ihren Freund für eine kurze Zeit zu vergessen.

Esther sah auf die Uhr. Dienstags machte sie gewöhnlich die Wäsche, bügelte und ging bei Ruth drüben in Midsand einkaufen. Die ersten beiden Punkte hatte sie schon erledigt. Fein säuberlich und so akkurat gefaltet, als kämen sie aus einer professionellen Reinigung, lagen die Blusen, Hosen und Pullover in Stapeln im Wäschekorb neben Esther. Aus Gewohnheit, ein Blick, den sie sich vor vielen Jahren antrainiert hatte, nahm Esther den Raum in Augenschein, auf der Suche nach etwas, das nicht in Ordnung war: ein Stäubchen, ein Bild, das nicht völlig gerade hing, ein Sofakissen, das nicht aufgeschüttelt war. Diesen prüfenden Blick hatte sie sich in ihrer Ehe angewöhnt, um Hinnerk alles recht zu machen. Er wollte ein perfektes Haus, und sie sorgte dafür. Der Blick war ihr genauso in Fleisch und Blut übergegangen wie die wöchentliche Maniküre, der Friseurtermin alle vier Wochen, die Gewohnheit, sich zum Abendessen immer hübsch anzuziehen. Gegen diese Gewohnheiten, die einmal so tief in sie hineingepflanzt worden waren, war sie machtlos.

»Wie war Opa so?«, fragte Emily und riss Esther aus ihren Gedanken. »Ich kenne ihn ja gar nicht.«

»Soll ich ein Fotoalbum holen?«

Emily nickte begeistert.

Als Esther das Fotoalbum aus ihrem ersten gemeinsamen Jahr mit Hinnerk aufschlug, strömten die Erinnerungen auf sie ein. Sie hatte sich diese Fotos schon lange nicht mehr angesehen.

»Das hier waren wir, als wir uns gerade erst kennengelernt haben.« Esther tippte auf ein Bild, das sie neben Hinnerk in einem Cabrio zeigte.

»Schönes Auto. Hat das Opa gehört?«

»Ja.«

»Aber er hat es doch hier auf Nekpen gar nicht gebraucht.«

»Stimmt, aber in der Stadt schon. Er hatte dort eine Garage gemietet, und an den Wochenenden, wenn er nicht in der Praxis war, fuhr er mit mir über Land, und wir gingen essen, oder er zeigte mir irgendein altes Schloss oder ein Museum oder irgend so etwas. Opa kannte sich mit so vielem aus; er war ja auch viel älter als ich.«

»Wie viel älter?«

»Zwölf Jahre. Er war dreißig, als wir geheiratet haben.«

Emily riss die Augen auf. »Und du achtzehn? Nur drei Jahre älter als ich? Das ist doch viel zu jung zum Heiraten.«

Esther lächelte. »Das haben meine Eltern damals auch gesagt. Aber ich wollte ihn unbedingt heiraten. Ich habe ihnen gesagt, dass ich sterbe, wenn ich es nicht tue. Und er hat ihnen versichert, auf mich aufzupassen.«

»Du warst also richtig in ihn verliebt?«

Esther sah auf das Bild. Ihr lachendes, junges Mädchengesicht im Cabrio, die Haare zerzaust, sie trug ein gepunktetes Kleid, das sie noch ein bisschen jünger wirken ließ, als sie sowieso schon gewesen war. Hinnerk daneben, braun gebrannt mit seinen herrlichen Zähnen. Er lachte und hatte den freien Arm um sie gelegt. Alles an ihm drückte Stolz aus. »Ich war völlig verrückt nach ihm«, antwortete Esther.

Emily musterte das Foto. »Er sah richtig gut aus, finde ich. Wie James Bond oder so.« Sie sah ihre Großmutter an. »Und du siehst aus wie ein Model.«

»Danke.«

»Sehe ich dir ähnlich?«

Esther lächelte. »Natürlich. Das habe ich schon oft zu Linda gesagt.« Sie beobachtete, wie sich auf Emilys Gesicht Erleichterung zeigte. Junge Mädchen wollten immer unbedingt schön sein, dachte Esther. So war es bei mir auch. Ich wollte um jeden Preis die Schönste sein – für alle, und besonders für Hinnerk.

»Wo habt ihr euch kennengelernt – Opa und du?«

»Beim Kapitänsball. Den gab es damals noch in Jüstering, und Ruth hatte mich mitgenommen. Ich war eigentlich noch zu jung, aber ich wollte unbedingt, und ich durfte schließlich, weil meine große Schwester dabei war. Hinnerk war auch da. Ich glaube, damals haben sich alle Mütter mit unverheirateten Töchtern in Jüstering und auf den Halligen gewünscht, dass Hinnerk ihr Schwiegersohn wird.«

»Und dich hat er genommen.«

»Ja. Er hat mich beim Kapitänsball aufgefordert und dann den ganzen Abend nur mit mir getanzt. So haben wir uns kennengelernt.«

Emily blätterte um. Es folgten Hochzeitsbilder: Hinnerk im Smoking, Esther in einem überbordenden Brautkleid. Emily kicherte. »Oma, du warst ja wirklich megahübsch und so, aber darin siehst du aus wie ein Wattebausch.«

»Das war damals Mode.«

In diesem Moment fiel Esther eine Vase ins Auge, die am anderen Ende des Raumes auf einem Beistelltischchen stand. Die Lilien darin waren noch nicht verblüht, aber eine davon ließ schon ein wenig den Kopf hängen. Der gelbe Blütenstaub würde sich dort sicher schon überall verteilen und Flecken hinterlassen. Esther wurde unruhig. Sie wollte den Moment mit Emily nicht unterbrechen, aber dieser Blütenstaub ... Sie spürte, wie sie nervös wurde.

»Du siehst da richtig glücklich aus«, sagte Emily in diesem Moment. Sie hatte inzwischen die Seite mit den Fotos aufgeschlagen, die Esther und Hinnerk beim Hochzeitstanz zeigten. Esthers mädchenhaftes Gesicht an Hinnerks starke Schulter gelehnt.

»Ich war sehr glücklich.«

»Habt ihr eine Hochzeitsreise gemacht?«

Esther, die Augen auf die Lilienblüte gerichtet, nickte. »Wir waren in Italien. Hinnerk meinte, dass ich die Antike kennenlernen sollte. Es war ihm wichtig, mir etwas beizubringen. Ich war ja nicht viel mehr als ein Schulmädchen.«

Sie ertrug es nicht mehr. Abrupt stand sie auf, durchquerte den Raum und zog die abgeknickte Lilie aus der Vase, wobei sie peinlich genau darauf achtete, keine der anderen Blüten anzustoßen. Tatsächlich hatte sich schon Blütenstaub auf dem Zierdeckchen verteilt. Esther zog das Deckchen weg.

»Oma?«, fragte Emily vom Sofa her.

»Hm, hast du etwas gesagt?«

»Ja, ich habe gefragt, ob du traurig warst, als Opa nicht mehr da war.«

»Oh, natürlich, Schatz, natürlich.« Esther war zerstreut. Sie hielt das Deckchen in der Hand und dachte krampfhaft darüber nach, wie man am besten Lilienflecken entfernte.

»Aber mit achtzehn heiraten ist trotzdem viel zu jung«, sagte Emily, die inzwischen doch wieder das Handy zur Hand genommen hatte. »Echt pervers irgendwie.«

Brennspiritus, dachte Esther erleichtert. Mit einem Wattebausch und Brennspiritus – endlich war es ihr wieder eingefallen. Sie beruhigte sich.

. . .

Minkes Handy krächzte schon wieder. Sie war auf der Rückfahrt von den Straubs zur Polizeiwache und stutzte, als sie sah, dass der Anruf von dort kam. Wenn Klaus wieder über das Partybüfett reden will, dachte sie, dann schreie ich. »Moin, Klaus.«

»Hallöchen, wo treibst du dich rum? Gondelst durch die Weltgeschichte und hast Spaß, während ich hier hart als dein Anrufbeantworter arbeiten muss.«

»Was meinst du?«

»Eben hat hier eine junge Dame angerufen. Klang hysterisch, wenn du mich fragst.«

»Und warum war sie hysterisch?«

»Ihr Chef ist heute anscheinend nicht zur Arbeit erschienen. Normale Menschen führen da ja einen Freudentanz auf, aber die nicht. Jedenfalls: Ich habe gesagt, du meldest dich bei ihr.«

»Wo arbeitet sie denn?«

»In der Seehundstation. Ihr Chef ist dieser Schönling, der Sohn vom Deichgrafen – Dingens Holt, ich komm gerade nicht drauf.«

Minkes Herz setzte einen Schlag aus. »David.« Sie hatte ihn den ganzen Tag nicht erreicht. Das war ihr schon merkwürdig vorgekommen.

»Ja, genau. Dingens, David – beides fängt mit D an.« Klaus lachte sein röhrendes Lachen. »Wahrscheinlich ist die Kleine verknallt in ihn und regt sich deshalb so auf. Ach so, Mäuschen, was ich noch fragen wollte, wegen diesem Büfett ...«

Minke legte einfach auf. Dann gab sie Gas.

• • •

Die Seehundstation Jüstering war am Rand der Steilküste gebaut worden. Die Anlage war groß; mit vielen Becken für die Seehunde, die hier aufgepäppelt wurden, und mit einem kleinen Museum für Besucher. Auf dem Parkplatz standen zwei Autos, eines davon war ein Amphibienfahrzeug – ein Geländewagen, der auch über das Watt fahren konnte, wichtig für Notfalleinsätze.

Minke parkte daneben und ging zum Eingang. Sie war schon lange nicht mehr hier gewesen, aber es sah alles noch vertraut aus. Als sie noch Meeresbiologie studiert hatte, hatte sie hier in den Semesterferien ab und an gejobbt. David hatte damals noch nicht hier gearbeitet. Schon gleich nachdem sie die Station betreten hatte, kam ihr eine aufgeregte junge Frau entgegen. Sie trug eine rote Arbeitshose mit dem Emblem der Seehundstation und einen braunen Bob, der ihren schmalen Hals betonte und sie ein wenig französisch aussehen ließ. Ihre braunen Rehaugen waren vor Schreck weit aufgerissen. Minke kam sie vage bekannt vor. Die Frau dagegen erkannte sie sofort: »Minke!«, rief sie. »Gott sei Dank, dass du da bist! Ich hatte fast den Eindruck, dass dein Kollege mich nicht ernst genommen hat.«

Minke sparte sich eine Antwort. Die Frau begriff offensichtlich, dass sie nicht wusste, wen sie vor sich hatte.

»Ich bin's, Diana«, sagte sie, »weißt du nicht mehr? Ich war Schülerpraktikantin, als du als Studentin hier gejobbt hast. Du warst unglaublich gut, hattest ein unheimliches Händchen für Robben.«

»Danke. Und du bist hiergeblieben?«

»Ja. Seit einem Jahr bin ich fest hier.« Diana lächelte. »Es ist so schön, hier zu arbeiten. Mit den Tieren, und mit David – ich meine, mit meinen Kollegen.«

Sieh mal an, dachte Minke. Da hat Klaus wohl tatsächlich ausnahmsweise ins Schwarze getroffen.

»Du machst dir also Sorgen um David?«

Diana nickte. »Er kommt normalerweise als Erster morgens, macht schon mal den ersten Rundgang durch die Gehege und so weiter. Aber als ich um neun heute Morgen kam, war hier niemand. Alles war noch abgeschlossen, die Rollläden unten, und die Robben hatten Hunger.«

»Sonst arbeitet niemand hier?«

»Doch, aber Sandra hat seit Tagen eine Grippe, und Franzi ist im Urlaub. Es ist also sowieso schon knapp ... und dann kommt David heute einfach nicht, obwohl er das weiß. Er hätte heute Nachmittag eine Kindergruppe führen sollen, aber ich erreiche ihn einfach nicht.«

»Stimmt, ich auch nicht.«

Diana sah sie verdutzt an, aber sie sammelte sich schnell wieder. »Das ist alles total untypisch für ihn«, fuhr Diana fort. »Er ist sehr zuverlässig. Ein toller Chef. Wirklich toll.«

»Hast du schon auf der Anlage überall nachgesehen?«

»Ja, natürlich.«

Trotz Dianas Versicherung ließ Minke es sich nicht nehmen, selbst noch einmal nachzusehen. Sie sah in jedes Gehege und in jedes Robbenbecken, immer mit der Furcht, vielleicht dort unten im Wasser zwischen den vergnügt schwimmenden Seehunden einen leblosen Körper zu entdecken. Aber alles war in Ordnung.

Sie ließ sich von Diana Davids Büro zeigen. Über dem Schreibtisch hingen Schichtpläne, Fütterungslisten, angemeldete Schulklassen, Kindergärten. Dazu ein Foto von David und drei Frauen in den gleichen roten Arbeitshosen. Es war nicht zu übersehen, wie Diana David auf dem Bild anschmachtete.

»Das war beim Sommerfest«, erklärte sie. »David hat das eingeführt. Er ist so ein wunderbarer Chef.«

»Jaja.« Diana begann Minke auf die Nerven zu gehen. »Ich seh mich mal draußen um.«

Aber auch draußen gab es nichts Auffälliges. Der Parkplatz war bis auf den Geländewagen, der der Station gehörte, das Polizeiauto und das von Diana leer. Nur eine Möwe stolzierte mit scheelem Blick über die Asphaltfläche. Die Klippen waren mit kurzem grünem Weidegras bewachsen, so weit das Auge reichte.

Ein Mensch wäre auf Kilometer sichtbar gewesen, aber da war niemand – nur Gras, Meeresluft und Wind. Minke ging mit mulmigem Gefühl bis zur Klippenkante. Die Steilklippen nördlich von Jüstering waren in ganz Nordfriesland berühmt. Minke sah auf den feinen weißen Strand weit unter ihr. Sie hatte beinahe befürchtet, dort unten Davids Körper zu sehen, verunglückt und regungslos – aber der Strand war leer. Bei dem schlechten Wetter ging dort nicht einmal jemand mit dem Hund spazieren. Minke war weit und breit der einzige Mensch. Sie sah hinaus auf die weite Nordsee, die inzwischen das Watt wieder zu überspülen begann. Im Regenwetter sah sie bleigrau und kalt aus. Der Wind pfiff, die Regentropfen fühlten sich an wie feine Nadelstiche. Minke kramte ihr Handy heraus und wählte noch einmal Davids Nummer, obwohl sie das Ergebnis schon kannte. Tatsächlich startete wieder nur die Bandansage. Minke wählte die Nummer von Jasper Holt auf Nekpen. Vielleicht war David ja ganz einfach bei seinem Vater.

»Jasper Holt?«

»Minke hier. Herr Holt, ist David bei Ihnen?«

»Nein, wieso?«

Minke hielt es zum jetzigen Zeitpunkt für unnötig, den alten Deichgrafen aufzuregen. »Ich wollte ihn nur sprechen und erreiche ihn nicht. Hat er sich heute schon bei Ihnen gemeldet?«

»Ja, heute Morgen ganz früh. Er hat mir gesagt, dass er es heute doch nicht nach Nekpen schafft. Wollte mir eigentlich mit dem Dach helfen, an einer Stelle gammelt das Reet.«

»Hm, okay. Danke.«

Minke sah sorgenvoll zum Horizont, wo sich das Blaugrau des Meeres im Blaugrau des Herbsthimmels verlor. Vielleicht war es übertrieben – aber sie hatte kein gutes Gefühl.

. . .

David Holt sank entmutigt auf den Boden. Die letzten Stunden hatte er damit verbracht, die Wände abzutasten, aber letzten Endes wusste er, dass es keinen Ausweg gab. Draußen hörte er das Prasseln des Regens und das Rauschen der Nordsee. Die Luft hier drin war kalt und feucht, er setzte sich auf die Matratze und nahm die Wolldecke, die darauf lag. Auf einem Hocker standen eine Thermoskanne mit Tee, eine Tasse und ein Teller mit Käsebroten. Verhungern würde er nicht. Grimmig sah er sich um. Die alten Wände verströmten einen muffigen Geruch. Er kam sich vor wie im falschen Film. Aber leider war alles echt.

. . .

Auf dem Rückweg in die Stadt hielt Minke bei der Adresse, die ihr Diana gegeben hatte. Hier wohnte David also. Es war ein efeubewachsenes Mietshaus von der Jahrhundertwende, mit einer ganz hübschen Fassade und in der Nähe des Hafens gelegen. Gerade war eine ältere Frau dabei, aus dem Briefkasten ihre Post herauszuangeln. Sie trug einen Regenmantel und eine Plastikhaube, an der der Dauerregen abperlte.

Minke stieg aus und grüßte.

»Moin«, die Frau musterte sie misstrauisch. »Ist was?«

»Ich bin auf der Suche nach dem jungen Mann, der oben in der Dachwohnung wohnt. David Holt.«

»Ach, der. Sie sind auch eines seiner Mädchen, hm?«

Minke deutete auf das Polizeiauto. »Nein, ich bin die Kommissarin.«

Die Frau schien sofort interessierter. »Polizei? Hat er was ausgefressen? Ich bin seine Vermieterin – Renate Weiß.«

»Nein, er hat nichts ausgefressen. Ich suche ihn nur.« Sie machte eine Pause. »Wie haben Sie das eben gemeint, ›eines seiner Mädchen‹?«

»Na ja, der und seine Kolleginnen … Und da zähle ich die Praktikantinnen gar nicht mit, die auch unbedingt mal Robben streicheln wollen und um ihn herumscharwenzeln. Vor allem so eine Dunkelhaarige mit Rehaugen ist ständig da. Schaut schmachtend die Fassade hoch, bevor sie klingelt.« Sie lächelte schmallippig. »Mein Vater war Fischer. Wissen Sie, was der über Robben gesagt hat? Verdammte Viecher, fressen mir den besten Fisch weg.«

»Haben Sie David heute gesehen?« Minke ging jede Wette ein, dass Renate Weiß die Sorte Vermieterin war, die ihr Leben am Fenster zubrachte und der nichts entging. Sie hatte recht: »Na ja, heute Morgen. Da ist er mit dem Fahrrad zur Arbeit los wie immer. Er hat ein grässliches Fahrrad; blau mit solchen dicken Reifen. So was hat es zu meiner Zeit nicht gegeben.«

»In welche Richtung ist er gefahren?«

»Na – hier lang«, Frau Weiß zeigte in Richtung Norden.

»Und Sie sind sich sicher, dass das heute war – nicht gestern oder vorgestern? Das war ganz sicher heute Morgen?«

»Ich bin nicht senil, Frau Kommissarin. Heute Morgen hat es schon geregnet, und ich dachte noch: Typisch Mann, nimmt nicht mal einen Schirm mit. Der wird nass, hab ich gedacht.«

• • •

Minke ging über den schmalen Halligweg auf Midsand, der die Kirchenwarft mit der Frankwarft verband. Sie dachte über David nach. Wo war er? Bildete sie sich alles bloß ein, oder stimmte ihr dumpfes Gefühl: dass dieser alte Fall – Hinnerk – nicht mehr ihr einziger war, sondern ein neuer – David – dazugekommen war? Hing beides zusammen: das Skelett mit dem Loch im Schädel und Davids Verschwinden?

Es hatte endlich aufgehört zu regnen, der Himmel war am Horizont aufgeklart. Der Abendstern stand über dem Meer. »Das ist in Wirklichkeit gar kein Stern«, hörte Minke die Stimme ihres Vaters in ihren Gedanken. »Das ist ein Planet, die Venus.« Michael hatte Sterne geliebt. Minke sah hinüber zur Kirchenwarft und zu dem kleinen Friedhof. Dort drüben war er, irgendwo. Sie wusste nicht einmal, wo genau. Als Imma ihr erklären wollte, wo das Grab lag, hatte sie einmal die Musik lauter gedreht.

Auch jetzt wandte sie sich schnell ab und beeilte sich, Distanz zwischen sich und die Kirchenwarft zu bringen.

Der Hof auf der Frankwarft war ein gemütlicher nordfriesischer Halligbauernhof ohne Schnickschnack. Das große Tor zu den Ställen stand offen; Licht brannte darin. Als Minke näher kam, konnte sie das Muhen der Kühe im Stall hören. Eine Frau mit zusammengebundenen Haaren und in Gummistiefeln ging im hell erleuchteten Stall hin und her und verteilte mit einer Heugabel frisches Heu – Nadine Frank, die Freundin von Linda, bei der sie vor dreiunddreißig Jahren übernachtet hatte, und damit der letzte verbleibende Mensch, mit dem Minke heute über den Abend reden wollte, an dem Hinnerk verschwand – abgesehen von David.

Nadine entdeckte Minke. Sie setzte die Heugabel ab und winkte ihr zu. »Kommst du zum Helfen?«

»Nicht wirklich.«

Nadine grinste. Minke trat ganz in den Stall. Der Geruch nach frischem Heu und Tieren lag in der Luft. Die Schafe drängten ans Gatter, sobald sie Minke sahen. »Sie erkennen dich«, sagte Nadine.

»Ich streichle sie eben gerne.« Minke streckte ihre Hand über das Gatter und strich über eine der Schafsnasen, die sich ihr entgegenreckten. Während sie ein Schaf nach dem anderen streichelte, sagte sie: »Ich nehme an, dass du heute schon Zeitung gelesen hast.«

»Die Zeitung, die sich fragt, ob unsere neue Kommissarin wohl den alten, gruseligen Fall des Skeletts auf der Hallig löst? Oh ja.«

Minke schnitt eine Grimasse. »Gut, dann kann ich mir ja die Erklärungen sparen. Meine Frage ist nur eine: Linda hat ausgesagt, dass sie an dem Abend damals bei dir übernachtet hat. Stimmt das?«

»Ja.« Die Antwort kam wie aus der Pistole geschossen.

»Da musst du nicht nachdenken, wenn es dreiunddreißig Jahre her ist?«

»Nein. Ich weiß nämlich noch, wie mein Vater sie am nächsten Morgen mit dem Boot rüber nach Nekpen gebracht hat und kreidebleich zurückkam. Er hat mir damals gesagt, dass Hinnerk einen Bootsunfall hatte.« Sie stach wieder die Heugabel in das Heu und verteilte eine Portion davon im Stall. »So etwas vergisst man nicht, erst recht nicht, wenn man fünfzehn ist.«

»Was habt ihr gemacht an dem Abend?«

»Das weiß ich wirklich nicht mehr so richtig. Wahrscheinlich das Übliche: Bravo-Hefte lesen, Horoskope vergleichen, Gummibärchen essen und über die Jungs reden. Linda war damals schon in Felix verliebt. Ich war ab und zu ihr Alibi, wenn sie sich mit ihm getroffen hat. Meistens drüben am Fething.«

»Hm«, Minke sah das Schaf an, das sie gerade streichelte. Es schlenkerte mit den Ohren und drückte seinen Kopf gegen ihre Hand. »Wie war Lindas Verhältnis zu ihrem Vater?«

Nadine warf eine neuerliche Gabel voller Heu über das Gatter.

»Was soll ich sagen – sie war Papis Prinzessin, zumindest lange Zeit.«

»Und später?«

»Später wurde sie groß, das ist wahrscheinlich immer schwierig. Aber wir haben nicht wirklich darüber geredet. In dem Alter redet man wohl lieber über Jungs als über die eigenen Eltern.«

»Und wie fandest du Lindas Vater?«

Nadine antwortete nicht sofort. Schließlich sagte sie: »Er hatte Charisma. Damals habe ich das Wort noch nicht gekannt, aber das war es. Man konnte sich ihm kaum entziehen, gleichzeitig glaube ich nicht, dass er sich von irgendjemandem hat beeindrucken lassen.« Sie lachte. »Oh Gott, das muss für dich wie Küchenpsychologie klingen, erst recht, wo du Imma als Mutter hast. Sagen wir es einfach so: Er war ein attraktiver Arzt, und das wusste er auch.«

Sie griff nach einem Futtereimer und schüttete das Futter in den Trog der Schafe. Sofort machten sie sich darüber her; ihre Schwänzchen wedelten wild. »Tja, nicht nur dich mögen sie«, sie zwinkerte Minke zu.

. . .

Als Minke sich von Nadine verabschiedete, war es endgültig dunkel geworden. Als sie die Haustür ihres Elternhauses aufschloss, freute sie sich auf Essensduft, Imma, die in der Küche werkelte und irgendetwas Leckeres im Topf umrührte. Aber das Haus war dunkel, die Küche kalt. Aus dem Anbau, in dem Imma sich ihre Therapieräume eingerichtet hatte, drang allerdings leise Musik. Minke ging hinüber und klopfte.

»Schatz, bist du das? Komm rein.«

Minke öffnete die Tür. Dort saß ihre Mutter in ihrer Töpferecke, die sie zur Gestaltungstherapie auch mit Patienten nutzte. Sie trug eine tonverschmierte Latzhose und ein Haarband und war gerade damit beschäftigt, auf der sich drehenden Töpferscheibe eine Art dickbauchige Vase zu töpfern. »Schau mal, ist das nicht toll? Ich dachte, ich könnte es Bo zum Geburtstag schenken.«

Minke grinste. »Da wird er sich freuen.«

Imma entging der Sarkasmus. Sie sah zu Minke hoch. »Töpfern ist so richtig etwas für Hände, Geist und Herz. Man versinkt darin, kann sich so richtig entspannen – das wäre auch mal was für dich.«

»Nein danke.«

Imma strich sich mit dem Handrücken ein paar Haare aus dem Gesicht und hinterließ eine Spur von nassem Ton an der Stirn, die sie nicht zu stören schien.

»Mama, es ist spät. Soll ich uns etwas zu essen machen?«

»Oh nein, ich kann nicht. Ich bin gerade richtig im Flow, und im Flow hat man keine Hungergefühle, keinen Durst, keine Müdigkeit, kein Zeitempfinden – das ist wissenschaftlich bewiesen.« Imma unterbrach sich. »Du hast Heu in den Haaren.«

»Ich war bei Nadine Frank im Stall.« Minke zupfte sich einen Halm vom Kopf.

»Bei Nadine? Warum das?« Imma setzte wieder die Töpferscheibe in Gang und versuchte, die bauchige Vase noch ein wenig bauchiger werden zu lassen.

»Linda hat mir gesagt, dass sie an dem Abend, an dem Hinnerk ermordet wurde, bei Nadine übernachtet hat. Das wollte ich nachprüfen.«

Die Töpferscheibe wurde langsamer. »Linda Johannsen?«

»Ja. Warum?«

»Oh, verdammt, jetzt habe ich eine Delle reingemacht«, schimpfte Imma.

»Mama«, grinste Minke, »ich dachte, Töpfern soll entspannen.«

Imma beachtete sie nicht, während sie versuchte, ihre Vase zu retten.

»Also, warum fragst du so nach Linda?«

Imma machte ein abwehrendes Gesicht und sagte in betont beiläufigem Tonfall: »Ach, einfach nur so. Sie war Schülerin, als ich drüben in Jüstering Schulpsychologin war. Das fiel mir nur ein, weiter nichts.«

»Aha«, Minke betrachtete ihre Mutter misstrauisch, aber Imma gab vor, wieder völlig ins Töpfern versunken zu sein.

...

Der »Halligprinz« auf der Markuswarft war an diesem Abend gut besucht, obwohl es ein gewöhnlicher Dienstagabend im Herbst war. Am Stammtisch in der Ecke saßen schon sechs Männer, als Geert hereinkam. Sofort wurde er mit großem Hallo begrüßt. Die anderen waren ihm schon um zwei Bier voraus. Er setzte sich und bestellte auch eines.

Währenddessen sah er sich im Gastraum um. Einige Gäste hatten noch Teller mit Essen vor sich – einfache nordfriesische Gerichte, etwas anderes gab es hier nicht; am schönsten Tisch, dem neben dem Kachelofen, der mit Delfter Kacheln ausgekleidet war, saß ein junges Paar und hielt über Halligbrot und Tee Händchen.

Tjark, seit über fünfzig Jahren hier Wirt, brachte Geerts Bier an den Stammtisch. »Na, Tjark, was gibt es Neues?«, fragte Geert gönnerhaft. »Schon das mit Hinnerk gehört?«

»Hm«, machte Tjark nur. »Willst du was essen?«

»Quatsch«, Geert winkte ab. »Flüssignahrung reicht mir.« Die Männer um Geert herum lachten. Geert hob sein Glas und prostete in die Runde. »Die nächste Runde geht auf mich.« Seine Ankündigung erntete beifälliges Gemurmel.

»Bist du in deinem verschlafenen Bankbüro aus Versehen über eine Beförderung gestolpert?«, fragte einer der Stammtischbrüder feixend.

»Viel besser. Ich habe auf das richtige Pferd gesetzt. Endlich mal wieder was gewonnen, da kann ich ja wohl was für meine Kumpels springen lassen. Tjark«, er winkte noch einmal nach dem Wirt. »Bring doch mir und meinen Freunden gleich ´ne Runde ›Lütt un Lütt‹!«

Der Stammtisch johlte. »Lütt un Lütt«, ein kleines Bier und ein kleiner Kümmelschnaps, war in der Stammtischrunde besonders beliebt. Geert prahlte weiter mit seinen Wetterfolgen. Kurz darauf balancierte Tjark ein Tablett voller Gläser zum Stammtisch und verteilte alles. »He, willst du auch einen?«, fragte Geert. »Geht auf mich«, er legte Geld auf den Tisch. »Schmeiß es in deine Kasse, und trink selber einen. Hast du schon von meinem neuesten Gewinn gehört? Ich habe es eben den Jungs erzählt.«

»Nee«, sagte Tjark nur wortkarg und drehte der Runde wieder den Rücken zu. Er hatte über all die vielen Jahre genug Geschichten von Geerts Pferdewetten gehört.

• • •

Minke betrat ein wenig später mit knurrendem Magen den »Halligprinzen«. Der Gastraum hatte sich inzwischen geleert, nur der Stammtisch war noch voll besetzt und gut gelaunt, und das Paar am Kachelofen saß auch noch da. Tjark stand hinter dem Ausschank und polierte mit geübten Griffen Gläser.

Als Minke eintrat, verdrehte er zu ihr gerichtet die Augen und sagte nur ein Wort: »Geert«, während er mit dem Kinn zum Stammtisch wies.

»Hat er wieder mal irgendwo gewonnen?«

»Anscheinend.« Tjark stellte ein fertig poliertes Glas ins Regal, während Minke sich auf einen der Barhocker setzte. Dann wandte er sich ihr zu. Er hob nur fragend die Augenbrauen, ein Spiel, das sie seit Jahren perfektioniert hatten – seit Minke alt genug gewesen war, um alleine hinüber zum »Halligprinzen« zu flitzen und dort eine Cola und eine Portion Pommes zu bestellen. Seit dieser Zeit reichten ein Augenbrauenheben von Tjark und ein Nicken von Minke. Sie verstanden einander.

Tjark stellte ein Glas Cola vor ihr ab und rief »Pommes« durch die offene Küchentür. Dann grinste er mit seinem faltig gewordenen Gesicht. »War'n guter Einstand vorgestern.«

Minke schnitt eine Grimasse. »Ja, das Fest schon. Alles danach ist bisher eher beschissen.«

Tjark stellte eine heiße Portion Pommes vor ihr ab. »Hab's gelesen – mach dir nichts draus«, sagte er. »Wirst du schon hinkriegen.« Für ihn war das eine lange Rede.

Minke machte sich heißhungrig über die Pommes her. »Sag mal, Tjark«, begann sie, nachdem der schlimmste Hunger gestillt war, »kanntest du Hinnerk?«

»Kaum.«

»Kannst du dich an die Nacht erinnern, in der er verschwand?«

»Büschen vielleicht.«

Sie sah ihn gespannt an, während sie weiteraß.

Tjark schleuderte das Tuch zum Gläserpolieren auf seine Schulter, wie er es am Tag unzählige Male tat. Meistens, wenn man ihn sah, trug er ein Geschirrhandtuch über einer Schulter. »War damals noch bei der Feuerwehr«, nuschelte er, »mit dem Deichgraf draußen am Deich.« Er zuckte die Schultern. »Am nächsten Morgen war der Arzt fort.«

»Jasper war also wirklich am Deich?«, fragte Minke, obwohl sie daran nie wirklich gezweifelt hatte.

»Klar. Dem ist seine Deichnadel kaputt gegangen, war total wütend deswegen, drum weiß ich es noch.« Tjark grinste. »Ein Vogel. Aber er war da.« Während er ging, um dem Stammtisch eine neue Runde Bier zu bringen, blieb Minke an der Bar sitzen und aß ihre Pommes. Während sie kaute, sah sie hinaus aus dem Fenster. Man konnte von hier aus bis hinüber nach Nekpen sehen. Auf beiden Warften brannte Licht. Holt und Johannsen, dachte sie. Schon immer sind es nur die beiden auf Nekpen.

. . .

Später, als sie schon draußen vor dem »Halligprinzen« stand, wählte sie noch einmal Jaspers Nummer. Er meldete sich schnell für die Uhrzeit.

»Ich bin es noch einmal, Minke van Hoorn«, sagte sie.

»Haben Sie inzwischen etwas von David gehört?«

»Nein. Wieso fragst du das dauernd, Lütte?«

Sie atmete tief durch. Sie sah keine andere Möglichkeit: »Ich mache mir Sorgen. David war heute nicht bei der Arbeit, und ich kann ihn auch nicht erreichen.«

Der Deichgraf lachte. »Ach komm, er ist doch ein erwachsener Bursche. Wahrscheinlich ist er einfach nur raus aufs Meer zum Fischen. Musste den Kopf freikriegen oder so, das hat er von mir – auf dem Meer ordnen sich die Gedanken.«

»Ja, vielleicht ...«

»Mach dir keine Sorgen. Ich bin sein Vater – wenn ich mir keine Sorgen mache, brauchst du dir auch keine zu machen. Der taucht sicher wieder gesund und munter auf.«

»Na schön. Aber wenn er morgen nicht da ist, schreibe ich ihn zur Fahndung aus.«

Am anderen Ende kicherte der Deichgraf ein Großvaterkichern. »Ich wusste es – du bist doch verknallt in ihn.«

Minke verabschiedete sich.

...

Er kam spät am Abend nach Hause. Den ganzen Tag war er kaum zum Luftholen gekommen. Das Geschäft lief gut, er hatte in den letzten Jahren immer mehr Mitarbeiter eingestellt. Aber manchmal dachte er mit Wehmut an die Zeiten vor vielen Jahren zurück, in denen er allein gewesen war – da hatte er noch Zeit für Hobbys gehabt oder dafür, nach Feierabend mit seinen Kumpeln etwas trinken zu gehen. Als Chef war das alles vorbei. Er kam nach Hause, es war still im Haus. Seit er geschieden war, war das so. Aber er fand es nicht schlimm; es war in Ordnung, wie es war – und es stimmte, er hatte tatsächlich kaum Zeit für seine Frau und die Kinder gehabt. Er zog die Schuhe aus, ging in die Küche und nahm ein Bier aus dem Kühlschrank. Damit setzte er sich vor den Fernseher. Er dachte an heute, als er Ruth besucht hatte. Ihr Mann war eine Witzfigur mit seinen ewigen Pferdewetten. Aber Ruth – das war etwas ganz anderes. Er fand es schade, dass sie sich selten sahen. Im Fernsehen kam kein Film, den er mochte. Er schaltete auf den Sportkanal. Fußball entspannte ihn immer, es klappte selbst heute.

16. Januar 1987,
Freitagabend, 20.27 Uhr
Geert

Geert öffnete den obersten Hemdknopf. Ihm war warm. Bildete er es sich nur ein, oder war die Luft im Esszimmer stickig? Er hatte das Gefühl, immer noch den Grünkohl riechen zu können, auch wenn Esther ihn schon vor einer Weile abgetragen hatte. Aber der geöffnete Hemdknopf verschaffte ihm keine nennenswerte Erleichterung. Die drückende Hitze, die er fühlte, kam von innen, genau wie das unwohle Gefühl in der Magengegend. Außer ihm schien es jedem am Tisch gut zu gehen.

Gerade erzählte Hinnerk irgendeine Geschichte. Wie immer kommt er darin natürlich gut weg, dachte Geert genervt. Und alle hängen an seinen Lippen. Einen Augenblick später lachten Hinnerks Zuhörer am Tisch wie auf Kommando. Geert sah ihnen dabei zu. In diesem Moment traf ihn Hinnerks Blick. Na Geert, schien er zu sagen, fühlst du dich ein bisschen unwohl, hier an meinem Esstisch zu sitzen und auf gut Wetter zu machen? Er findet das lustig, dachte Geert, er weidet sich daran. Hinnerks Blick ruhte weiter auf ihm, so lange, bis Geert tatsächlich pflichtschuldigst ebenfalls lachte. Wie ein dressierter Affe, schimpfte er danach mit sich selbst. Aber was soll ich machen? Als Hinnerk endlich den Blick woandershin richtete, ließ Geert dem ersten geöffneten Hemdknopf noch einen zweiten folgen. Der Gastgeber leitete derweil zur nächsten Heldengeschichte über.

Ich hätte nicht mitkommen sollen, überlegte Geert, ich hätte doch einfach sagen können, dass ich krank bin oder so etwas. Er erinnerte sich daran, wie er früher Hinnerk bewundert hatte – ein Mann, der alles hatte: Geld, eine schöne Frau, die alles für ihn tat, ein schickes Auto, er sah sogar noch gut aus, verdammt noch mal. Aber inzwischen war es keine Bewunderung mehr, die Geert empfand, wenn er an seinen Schwager dachte. Es war eine Mixtur deutlich dunklerer Gefühle. Wut, Angst, Scham – und trotzdem saß er hier am Esstisch, aß Grünkohl mit Pinkel und trank das Bier, das Hinnerk ausschenkte.

Wieder lachten alle über irgendeine Pointe. Erkannten sie wirklich nicht, was für ein Mensch ihr Gastgeber eigentlich war? Geert griff nach der Karaffe Wasser und einem Glas und schenkte sich ein. Natürlich kann es keine normale Wasserflasche sein, wie bei jedem anderen normalen Menschen, dachte er, es ist eine BESCHISSENE KARAFFE. Er trank, das kühle Wasser tat ihm gut und machte seinen Kopf klarer. Mechanisch schluckte er es. Dann ließ er das Glas sinken. Sein Blick glitt über die einzelnen Personen am Tisch. Zuerst war da natürlich Hinnerk am Kopfende. Sein Anzug saß wie angegossen, sein Lächeln war so selbstsicher wie immer. Ich könnte ihm seine perfekte Fresse polieren, dachte Geert, das könnte ich wirklich mit Freuden. Er hatte das Gefühl, Hinnerks Zähne seien noch ein bisschen weißer als sonst; unnatürlich weiß. Er fühlte, wie sich sein Puls vor Wut beschleunigte. Schnell sah er weiter zu Esther, die neben Hinnerk saß. Sie sah wunderschön aus in ihrem roten Cocktailkleid und mit den aufgesteckten Haaren. Ihr feingezeichnetes Gesicht mit den großen Augen, den geschwungenen Lippen, der Nase, die nach Schönheitschirurg aussah, aber tatsächlich vom lieben Gott geschaffen war. Alle in Jüstering und auf den Halligen hatten sich die Finger nach ihr geleckt – und Hinnerk hatte sie bekommen. Ruth daneben, seine Ruth, war ganz anders. Sie war lange nicht so hübsch wie Esther. Eigentlich sah sie aus, als hätte Gott an ihr für Esther, für sein späteres Meisterstück, geübt. Geert dachte das ohne jede Gehässigkeit – im Gegenteil, er liebte Ruth. Sie war freundlich, warm, angenehm. Jetzt lächelte er ihr zu, sie lächelte zurück. Er war glücklich, sie geheiratet zu haben. Ruth war immer für ihn da und kümmerte sich um jeden. *Das Leben war mit ihr viel schöner als ohne sie – und das ist doch Liebe, oder nicht?*, dachte Geert. *Ich sollte ihr mal wieder Blumen mitbringen.* Ruth freute sich über solche Gesten – und dabei war sie nicht anspruchsvoll. Er kaufte die Blumen für sie immer an der Tankstelle und sie freute sich trotzdem darüber. *Ja, dachte er, gleich morgen kriegt sie Blumen.*

Sein Blick wanderte zu der letzten Person am Tisch. *Kaum zu glauben, dass dieser Doktor Simon auch ein Arzt war.* Er wirkte ganz anders als Hinnerk. Still und unauffällig saß er da. *Der ist sicher so ein richtiges fleißiges Bienchen,* dachte Geert, *arbeitet und hält die Klappe.* Doktor Simon hatte, abgesehen von dem Moment, in dem er vorgestellt worden war, den ganzen Abend praktisch keine Aufmerksamkeit erregt. Er aß brav seinen Teller leer, lächelte höflich und trank immer noch an seinem ersten Glas Bier, das inzwischen warm und abgestanden sein musste. *Warum sie ihn wohl eingeladen haben?*, fragte Geert sich im Stillen. »Das ist Alexander, ein Studienkollege von mir«, hatte Hinnerk zu Beginn des Abends gesagt und Alexander krachend auf den Rücken geklopft, sodass dieser nach Luft schnappte. Doktor Simon hatte ihnen allen die Hand gegeben, ein schwächlicher, labberiger Händedruck wie ein toter Fisch. Er hatte bei Geert immerhin einen Schokoladenpunkt gesammelt, weil er seinen Doktortitel wegließ und einfach nur seinen Namen nannte. *Das würde dir natürlich nie einfallen, lieber Schwager,* dachte Geert und sah – zum ersten Mal seit ein paar Minuten – wieder zu Hinnerk ans Kopfende. *Warum kusche ich eigentlich so vor ihm?* Er sah in Hinnerks Augen und glaubte plötzlich, etwas Kaltes darin zu sehen, das er früher gar nicht bemerkt hatte. In diesem Moment lächelte Esther auf ein Nicken von Hinnerk hin in die Runde. »Na, wer hat denn Lust auf Dessert?«

»Du kannst uns allen eines bringen«, sagte Hinnerk. Ruth und der zweite Doktor stimmten zu, Geert machte es ihnen nach. »Ich helfe dir«, sagte Ruth und legte ihre Serviette beiseite. Gemeinsam gingen die beiden Schwestern in die Küche, gleich darauf war das Klappern von Geschirr zu hören. Hinnerk sah Geert direkt an. »Na, Schwager, was machen denn deine Pferdewetten?

Hast du mal wieder auf ein falsches Hottehü gesetzt?« Er lachte. Geert lief feuerrot an. Hinnerk lachte noch mehr, weil er offensichtlich ins Schwarze getroffen hatte. Doktor Simon wirkte, als sei er gar nicht richtig anwesend.

Geert hoffte inständig, dass Esther und Ruth bald zurückkommen würden – und dass es Esthers berühmtes Schokoladensoufflé zum Nachtisch gab. Dann wäre der Abend wenigstens nicht ausschließlich eine Qual gewesen.

NOCH ZWEI TAGE
BIS ZUM STURM

David wachte auf und wäre am liebsten sofort wieder eingeschlafen. Er sah sich um. Nein, es war alles noch genau so, wie es gestern gewesen war. Nichts an seiner verfahrenen Situation hatte sich geändert. Er war immer noch in seinem Gefängnis. David lauschte angestrengt. Das Meeresrauschen war leiser geworden, der Regen hatte aufgehört. Offensichtlich hatte sich der Wind fürs Erste gelegt. Er hatte gestern Morgen, bevor er das Haus verlassen hatte, Nachrichten gehört – dort war der Sturm für die nächsten Tage angekündigt worden. Wenn er doch nur ein Radio hätte, irgendetwas. Aber er hatte nur Bücher. Ein kleiner Stapel lag dort neben seiner Matratze, zu seiner Unterhaltung. Sehr freundlich, dachte er zynisch. David aß sein Frühstück, bestehend aus einem Käsebrot und einem Apfel. Er schenkte sich dazu Tee aus der Thermoskanne ein. Zu seiner Überraschung war er noch warm. Als ob das meine größte Sorge ist, dachte er, dass mein Tee warm ist. Ich habe viel größere. Während er mechanisch sein Käsebrot kaute, dachte er über seine Möglichkeiten nach. Keine davon war rosig.

• • •

Ruths Morgen begann wesentlich besser. Geert war schon zur Arbeit gegangen, während sie sich in ihrem Badezimmer auf Midsand die Haare kämmte. Sie hatte geduscht, sich in ihren Morgenmantel gehüllt, und nun versuchte sie schon zum vierten Mal geduldig, einen akkuraten Scheitel zu ziehen. Dabei summte sie zur Musik, die aus dem Badezimmerradio dudelte, das Geert irgendwann einmal gekauft hatte, weil er unter der Dusche gerne sang. Dankbar dachte sie, dass sie ihren inneren Frieden inzwischen wiedergefunden hatte. Gestern hatte sie alles, was das Skelett und Hinnerk anging, völlig unruhig und fahrig gemacht – sie dachte wieder an den Vorfall mit den Pfirsichen –, aber heute war sie wieder sie selbst. Während sie zu Whitney Houston summte, griff sie nach dem Haarspray und sprühte ihre Haare großzügig damit ein. Sie hatte kein Händchen für Frisuren, eigentlich beherrschte sie nur diese eine. Esther war da anders, schon als kleines Mädchen hatte sie sich ständig Zöpfe geflochten oder Dutts gesteckt, bereits in der Grundschule heimlich versucht, sich zu schminken. Ruth war die Ältere von beiden gewesen, aber sie hatte trotzdem keine Ahnung von alledem gehabt, während Esther schon mit dreizehn den Jungs den Kopf verdreht hatte – auch denen, die in ihrem Alter eher Ruth entsprochen hätten. Ruth war zu gutmütig, um jemals auf Esther neidisch gewesen zu sein; sie war eher stolz darauf, so eine hübsche Schwester zu haben. Und sie hatte sich immer für Esther verantwortlich gefühlt. Als Teenager waren sie nur zu zweit ausgegangen, dann waren die Eltern beruhigt. »Ruth, pass auf deine kleine Schwester auf«, hatten sie immer gesagt. »Du bist die Ältere.« Nur an diesem einen Abend hatte sie auf Esther keinen Einfluss gehabt. Sie dachte zurück an den Kapitänsball in Jüstering vor gefühlten hundert Jahren, zu dem sie zusammen gegangen waren. Während Ruth ein bisschen verloren herumgestanden hatte und darauf wartete, vielleicht aufgefordert zu werden, war ein großer Mann auf sie beide zugekommen. Er war wesentlich älter, schon wirklich erwachsen und sehr anziehend. Ruth hatte sich vage daran erinnert, dass er Arzt war, und sich gefragt, was er wohl von ihr wollte. Über ihr eigenes Aussehen machte sie sich keine Illusionen, es war absurd zu denken, dass dieser Arzt zu ihr kam, um mit ihr zu tanzen. Wollte er sie etwas fragen? Kannte er vielleicht ihre Eltern? Aber er hatte gar nicht sie angesprochen, sondern Esther, die in einem hellen Kleid neben ihr gestanden hatte. Der Arzt hatte sie aufgefordert, und bevor Ruth ihn abwimmeln konnte, hatte ihre kleine Schwester schon mit leuchtenden Augen genickt. Die beiden hatten den ganzen Abend getanzt. So hatte sie angefangen, die Geschichte von Hinnerk und Esther.

Ruth griff nach der Wimperntusche und beugte sich übers Waschbecken näher zum Spiegel. Ihre Wimpern waren eine der wenigen Äußerlichkeiten, die wirklich schön an ihr waren, lang und dicht. Sie tuschte sie kräftig. Nach dem Kapitänsball war alles dann sehr schnell gegangen; ein halbes Jahr später, nur drei Wochen nach Esthers Schulabschluss, hatten sie geheiratet. Esther war nicht davon abzubringen gewesen, zum ersten Mal hatte sie nicht auf Ruth gehört. »Quatsch, ich will gar keinen in meinem Alter«, hatte sie lachend zu ihr gesagt. »Das sind doch alles kleine Jungs. Hinnerk ist ein richtiger Mann; er weiß, wie das Leben ist, und zeigt es mir.« Ruth erinnerte sich daran, wie Esther im Brautladen gestanden und Brautkleider anprobiert hatte. »Wie findest du das?«, hatte sie gesagt und glücklich gekichert. »Glaubst du, das gefällt ihm? Ich will ihm doch unbedingt gefallen, das ist das Wichtigste. Wenn ich ihm nicht gefalle, sterbe ich, glaube ich.«

Am Tag der Hochzeit, als Ruth in einem unvorteilhaften Kleid die Trauzeugin ihrer kleinen Schwester gegeben hatte, hatte sie sich gefragt, ob sie selbst vielleicht sitzenbleiben würde. Es war vielleicht der einzige Tag gewesen, an dem sich doch ein bisschen Neid auf Esther eingeschlichen hatte. Wie absurd, dachte sie im Nachhinein. Ein halbes Jahr später hatte sie Geert beim Biikebrennen in Jüstering kennengelernt, dem traditionellen friesischen Feuerfest im Februar. Sie war allein dort gewesen, ohne Esther, die ja jetzt Hinnerks Frau war und nicht mehr mit Ruth ausging. Ein paar Funken vom großen Feuer waren an diesem Abend auf Ruths Mantel gelandet, und Geert hatte es gesehen und sie abgeklopft. »Ich hab deinen Mantel gerettet«, hatte er gesagt, »jetzt musst du wohl einen Punsch mit mir trinken.«

Das hatte Ruth dann auch verlegen und mit roten Wangen getan. Zwei Tage später hatte er sie in den »Halligprinzen« eingeladen, weil es billig war und schräg gegenüber von ihrem Laden. Das war natürlich etwas ganz anderes als die schicken Restaurants und teuren Hotels, in die Hinnerk Esther einlud, aber Ruth reichte es völlig.

Im Radio wurde die Musik zugunsten der Wetterhinweise unterbrochen. »Die Sturmfront aus Island rast weiter auf unsere Küste zu«, sagte der Sprecher dramatisch. »Wenn der Wind weiterhin bleibt, wie er ist, wird sie morgen oder übermorgen auf den Nationalpark Wattenmeer treffen. Die Unwetterwarnung ist ernst zu nehmen. Alle Meteorologen sind sich einig, dass der Sturm einer der stärksten der letzten Jahre, vielleicht sogar Jahrzehnte werden wird.«

Ruth sah aus dem Badezimmerfenster. Der Regen von gestern hatte sich verzogen, azurblau und wolkenlos lag der Himmel über Hallig Midsand. Es war schwer, sich vorzustellen, dass es morgen oder übermorgen ganz anders aussehen sollte. Ruth suchte sich einen Lippenstift aus. Nachdem sie sich für einen entschieden hatte, machte sie sich daran, ihn sorgfältig aufzutragen. Dabei war sie so konzentriert, dass sie nur mit halbem Ohr dem Radio zuhörte. »Nun, liebe Nordfriesen, nach diesen schlechten Nachrichten ein bisschen Musik, denn auch wenn der Sturm kommt – heute ist ein strahlend schöner Herbsttag. Dazu ein Evergreen, ein wahrer Klassiker.« Die ersten Takte von »Lady in Red« erklangen.

Ruth rutschte in diesem Moment mit dem Lippenstift ab. Eine rote Linie zog sich nun über ihr Kinn. »Oh nein.« Sie griff nach einem Kosmetiktuch und versuchte, den Lippenstift wegzuwischen. »The lady in red is dancing with me, cheek to cheek/ there's nobody here, it's just you and me«, ertönte es aus dem Radio. Diese Melodie, Ruths Finger zitterten. Hastig schaltete sie das Radio aus. Aber in der Stille, die folgte, klang die Melodie in ihrem Kopf nach, sie spielte einfach weiter. »I will never forget the way you look tonight/ the lady in red, the lady in red.«

Ruth hielt sich die Ohren zu. Sie wusste, dass das albern war, aber ihr Herz schlug panisch. Vor dreiunddreißig Jahren war dieses Lied ein Hit gewesen, alle Radiostationen hatten es rauf und runter gespielt. Und es war auch an diesem einen Abend gespielt worden – an diesem Abend auf Nekpen. Ruth presste ihre Hände noch fester auf die Ohren, aber das Einzige, was sie dadurch erreichte, war, dass sie neben dem Lied in ihrem Kopf auch noch das Rasen ihres Pulses hörte.

· · ·

»Verstehe ich dich richtig, dass wir einen erwachsenen Mann suchen sollen, der noch nicht einmal vierundzwanzig Stunden lang verschwunden ist?« Der Leiter der Jüsteringer Feuerwehr sah Minke an, als hätte sie den Verstand verloren.

»Ihr sollt einen Mann suchen, der in Zusammenhang mit Nekpen steht, das wiederum in engem Zusammenhang mit dem

Mordfall Hinnerk Johannsen steht – und der seit gestern wie vom Erdboden verschluckt ist. Ja.« Minke blieb hart.

»Dir ist schon klar, dass das so eigentlich nicht vorgesehen ist. Vierundzwanzig Stunden …«, aber sie ließ ihn nicht ausreden. Sie wusste auch, dass Erwachsene normalerweise erst nach vierundzwanzig Stunden polizeilich gesucht wurden. Aber das hier ist eine Ausnahmesituation, dachte sie – erstens, weil es kaum ein Zufall sein konnte, dass in der nordfriesischen Provinz, in der es nur alle Jubeljahre ein Kapitalverbrechen gab, jemand einen Tag, nachdem ein alter Mordfall entdeckt wurde, verschwand. Und zweitens, aber das würde sie niemals zugeben – handelte es sich um David. »Habt ihr auch Hunde?«, fragte sie stattdessen.

Nun zeigte ihr der Leiter der Feuer endgültig den Vogel. »Gestern hat es den ganzen Tag geschüttet wie aus Eimern, und du sagst selber, dass du nicht weißt, wo wir überhaupt genau suchen sollen. Da brauchen wir mit Hunden gar nicht anzufangen.«

»Na schön. Dann aber eben mit allem anderen, was ihr so draufhabt. Ich sage jetzt dem Vater des Vermissten Bescheid, dass, na ja – er der Vater eines Vermissten ist.«

Eine Stunde später durchkämmten Feuerwehrmänner die Klippenwiesen um die Seehundstation. Minke suchte währenddessen im Alleingang am Strand. Sie wusste, dass alle ihr Verhalten lächerlich fanden, aber das war ihr egal. Intuition ist wichtig, hatte ihr Vater immer gesagt, darauf muss man hören. Ihre Intuition sagte ihr, dass David nicht einfach nur fischen gegangen war, ohne jemandem Bescheid zu sagen, oder vielleicht spontan in den Urlaub gefahren war. »Ich finde dich«, murmelte sie, während sie mit gesenktem Kopf aufmerksam über den Strand lief. »Verlass dich darauf.«

Im Sand war allerdings nichts zu sehen, was auf David hinwies. Keine Spuren, auch nicht von einem Fahrrad mit breiten

Sportreifen – einfach nichts. Nur Muschelschalen und hier und da ein bisschen getrockneter Tang. An einer Stelle fand sie eine tote Qualle, die gallertartig am Strand lag. Als Kind hatte sie sich die glibberigen Tiere immer ganz fasziniert angesehen und sie angestupst, während Bo angeekelt das Weite gesucht hatte. Minke blieb stehen und sah hinaus aufs Meer. Die unglaubliche Weite des Wassers, das sich bis zum Horizont ausdehnte und dann immer weiter und weiter, wurde ihr in diesem Moment sehr bewusst. Sie musste hoffen, dass David nicht dort draußen irgendwo auf einem Boot war. Die Wahrscheinlichkeit, ihn an Land zu finden, war viel höher als auf dieser blauen Unendlichkeit. Minke legte den Kopf in den Nacken und schloss die Augen. Die Sonne schien ihr vom blauen Himmel warm ins Gesicht, ihre Füße standen im weichen Sand – unter anderen Umständen hätte man glauben können, sie sei im Urlaub.

Als sie sich schließlich umwandte, um über den Strand zurück zu den Klippen zu gehen, fiel ihr Blick zufällig auf etwas, das dort im Sand lag. Es sah fast aus wie eine kleine, schwarze Schlange. Minke stutzte. Es war ein Armband. Minke bückte sich und hob es auf: ein geflochtenes Lederarmband mit einem Anker daran. Ihr Herzschlag beschleunigte sich. Sie kannte dieses Armband – vor drei Tagen hatte sie es an Davids Handgelenk gesehen, als sie nebeneinander an der Bar im »Halligprinzen« gesessen hatten. »Schönes Armband«, hatte sie gesagt. »Danke, das hab ich mal in Norwegen gekauft«, hörte sie seine Stimme in ihrem Kopf.

Minke hatte keinen Zweifel, es war Davids Armband. Er war hier gewesen. Minke drehte sich um ihre eigene Achse. Hier gab es keine Verstecke, keine Strandhäuschen, keine Buden. Nur den Strand, die Klippen und das weite Meer. Minke rief den Feuerwehrleiter an und sagte ihm, dass der Strand abgesucht werden musste.

...

Auf Midsand tat Imma alles, um das zu vermeiden, was sie tun musste. Ihren Patienten brachte sie bei, sich ihren Problemen und Ängsten zu stellen, aber sie selbst hielt sich an diesem Morgen überhaupt nicht an ihre eigenen Ratschläge. Ihr erster Patiententermin war erst am späten Nachmittag, also räumte sie das Haus auf, etwas, das sie normalerweise immer vor sich herschob. Dann überlegte sie, was sie zum Abendessen kochen und was sie einer Freundin nächste Woche zum Geburtstag schenken sollte. Dann sah sie eine Weile einfach aus dem Fenster auf Midsand hinaus, sah den Sonnenschein, die Warften, die Wege, die sich über die ausgedehnte Wiesenfläche schlängelten. Auf einem fuhr jemand gerade mit dem Fahrrad in Richtung Südwarft. Imma nahm sich viel Zeit zu überlegen, wer es wohl sein könnte. Dann sah sie hinüber zur Kirchenwarft, wo Michaels Grab war, und dachte darüber nach, wie sie Minke doch einmal überreden könnte mitzukommen. Minke – sie wirkte angespannt. Weil es ihre erste Woche war, wegen dieses Falls – oder steckte ihr immer noch Michaels Tod in den Knochen? Es war nicht einfach, mit ihr darüber zu reden. Minke war schon immer eher eine Einzelgängerin gewesen. Mit ihren Tieren, die sie schon als Kind regelmäßig anschleppte, hatte sie bedeutend mehr geredet als mit Imma oder sonst jemandem. Bei diesem Gedanken fiel Imma ein, dass sie Victor füttern könnte – wieder hatte sie eine Aufgabe gefunden, um das Eigentliche noch ein bisschen hinauszuzögern. Erst nachdem sie Minkes Kater dabei zugesehen hatte, wie er einen ganzen Napf leergefressen hatte, fiel ihr wirklich keine Ausrede mehr ein.

Also ging sie endlich hinüber in ihr Büro, in dem sie all die Unterlagen und Protokolle aufbewahrte, die sie irgendwann einmal für ihre Patienten angelegt hatte. Sie war noch nie gut darin gewesen, etwas wegzuwerfen, und darum war sie sicher, dass das, was sie suchte, noch irgendwo da war. Sie öffnete den großen Schrank, in dem in einem Chaos all ihre Arbeit der letzten Jahrzehnte aufbewahrt war. »Jetzt wäre es gut, wenn ich ein System hätte«, murmelte sie. Michael hatte sie immer damit aufgezogen. Er war das genaue Gegenteil von ihr gewesen – alles ganz klar und logisch, während bei Imma alles unordentlich und spontan war.

Während sie darüber nachdachte, ging sie die Regalbretter des Schranks durch. Sie wusste, was sie suchte, und irgendwie würde sie es schon finden. Ihre Finger glitten über die beinahe endlosen Stapel Papier, zogen hier einen Ordner und da ein paar lose Blätter heraus. Schließlich stieß sie auf ein schmales Heft. Aus irgendeinem Grund hielt sie inne. War es das? Ein Heft – ja, natürlich, sie hatte damals öfter Hefte für ihre Fälle angelegt. Als Schulpsychologin war ihr das irgendwie passend erschienen. Imma zog das Heft heraus. Sie schlug es auf. Das Datum stimmte. Sie erkannte ihre Schrift, die Worte, die sie vor so langen Jahren einmal aufgeschrieben hatte. Je länger sie las, desto schwerer wurde ihr Herz. Sie hatte sich richtig erinnert, es war alles da – Tinte auf Papier, in ihrer eigenen Handschrift. Sie überflog das ganze Heft. Dann ließ sie sich auf den Sessel sinken, in dem normalerweise ihre Patienten Platz nahmen. Sie legte das Heft vor sich auf den kleinen Beistelltisch, ganz vorsichtig, als wäre es eine Bombe. Sie wusste, dass sie etwas unternehmen musste. Sie musste es Minke sagen, aber zunächst musste sie mit jemand anderem reden.

• • •

Dieses Mal war die Vermieterin von David nirgends im Hof oder am Briefkasten zu sehen. Minke drückte den Klingelknopf mit dem Namen »Weiß« daneben. Als Renate Weiß öffnete, trug sie kein Plastikkopftuch mehr wie am Tag zuvor, dafür aber eine schreiend gelbe Badehaube. »Sie schon wieder?«, fragte sie mürrisch. »Wegen David? Hat wohl einen richtigen Fanclub, der Junge.« Sie deutete auf ihren Kopf. »Ich wollte gerade duschen.«

»Nur eine Frage: Sie haben doch sicher einen Schlüssel zu seiner Wohnung?«

Renates schmale Lippen wurden noch schmaler. »In der Tat, aber ich weiß nicht, ob ich davon unter diesen Voraussetzungen Gebrauch machen darf.«

»Sie dürfen.«

Renate Weiß rückte ihre Haube zurecht, während sie überlegte. »Na schön«, sagte sie schließlich und nahm einen Schlüssel vom Schlüsselbrett. Ganz offensichtlich siegte auch ihre Neugier. »Kommen Sie. Aber wie gesagt – ich habe nicht ewig Zeit.«

Gemeinsam stiegen sie durch das steile Treppenhaus nach oben. David wohnte in einer Mansardenwohnung; die Fußmatte vor der Wohnungstür zeigte eine Robbe, die mit der Flosse winkte. »Ein Geschenk von seinen Seehund-Damen«, sagte Renate Weiß verächtlich. »Ich habe gesehen, wie diese Dunkelhaarige ihm das geschenkt hat. Mit einer riesigen roten Schleife drumherum.« Sie schloss die Tür auf.

Minke hatte mit einer klischeehaften Junggesellenwohnung gerechnet und war nun überrascht, wie geschmackvoll alles war. Holzfußboden, weiße Wände, über die sich ein paar großformatige gerahmte Schwarz-Weiß-Fotos verteilten, die David vermutlich im Urlaub selbst geschossen hatte. Alles war schlicht, passte aber gut zusammen; in der Küche am Kühlschrank hingen ein paar Schnappschüsse von David mit Freunden, dazu eine Einkaufsliste. »Eier, Karotten, Bier, Spaghetti«, las Minke. Alles war sauber und aufgeräumt, nur in der Spüle stand ein zerbrochenes Glas. Minke runzelte die Stirn. Als sie sich auf dem Boden umsah, entdeckte sie getrocknete Wasserschlieren, als sei etwas aufgewischt worden. Minke ging weiter. Auf dem Wohnzimmertisch lagen eine aufgerissene Packung großformatiger brauner Umschläge, ein Stift und Briefmarken. Auch im Wohnzimmer war das die einzige auffällige Stelle, die nicht aufgeräumt war. Er hat offensichtlich etwas verschickt, dachte Minke, und er muss in Eile gewesen sein, sonst hätte er wieder aufgeräumt, so ordentlich, wie der Rest der Wohnung ist. In Eile oder in Gedanken. Sie wandte sich ab und öffnete eine geschlossene Tür; dahinter lag das Schlafzimmer. Es entsprach dem Rest der Wohnung – ein großes weißes Bett mit schlichter Bettwäsche, darüber hing ein Schwarz-Weiß-Foto, das ein Schaf auf dem Deich zeigte, wie es versonnen auf die Nordsee blickte.

»Tssss, die Schublade ist ja gar nicht richtig zugeschoben«, nörgelte Frau Weiß und deutete auf den Nachttisch. Sie hatte recht, die obere Schublade stand halb offen. Bevor Minke es verhindern konnte, beugte sich Frau Weiß sensationsheischend mit ihr zusammen über die Schublade. Es war nichts Interessantes darin – nur ein leerer Notizblock, ein Kugelschreiber und ein Fläschchen Nasenspray. Auf dem Nachttisch selbst stand ein gerahmtes Foto. Es zeigte eine Frau mit kupferfarbenen Haaren und fröhlichem Lachen – Minke erkannte sie sofort wieder, Christine Holt.

»Also, sind wir hier fertig?«, drängelte Frau Weiß vom Flur aus. »Ich will schließlich ...«

»Duschen, ich weiß«, Minke schloss die Schlafzimmertür wieder hinter sich und nickte Frau Weiß zu. »Fürs Erste.«

»Fürs Erste? Wollen Sie hier noch öfter durchschnüffeln? Was ist denn eigentlich überhaupt los? Er hat doch was ausgefressen, ich hab es ja gleich gewusst.«

»David Holt ist vermutlich verschwunden.«

Renate Weiß verschlug es kurz die Sprache. Dann aber gewann sie ihre Contenance zurück. »Und wer zahlt mir dann die Miete, wenn er weg ist?«, fragte sie.

. . .

Minke saß auf ihrem Schreibtisch, hatte die Füße auf die Sitzfläche des Bürostuhls gestellt und starrte seit einer halben Stunde auf die Wand voller Haftnotizzettel. Inzwischen waren noch ein paar mehr dazugekommen, aber keiner davon hatte es einfacher gemacht. Nein, ich sehe es einfach nicht, dachte sie, ich sehe nicht, wie alles zusammenhängt. Wer hatte Hinnerk getötet und warum? Abgesehen von den Straubs hatte niemand ein Motiv, keiner verdächtigte irgendjemanden, keiner verlor ein schlechtes Wort über Hinnerk. Ein Mord ohne Motiv – aber das war unmöglich. Es gibt keinen Mord ohne Motiv, hatte Minkes Dozent auf der Polizeischule immer gesagt. Und dann David – sie war sich sicher, dass er verschwunden war. Aber was steckte dahinter? Wo war der rote Faden?

»Und hier machen wir dann die Bar hin«, sagte draußen im Flur gerade Klaus zu seiner Frau, die heute mitgekommen war, um »Maße zu nehmen«, wie sie verkündet hatte. Sie vermaßen schon den halben Morgen einfach alles – den Flur, die Büros, sogar die Teeküche. »Und hier könnten wir auch noch ein paar Biertischgarnituren hinquetschen«, sagte Frau Wagenscheidt gerade. »Aber nur, wenn wir das Bierfass nicht hierhin, sondern nach dort drüben stellen.«

»Gute Idee. Aber was wäre, wenn …«

So ging es schon den ganzen Morgen. Die Stimmen drangen durch Minkes dünne Bürotür und lenkten sie von ihrer Grübelei ab.

Plötzlich kam auch noch ein Hämmern an der Tür dazu.

»Lütte!«, rief eine Stimme von draußen. »Mach auf, schnell.« Minke sprang vom Schreibtisch und ging zur Tür, vorbei an Klaus, der unbeeindruckt Zahlen auf eine Liste kritzelte. Vor der Polizeiwache stand leichenblass der alte Deichgraf.

»Du hattest recht«, stieß er hervor. »David ist entführt worden.« Er hielt einen Brief in die Luft, seine Hand zitterte. »Das hier kam heute mit der Post.«

Minke bat ihn herein und nahm dann den Brief entgegen. Sie musste sich zusammenreißen, damit ihre Hände nicht zitterten. In dem aufgerissenen Umschlag, der mit einem computergeschriebenen Adressaufkleber an »Jasper Holt, Holtwarft, Nekpen« adressiert worden war, steckte ein gefalteter Brief. Minke streifte Handschuhe über und zog ihn heraus. Als sie ihn auffaltete, sah er aus wie ein Erpresserbrief in einem Film: Die Worte waren aus Zeitungsbuchstaben zusammengeklebt worden, unregelmäßig und irgendwie angsteinflößend.

»Lasst die Toten ruhen«, stand dort. »Dann passiert dem Deichgrafensohn nichts. Keine Polizei und keine Ermittlungen mehr, sonst werdet ihr ihn nie wiedersehen. Lasst die Hallig in Frieden.«

Darunter war eigenartigerweise eine ausgerissene Buchseite geklebt. Die Buchstaben waren in Frakturschrift gedruckt, die Rechtschreibung war die aus vergangenen Zeiten – es musste ein altes Buch sein. Minke las:

»Der Mond stand hoch am Himmel und beschien das weite Wattenmeer (...) nur das leise Geräusch des Wassers, keine Thierstimme war in der ungeheuren Weite zu hören; auch in der

Marsch, hinter dem Deiche, war es leer; (...) nichts regte sich, nur was sie für ein Pferd, einen Schimmel, hielten, schien dort auf Jevershallig noch beweglich. ›Es wird heller‹, unterbrach der Knecht die Stille, ›ich sehe deutlich die weißen Schafgerippe schimmern.‹ – ›Ich auch‹, sagte der Junge (...), ›Iven‹, raunte er, ›das Pferdsgerippe, das sonst dabei lag, wo ist es? Ich kann's nicht sehen!‹ – ›Ich seh' es auch nicht! Seltsam!‹, sagte der Knecht. – ›Nicht so seltsam, Iven! Mitunter, ich weiß nicht, in welchen Nächten, sollen die Knochen sich erheben und thun, als ob sie lebig wären!‹«

Sie sah auf. »Ist das nicht aus dem ›Schimmelreiter‹?« Die berühmteste aller nordfriesischen Geschichten hatte sie in der Schule für ihren Geschmack viel zu oft lesen müssen, und jedes Jahr führte die Jüsteringer Stadttheatergruppe das Stück stilecht am Winterdeich für Touristen auf.

Jasper nickte. »Ja, die Stelle mit dem Geisterpferd.«

Minke wurde kalt. Sie starrte auf den Brief. Es war eindeutig eine Drohung – eine Drohung an sie.

Ein paar Minuten später saß Jasper in ihrem Büro, vor sich ein Glas Wasser. »Der Brief kam also heute Morgen an?«

Er nickte.

Minke besah sich den Umschlag. Laut Poststempel war der Brief gestern in Jüstering gestempelt worden. Nichts – weder auf dem Umschlag noch auf dem Brief selbst – trug eine menschliche Handschrift, die hätte untersucht werden können. Wer auch immer das verfasst hatte, hatte es mit Verstand getan und war vorsichtig gewesen.

»Ich werde alles ins Labor schicken«, sagte Minke. »Sie sollen beides auf Fingerabdrücke und DNA-Spuren hin untersuchen.«

»Ich habe beides angefasst«, sagte Jasper matt. »Habe ich dadurch vielleicht etwas verwischt?«

»Nein«, Minke beruhigte ihn. »Das Labor ist gut, die werden trotzdem etwas finden.«

»Und was passiert sonst?«

»Na ja – einen kleinen Hinweis, wo David abgeblieben sein könnte, haben wir gefunden.« Sie erzählte ihm von dem Armband, das sie gefunden hatte.

»Am Strand unter den Klippen?«, fragte Jasper verwirrt. »Was macht es denn da?«

»Tja, das ist die Frage.«

Jasper sah über Minke hinweg zu ihrer Wand voller Zettel. Die Frage, was das sollte, stand ihm ins Gesicht geschrieben.

Minke seufzte. »Damit versuche ich, meine Gedanken zu ordnen, um den Mörder von Hinnerk zu finden.«

Jasper wurde wieder blasser. »Oh nein, Lütte, du musst damit aufhören! Du hast doch gelesen, was in dem Brief stand!«

Minke beugte sich vor. »Herr Holt – der Entführer ist auch der Mörder von Hinnerk, verstehen Sie? Nur deshalb hat er David entführt – er will seine Ruhe. Wenn ich den Mord aufkläre, habe ich auch den Entführer und damit David. Ich kann gar nicht aufhören.« Sie gab sich Mühe, dem alten Deichgrafen aufmunternd zuzulächeln. Sie wollte Jasper nicht noch mehr verängstigen. Eines verschwieg sie darum, und es war das, was ihr am meisten Angst machte – die Polizeistatistiken waren eindeutig: Wer einmal einen Mord begangen hatte, schreckte auch vor einem zweiten nicht zurück.

· · ·

Nachdem Jasper etwas gefasster gegangen war, kopierte Minke den Brief des Entführers am altersschwachen Kopierer der Polizeiwache. Dann schickte sie das Original per Kurier ins nächstgelegene Polizeilabor, während sie die Kopie mit Tesafilm ebenfalls an ihre Wand heftete. Sie sah von Namen zu Namen – und von Fragezeichen zu Fragezeichen. Es wurde höchste Zeit, das eine oder andere Fragezeichen durchzustreichen.

Minke brauchte eine Weile, um das Rehazentrum für Gehirngeschädigte in Nyborg ausfindig zu machen. Als sie die Nummer wählte, fragte sie sich, wie absurd ihre Bitte klingen würde – zu erfahren, ob an einem bestimmten Tag vor dreiunddreißig Jahren zwei Leute aus Jüstering dort in der Klinik gewesen waren.

»Hej«, sagte eine männliche Stimme. »Velkommen til klinikken Nyborg.«

»Moin, hej, Polizei Jüstering«, Minke versuchte, sich an das zu erinnern, was sie vor Ewigkeiten in der Dänisch-AG ihrer Schule gelernt hatte, aber außer ein paar Urlaubsvokabeln fiel ihr nichts ein.

»Oh, Deutschland«, sagte der Mann in diesem Moment zu ihrer Erleichterung. »Kein Problem, ich spreche Deutsch.« Sein dänischer Akzent war stark, aber er war trotzdem gut zu verstehen.

Minke erklärte ihr Anliegen. »Sie wollen wissen, ob diese Straubs damals bei uns waren?«, fragte der Mann schließlich ganz ruhig. »Januar 1987.«

»Ja. Ich weiß, es ist unwahrscheinlich, dass Sie dazu noch Unterlagen haben, aber ...«

»Nein, nein, Sie haben vielleicht Glück. Die Patientin ist immer noch ein Pflegefall, sagten Sie?«

»Ja. Im Wachkoma.«

»Dann könnte es sein, dass wir noch etwas in unserer Datenbank haben. Für die Versicherung, wissen Sie. Für die ist sie ja immer noch ein laufender Fall.« Sie hörte, wie im Hintergrund Computertasten klapperten. »Und Sie sind also eine richtige Kommissarin?«

»Ja.«

»Wissen Sie, ich liebe Krimis. Ich weiß, es heißt, die skandinavischen Krimis seien immer so düster, aber das finde ich nicht schlimm. Es muss doch düster sein, oder nicht? Ein Mord ist doch etwas Schreckliches«, wieder klapperten die Tasten. »Und ich jedenfalls mag das. Nicht, dass Sie glauben, ich bin ein Freak – ich bin ganz normal. Ein ganz normaler Durchschnittsdäne.« Er unterbrach sich. »Aha, hier haben wir es. Sie haben tatsächlich Glück, wie ich sagte – die Versicherung. Stefanie Straub, Dezember 1986 und Januar 1987. Sie hatte ein Familienzimmer mit ihren Eltern.«

»Gibt es irgendeine Möglichkeit, herauszufinden, wo die Eltern am 16. Januar waren?«

Er lachte. »Jetzt wollen Sie mich aber auf die Probe stellen. Das wird natürlich kniffliger. Moment, ich rufe das Programm auf, das die Straubs bei uns gemacht haben.« Eine Minute später kam er wieder ans Telefon. »Die Straubs haben damals jeden Samstag am Ausflug der Eltern und Angehörigen teilgenommen, am 17. auch. Und sie waren Mitglied unserer Eltern-Selbsthilfegruppe, die findet immer freitags statt – seit ich hier arbeite.«

»Und wie lange arbeiten Sie dort?«

»Im Frühjahr werden es fünfunddreißig Jahre.«

Minke verabschiedete sich. Die Straubs waren aus dem Rennen. Es war absurd anzunehmen, dass sie Freitagabends an einem Elterntreffen im dänischen Nyborg teilgenommen hatten, um dann durch die stürmische Nacht nach Jüstering zu rasen, von dort irgendwie nach Nekpen überzusetzen, Hinnerk zu erschlagen, zu vergraben und dann denselben Weg zurück zu nehmen, um morgens bei einem Ausflug in Dänemark dabei zu sein. Minke stand auf und entfernte den Zettel mit ihren Namen von ihrer Wand. Immerhin einer.

...

»Ronny!« Geert schrie beinahe ins Telefon. »Das ist doch nicht dein Ernst! Das sind keine Zinsen mehr, das ist reiner Wucher!«

Der Mann am anderen Ende der Leitung blieb völlig ruhig. »Tja. Du kennst doch meine Konditionen. Und wenn die Zeiten so schlecht sind wie aktuell, dann brauche ich für meine Kredite eben mehr Absicherung. Zu meinem Schutz, verstehst du?«

»Und was ist mit meinem Schutz? Wer schützt mich vor solchen Kredithaien wie dir?«

»Ach Geert«, Ronny lachte. »Ich kenne dich schon so lange. Du weißt doch selber, dass du nicht mit der Wetterei aufhören kannst. Die Spannung, das Adrenalin, trappelnde Pferdehufe, Quotentabellen, du weißt es, ich weiß es – jeder weiß es, dass das zu dir gehört. Und solange das so ist – na, so lange gehöre ich eben auch dazu. Woher willst du denn sonst deine Kredite nehmen? Von deiner Bank?« Er lachte noch lauter.

Geert knirschte mit den Zähnen. Genau das war das Problem – als Banker wusste er selbst, dass ihm niemand einen Kredit geben würde, jedenfalls nicht legal. Darum blieben ihm nur illegale Hinterhofverleiher wie Ronny. Seit vielen Jahren verband sie eine Hassliebe.

»Ach übrigens, wie geht's deiner Frau?«, fragte Ronny in diesem Moment. »Ich hab meiner Frau das Buch geschenkt, das du mir empfohlen hast. ›Die Muschelsucher‹, Pilcher-Schmalz – was soll ich sagen, sie hat es geliebt.« Er lachte wieder. »Sag Ruth also liebe Grüße von mir.«

»Bestimmt nicht.« Geert hatte es seit Jahrzehnten geschafft, dass Ronny und Ruth sich nie über den Weg liefen, nicht einmal zufällig am Telefon aufeinandertrafen. Alles, was seine Wettschulden anging, wickelte er über ein billiges Handy ab, von dem

Ruth keine Ahnung hatte. »Gib mir wenigstens noch ein bisschen mehr Zeit, bis du den Zinssatz verdoppelst.«

Ronny seufzte tief am anderen Ende der Leitung. Geert konnte hören, wie er an seiner Zigarette zog und den Rauch auspustete. »Na schön, weil ich so ein netter Mensch bin. Bis nächsten Dienstag, das ist noch fast eine Woche.«

»Das ist viel zu kurz – wo soll ich denn bis dahin das Geld herbekommen?«

»Hattest du nicht mal eine gute Möglichkeit entdeckt?«, fragte Ronny gedehnt. »Ich kann mich nur verschwommen daran erinnern, es ist so lange her – aber ich meine doch, dass du einmal findiger warst als jetzt.«

Geert ballte seine Faust und hieb an die Wand der Bankfiliale, neben den Kalender mit dem Griechenlandbild. Er hatte nichts davon, außer dass seine Hand schmerzte. »Du bist ja verrückt«, zischte er in sein Handy. »Niemals.«

»Na schön. Es war ja nur ein Vorschlag.« Ronny klang gut gelaunt. »Oh, Geert, ich muss Schluss machen – da kommt gerade mein neues Aquarium. Du müsstest es sehen! Ich habe neue Schleierschwänze dafür gekauft, sehr hübsch ...«

Geert legte grußlos auf. Dann saß er eine Weile in seiner biederen Bankfiliale und starrte auf seinen Computer. Er versuchte dagegen anzukämpfen, aber zum Schluss war die Sucht größer. Er klickte auf die Seite des Pferderennens, auf das er gestern Abend noch gesetzt hatte. Ein Lächeln breitete sich über sein Gesicht aus; sofort war aller Ärger über Ronny vergessen. Er hatte schon wieder gewonnen.

• • •

Minke vergewisserte sich, dass draußen am Strand und auf den

Klippen die Suche nach David weiterging. »Wir haben nichts, Minke«, sagte der Feuerwehrleiter am Telefon. »Tut mir leid.« Immerhin hielt jetzt, nachdem ein Erpresserbrief aufgetaucht war, niemand mehr die ganze Aktion für lächerlich.

»Macht weiter, bis es dunkel wird. Morgen oder übermorgen kommt der Sturm, wir sollten ihn bis dahin unbedingt gefunden haben.«

»Klar, verstanden.«

Anschließend störte Minke Klaus dabei, wie er sich im Flur mit seiner Frau über die Aufstellung einer Musikanlage stritt.

»Was ist denn, Mäuschen? Sag bloß, du willst wieder so einen guten Pharisäer, wie ich ihn gestern gemacht habe.«

»Nein. Ich will Davids Handyverbindungen der letzten Tage.«

»Aber du siehst doch, dass ich beschäftigt bin.«

»Klaus«, zischte Minke. »Du besorgst mir diese Handyverbindungen, oder ich schließe bei deiner Party mein Büro und dann kannst du dein Partybüfett und deine Tanzfläche vergessen.«

»Und was machst du?«

»Ich wühle ein bisschen in der Vergangenheit.«

Klaus starrte ihr grimmig nach, griff dann aber tatsächlich zum Telefon.

Minkes erster Halt war die Jüsteringer Bank, ein modernes Gebäude aus Glas und Sichtbeton, das vor ein paar Jahren außerhalb der Altstadt neu gebaut worden war. Sie sprach wahllos eine der vielen Mitarbeiterinnen in ihren dezenten Kostümen und Pumps an, die durch das Gebäude huschten, und zeigte ihren Ausweis. »Ich brauche Kontoinformationen eines Mordopfers.«

»Ach du meine Güte«, die Frau sah sie entsetzt an. »Das ist ja grauenvoll.«

»Wenn es hilft: Er ist schon lange tot.«

»Oh, dann geht es um dieses Skelett? Das, was gestern in der Zeitung stand. Unglaublich aufregend.«

»Richtig, darum geht es. Und ich brauche dringend die Kontoinformationen von diesem Skelett.« Minke folgte der Frau in ein nur durch Glaswände mit hellgrauen Jalousien vom übrigen Raum abgetrenntes Büro. Sie nannte Hinnerks Namen. »Das ist natürlich schwierig«, sagte die Frau, während sie mit ihren künstlichen Fingernägeln auf ihrer Tastatur herumtippte. »Herr Johannsen ist ja nun schon so lange kein Kunde mehr bei uns.«

Minke runzelte die Stirn. Die Frau redete, als sei Hinnerk nur nach Husum gezogen, und nicht im Marschboden verrottet.

»Was ist denn mit dem Konto geschehen, nachdem er für tot erklärt wurde?«

»Seine Frau hat es übernommen. Es lief vorher nur auf seinen Namen.«

»Und Esther hatte ein eigenes?«

Die Frau sah prüfend noch einmal auf den Bildschirm. »Nein«, sagte sie. »Sie hatte gar keines.«

Minke schüttelte den Kopf. Dann sagte sie: »Aber wenn Esther das Konto übernommen hat, dann existiert es praktisch ja noch. Das bedeutet, Sie kommen auch an die Informationen von damals?«

»Natürlich«, die Fingernägel klackten wieder über die Tasten. »Ich drucke Ihnen auch gleich noch die Kontoauszüge von 1986 aus, in Ordnung?«

Im selben Moment setzte sich der kleine Drucker auf dem Schreibtisch in Gang und spuckte nach und nach einen ganzen Packen Blätter aus.

»Hier bitte«, die Fingernägel griffen danach. »Die Kontoauszüge vom letzten Jahr vor Herrn Johannsens Tod.«

»Danke.« Der Packen war sehr dick. Minke graute bei der Vorstellung, das alles durchsehen zu müssen. Sie hatte noch nie einen Kopf für Zahlenkolonnen gehabt und langweilte sich schon bei ihren eigenen Kontoauszügen.

»Das Konto ist ziemlich voll«, sagte die Frau und zwinkerte ihr zu. »Wenn ich das mal so sagen darf. Ihr Skelett war reich.«

Minke dachte daran, dass sie selbst bei derselben Bank ein Konto hatte. »Sagen Sie so etwas nur bei Toten weiter oder auch bei Lebendigen?«

Die Frau kicherte, antwortete aber nicht.

...

Mit den Kontoauszügen auf dem Beifahrersitz, notdürftig mit einem Haargummi zusammengehalten, fuhr Minke weiter in Richtung Westen der Stadt. Hier begann das Industriegebiet, hässliche Betonklötze und pragmatische Plattenbauten reihten sich aneinander. Zwischen einer Fischverarbeitungsfabrik und einem Laden für Segelbedarf stand ein lang gestrecktes Gebäude aus den Fünfzigerjahren, das seine besten Zeiten hinter sich hatte. »Jüsteringer Küstenbote« leuchtete in Neonbuchstaben über dem Eingang. Das zweite ›t‹ war an einer Ecke gesplittert. Minke betrat das Zeitungsgebäude. Im Inneren erwartete sie ein muffiger Empfangsbereich mit ein paar dunkelgrünen Cordsesseln und gerahmten Zeitungsartikeln an den Wänden, dazwischen ein paar Comics und Karikaturen. In einem altbackenen Glaskasten, auf dem das Schild »Empfang Redaktion« angebracht war, döste ein Mann, der einen Pullover mit einer Krabbe und der Aufschrift »Krabb a newspaper« trug. Im Hintergrund öffnete sich die Redaktion in ein Großraumbüro mit vielen Schreibtischen, an denen hier und da jemand saß und telefonierte oder auf einem Computer tippte. Es roch nach Kaffee, Schweiß und abgestandener Luft. Niemand schien Minke zu beachten. Sie klopfte an die Scheibe des Empfangs. Der Mann mit dem Krabbenpullover schreckte hoch. »Oh«, sagte er nur, »stehen Sie schon lange hier?«

»Nein«, Minke stellte sich vor. Ein Mann in einem Anzug mit Dinosaurier-Krawatte kam vorbei und schnappte ihren Namen auf. »Oh, die Frau Kommissarin höchstpersönlich – sind Sie für ein Interview hier? Ihre Kämpfe und Erfolge in Ihrem ersten Fall?«

»Überhaupt nicht.«

»Sicher? Überlegen Sie es sich – wir wären sofort bereit, einen Leitartikel daraus zu machen. ›Die junge Kommissarin, ein Cold Case und das Skelett‹«, er machte eine ausholende Geste über seinem Kopf, um die Schlagzeile zu verdeutlichen. »Das wäre ein Knaller.«

»Ich bin hier, weil ich Ihr Zeitungsarchiv brauche.«

»Oho, zu Recherchezwecken – tja, da ist es gut, dass es den ›Jüsteringer Küstenboten‹ gibt, habe ich recht?« Er winkte in Richtung des Portiers ab. »Kommen Sie mit, ich bringe Sie selber runter. Dabei können wir ja noch einmal über meine Interviewidee reden«, er unterbrach sich selbst. »Oh Gott, was schleppen Sie denn da für einen riesigen Papierstapel mit sich herum?«

Während Minke dem Redakteur die braun gefliesste Treppe hinunter in den Keller folgte, redete er weiter auf sie ein. »Sie lehnen sich ganz schön weit aus dem Fenster, dafür, dass Sie eine Dino-Krawatte tragen«, sagte Minke.

»Wenn man sich als Journalist nicht weit aus dem Fenster lehnt – egal welche Krawatte –, kommt man zu nichts.« Mit diesen Worten öffnete er eine schwere Tür, die eher aussah, als gehörte sie zu einem Heizungskeller. »Hier ist es – unser berühmtes Archiv. Sie müssen zugeben, es sieht genauso aus, wie man sich ein Zeitungsarchiv vorstellt, habe ich recht?«

Minke erblickte einen langen muffigen Kellerraum mit ein

paar schmalen vergitterten Fenstern und grau verputzten Wänden. Überall standen Regale, in die kreuz und quer Ordner und alte Zeitungsausgaben gestopft waren; manche quollen sogar über. Der Staub und die Spinnweben waren beinahe mit den Händen zu greifen.

»Finden Sie sich hier zurecht?«, fragte der Redakteur. »Wenn Sie jetzt Nein sagen, gibt es leider keinen, der Ihnen helfen könnte. Wir kommen alle selber hier nicht freiwillig runter.« Er verabschiedete sich schnell.

Minke brauchte eine Weile, bis sie das System verstanden hatte – immerhin gab es tatsächlich eines. Die Regale waren aufsteigend, die ältesten Zeitungsausgaben lagerten ganz links, die jüngsten ganz rechts. Die späten Achtzigerjahre waren irgendwo in der Mitte. Minke zog den wackeligen Hocker zu sich heran, stieg darauf und begann, sich durch den Stapel von Zeitungen bis zum Jahr 1986/1987 zu wühlen. Schließlich hatte sie einige Ausgaben zusammengesammelt. Sie trug sie vorsichtig – das billige Papier wirkte, als würde es bald auseinanderbröseln – zu dem einzigen Tisch, den sie im ganzen Keller gefunden hatte, und legte sie dort neben die Kontoauszüge. Womit fange ich an?, fragte sie sich. Sie entschied sich schließlich für die Kontoauszüge, um es hinter sich zu bringen.

• • •

»Möchtest du Milch?«, Esther hielt Alexander ein filigranes Milchkännchen entgegen.

»Ja, gern.« Er lächelte ihr zu, nahm ihr das Kännchen ab und gab einen Schuss Milch in seinen Tee.

»Wusstest du, dass es in England einen Begriff für die Leute gibt, die zuerst Tee und dann Milch in die Tasse tun? Sie heißen Tif – tea in first.«

Esther lächelte. »Was du alles weißt ... Ich habe überhaupt gar keine Allgemeinbildung.«

»Quatsch, du bist doch eine intelligente Frau.«

Sie sah ihn an. »Ja, findest du? Ich habe immer geglaubt, ich wäre dumm wie Bohnenstroh.«

»Wie kommst du darauf?«

Sie zuckte die Achseln. »Hinnerk hat immer gesagt, ich sei seine Eliza Doolittle. Du weißt schon, die aus dem Musical, in dem der Professor versucht, aus dem Blumenmädchen eine intelligente Dame zu machen. Ich bin dein Professor und du meine Eliza, hat er gesagt.«

Alexander spürte, wie Wut in ihm aufstieg. »Das hätte er nicht sagen dürfen«, sagte er. »Du bist überhaupt nicht dumm.«

Esther rührte ihren Tee um und legte den filigranen Löffel auf die Untertasse. Sie hielt ihr Gesicht in die Sonne. Einträchtig saßen sie auf der Terrasse der Johannsenwarft im strahlenden Nachmittagssonnenschein. Das Meer glitzerte um Nekpen herum, träge summte im Garten eine viel zu späte Biene. Vereinzelt lagen noch Falläpfel unter den kleinen Obstbäumchen im Garten. Jetzt, an diesem besonders schönen Herbsttag, verströmten sie diesen ganz speziellen süßlichen, herbstlichen Duft. »Um diese Zeit ist das Licht immer so golden«, sagte Esther, offensichtlich, um das Thema zu wechseln. »Das mag ich.« Dann unterbrach sie sich. »Willst du nicht ein Stück Kuchen?«, sie griff nach dem Tortenheber. »Ich habe extra den gebacken, den du so magst.«

Er lächelte. »Dass du das noch weißt ...«

»Natürlich.« Sie legte ihm ein Stück Kuchen auf den Teller. Er sah perfekt aus, die Sahnekleckse darauf waren vollkommen gleichmäßig.

»Wo hast du es nur gelernt, so perfekt zu backen?«, fragte er. »Das sieht aus wie aus der Konditorei.«

»Ich habe in meiner Ehe viel geübt. Hinnerk mochte es nicht, wenn der Kuchen nicht perfekt aussah.«

Wieder schwiegen sie eine Weile und hörten den Bienen und Möwen zu. »Wie geht es dir, Esther?«, fragte Alexander schließlich, nur um sofort hinterherzuschieben: »Es tut mir leid, dass ich erst jetzt gekommen bin. Ich hatte so viel zu tun. Aber es war natürlich trotzdem nicht richtig, ich hätte dich damit nicht allein lassen dürfen.«

»Ruth hat sich um mich gekümmert«, Esther lächelte. »Ich weiß nicht, was ich ohne sie machen würde.«

Alexander musterte sie. Sie war immer noch eine sehr schöne Frau. In ihrem anthrazitfarbenen Kleid, mit ihrem schlichten Dutt und den einfachen Perlenohrsteckern sah sie aus wie die vollkommene Dame.

»Ich bin Witwe«, sagte Esther nachdenklich. »Ich meine, das bin ich schon seit dreiunddreißig Jahren, aber jetzt bin ich es auf eine merkwürdige Art noch einmal geworden.«

»Wie kommt Linda zurecht?«

»Gut, glaube ich. Und Emily hat eine merkwürdig morbide Faszination für alles entwickelt, was mit Hinnerk zu tun hat. Ich glaube, sie findet es spannend, dass seine Knochen gefunden wurden.«

»Sie kannte Hinnerk nicht.«

»Ja, aber ihr Großvater war er trotzdem.« Esther nippte an ihrem Kaffee. »Wie geht es Sybille?«, fragte sie dann.

»Gut. Sie will, dass ich in den Ruhestand gehe.«

»Aber du willst es nicht.« Es war keine Frage, sondern eine Feststellung.

Er lächelte. »Stimmt.«

»Das habe ich an dir immer so gemocht, dass du aus Leidenschaft Arzt bist. Man merkt dir das an – du würdest alles für deine Patienten tun.«

»Sag das mal Sybille. Sie will, dass ich an uns denke – an sie und mich und was wir noch für gute Jahre zusammen haben könnten.« Er schnitt eine Grimasse. »Es liegt auch nicht daran, dass ich keinen Nachfolger finden würde – die Praxis ist eine Goldgrube.« Er seufzte. »Wahrscheinlich sollte ich wirklich endlich einsehen, dass ich zu alt bin.«

Esther legte ihre Hand auf seine. »Wir sind gemeinsam alt geworden«, sagte sie. »Wo sind nur die Jahre hin?«

Eine Weile saßen sie einfach nur so da. Esther sah hinaus aufs Meer, während Alexander sie musterte. Stimmt, es sind viele Jahre vergangen, dachte er, aber ihr sieht man kaum etwas davon an. Ihre Haut war noch beinahe glatt; er konnte noch gut die junge Frau in ihr erkennen, die sie einmal gewesen war. Er konnte sie sehen, wie sie vor dreiunddreißig Jahren drinnen im Haus ihm gegenüber am Esstisch gesessen hatte, in ihrem roten Cocktailkleid. Es war ein Bild, das ihn seit diesem Abend verfolgte.

»Alexander«, begann Esther schließlich wieder zu sprechen, »hast du jemals mit Sybille darüber geredet?« Als er nicht sofort antwortete, fuhr sie fort: »Ich könnte es verstehen. Sie ist deine Frau.«

»Nein, das habe ich nicht. Wir haben uns damals etwas versprochen – ich habe mich daran gehalten. Und du?«

»Ich auch.« Sie schüttelte den Kopf. »Dann lass uns nicht mehr davon reden«, und dann, um das Thema zu wechseln, »ich muss die Beerdigung organisieren. Ich will es so schnell wie möglich machen, sobald die Knochen freigegeben sind. Und nur im kleinen Kreis, nur die engsten Personen, verstehst du?«

»Natürlich. Wenn du Hilfe brauchst – Sybille und ich sind für dich da.«

»Danke, ich werde es schon schaffen.« Sie sah wieder hinaus aufs Meer. »Hauptsache, wir beerdigen ihn noch vor dem Sturm. Danach haben wir hier auf der Hallig sicher wieder alle Hände voll zu tun.« Sie lächelte ihn an. »Und es ist schön, wenn du dabei bist.«

»Das verspreche ich dir.«

Die übrige Zeit sprachen sie über leichtere Dinge: Enkel, Reisepläne für den Sommer, Alexanders Erlebnisse in der Praxis, Emilys bevorstehenden Schüleraustausch. Sie mussten das, was sie unausgesprochen ließen, nicht anschneiden. Beide wussten es, und das war genug.

...

Eine halbe Stunde lang ging Minke nun schon im muffigen Keller der Zeitungsredaktion die Zahlenkolonnen durch. Keine der Kontobewegungen in den Monaten vor Hinnerks Tod wirkte irgendwie auffällig. Sein Kontostand war gut, sehr gut sogar – das reiche Skelett. Mal hob er Geld ab, mal zahlte er Geld ein. Spuren von Esther entdeckte sie nirgends. Er musste ihr Geld in bar gegeben haben, dachte sie. Ein bisschen eigenartig.

Erst als sie schon beinahe aufgegeben hätte, blieb ihr Blick an einer Zeile hängen. Das Datum des Eintrags war der 2. Dezember 1986 – eine Bareinzahlung. Das allein war nicht das Ungewöhnliche, es war ungewöhnlich, wie viel Hinnerk in bar eingezahlt hatte: 150.000 Mark. Minke strich die Zeile mit einem Textmarker an. Sie las die weiteren Einträge. Nein, die Einzahlung war einmalig – nie davor und nie danach hatte Hinnerk so eine Summe eingezahlt. »Wer hat schon so viel in bar?«, murmelte Minke und malte mit dem Textmarker ein Ausrufezeichen dahinter. 2. Dezember 1986, nur ein paar Wochen vor Hinnerks Tod. Ob das etwas miteinander zu tun hatte? Ging es bei dem ganzen Fall vielleicht um Geld? Und was war die richtige Frage: Woher stammte das Geld, oder wofür hatte Hinnerk es bekommen? Minke schrieb sich beide Fragen an den Rand. Später würden sie an ihre Zettelwand wandern.

Nachdem sie die Kontoauszüge beiseitegelegt hatte, machte Minke sich an die alten Zeitungsausgaben. Sie wusste nicht wirklich, wonach sie suchte. Es war einfach nur die vage Hoffnung, auf irgendetwas zu stoßen, das sie weiterbringen könnte. Zuerst nahm sie sich die Ausgabe von dem Tag vor, an dem Hinnerks Verschwinden bekannt geworden war, dem 17. Januar 1987. Der »Jüsteringer Küstenbote« hatte über das Ereignis auf der Titelseite berichtet. »Jüstering in großer Sorge – beliebter Arzt verschwunden«, stand dort, die Schlagzeile war sogar noch rot unterstrichen, um die Dringlichkeit zu betonen. Der Artikel erzählte die Geschichte, die Minke inzwischen zur Genüge kannte: das Essen, die Gäste, der unbekannte Midsander Patient, das ausgebrannte Boot. Um Letzteres drehte sich am darauffolgenden Tag der nächste Artikel. »Arzt immer noch nicht aufgetaucht«, darunter erging sich der Redakteur vor allem in technischen Details über Bootsmotoren und in den Möglichkeiten, wie es überhaupt zu der Explosion kommen konnte. »Es ist selten, dass so ein Motor einen Defekt hat«, stand da, »denn es ist das allerneuste Modell, mit allen Sicherungen ausgestattet. Die Techniker der Polizei stehen vor einem Rätsel. Sicher ist nur – das Boot brannte vollkommen aus, die Explosion muss heftig gewesen sein. Da niemand sie beobachtet hat (Zeugen werden gesucht; unsere Redaktion berichtete), gehen die Polizisten von einem Explosionszeitpunkt spät in der Nacht aus. Der bekannte Arzt sprang vermutlich ins

Wasser, um sich zu retten, beziehungsweise wurde durch die Wucht von Bord geschleudert. Bisher gibt es immer noch keine Spur von ihm.«

Ja, das Boot, dachte Minke. Über dieses Detail hatte sie schon öfter nachgedacht. Wann war es explodiert – nachdem Hinnerk bereits tot war, oder als er noch lebte? War Hinnerk damit von seinem Patientenbesuch zurück nach Nekpen gefahren und hatte dort seinen Mörder getroffen? War es auf dem Meer passiert und er nur auf der Hallig begraben worden? – Oder war alles ganz anders gewesen? Minke hatte allmählich das Gefühl, ihre Gedanken verknoteten sich. Sie blätterte durch die weiteren Ausgaben. Die Schlagzeilen über Hinnerk tauchten von nun an in gewisser Regelmäßigkeit auf. »Doktor Johannsen immer noch vermisst«, »Immer noch Zeugen im Fall Hinnerk Johannsen gesucht«, schließlich: »Jüstering und die Halligen in Trauer – vermisster Arzt für tot erklärt«. Darauf folgte die etwas sperrige Überschrift: »Symbolische Trauerfeier für bekannten Arzt unter großer Anteilnahme der Bevölkerung«. Wirklich aufmerksam wurde Minke jedoch erst bei einem Artikel Ende Februar. »Praxis Johannsen eröffnet wieder – Nachfolger gefunden« stand dort. Minke überflog den Text. »Doktor Alexander Simon übernimmt ab März die Praxis Johannsen.«

»Das gibt's ja nicht!« Minke rief den Satz laut aus. Doktor Simon war der Nachfolger von Hinnerk – die schicke Praxis in bester Lage war einmal die von Hinnerk Johannsen gewesen. Und bisher hatte keiner, vor allem nicht Doktor Simon selbst, es für nötig erachtet, ihr das mitzuteilen. Minke nahm ihr Handy und fotografierte den Artikel.

Nachdem sie in den Ausgaben nach Hinnerks Tod derart fündig geworden war, widmete sie sich den Ausgaben aus den Wochen davor. Sie blätterte und blätterte, aber nichts stach ihr ins

Auge. Mal ging es um den Neujahrsempfang des Bürgermeisters, mal um das Krippenspiel in der Halligkirche auf Midsand unter Leitung von Ruth Lütz und Esther Johannsen, ein anderes Mal um die Weihnachtsfeier des Klootschieß-Vereins. Schließlich war Minke im November 1986 angekommen – und es war das zweite Mal an diesem Nachmittag, dass sie wie vom Donner gerührt war. »Bankraub auf Midsand«, stand dort auf Seite eins. Minke starrte auf die Schlagzeile. Sie hatte nicht gewusst, dass die winzige Halligbank einmal ausgeraubt worden war. Schon die Vorstellung war absurd. Aber da stand es: »Unbekannte haben in der Nacht vom 28. auf den 29. November einen Einbruch in die ›kleinste Bankfiliale Deutschlands‹ auf Hallig Midsand verübt«, stand dort. »Der oder die Täter sprengten den Banktresor auf, wobei ein hoher Sachschaden entstand, und nahmen alles Geld – eine sechsstellige Summe – an sich, das darin zu dem Zeitpunkt verwahrt wurde. Die Polizei bittet um Mithilfe – bisher gibt es keine Anhaltspunkte.«

Sechsstellig, murmelte Minke. Ein eigenartiger Gedanke formte sich in ihrem Kopf. Sie sah noch einmal auf die mit Textmarker markierte Kontozeile. 150.000 in bar, sechsstellig, eingezahlt nur drei Tage nach dem Raub. Hatte Hinnerk etwas damit zu tun? Aber warum? Er schrieb mehr als schwarze Zahlen. Minke ließ sich auf den Hocker sinken. Alles an diesem Fall kam ihr wie ein Puzzle vor, bei dem ständig ein entscheidendes Teil fehlte.

· · ·

Jasper Holt saß trotz des schönen Wetters auf Nekpen in seinem Wohnzimmer und fühlte sich wie ausgelaugt. Normalerweise kannte er dieses Gefühl nicht; er war immer stark und gesund gewesen, und während seine Altersgenossen langsam allesamt mit dem Körper und dem Gedächtnis zu kämpfen hatten, funktionierte beides bei Jasper noch tadellos. Er führte seine robuste Konstitution auf die alten Gene der Deichgrafendynastie zurück und darauf, dass er sein Leben lang bei Wind und Wetter draußen auf dem Deich und auf dem Meer gewesen war. »Konserviert durch Salzluft und Salzwasser wie ein Salzhering«, war ein Witz, den er gerne machte. Aber heute fühlte er sich zum ersten Mal in seinem Leben wirklich alt. Eine Müdigkeit und Schwäche waren über ihn gekommen, die er sich kaum erklären konnte, außer damit, dass in den letzten Tagen alles zu viel gewesen war. Erst war Hinnerk wieder aufgetaucht, nach so langer Zeit – und jetzt die Sache mit David. Das war es, was ihm am meisten in den Knochen steckte. Jasper saß eine geraume Zeit einfach nur so da. Schließlich nahm er seine Pfeife zur Hand, die wie immer auf dem Beistelltisch neben dem Ohrensessel lag. Er rauchte gewöhnlich erst, wenn es dunkel war, aber heute machte er eine Ausnahme, in der Hoffnung, dass der Pfeifentabak und das Nikotin ein wenig die Müdigkeit vertreiben würden. Mit geübten Griffen stopfte er die Pfeife und zündete sie an. Es war dieselbe, die schon sein Vater benutzt hatte; er hatte sie einst in England gekauft, und inzwischen war sie viel wert. Pfeifen aus so einem exotischen Holz wurden kaum noch hergestellt. Jasper lehnte sich zurück und paffte die ersten Züge. Die erhoffte Wirkung blieb aus.

Er sah aus dem Fenster. Der strahlende Sonnenschein ging ihm auf die Nerven. Er hatte natürlich, wie jeder andere, die Sturmwarnung gehört, aber im Gegensatz zu den meisten sehnte er diesen Sturm geradezu herbei. Wind und Wolken waren schon immer sein Lieblingswetter gewesen. Außerdem wäre ein Sturm, der rüttelte und schüttelte und die Wellen hochschießen ließ, eine willkommene Ablenkung. Er sah zum Telefon, das neben seinem Pfeifentabak auf dem Tischchen stand. Noch nie hatte er ein schnurloses Telefon oder ein Handy besessen, und er würde auch nicht mehr damit anfangen. Für ihn hatte ein Telefon eine Schnur, und so eines stand auch neben ihm. »Bleiben Sie erreichbar«, hatte Minke gesagt, nachdem sie ihm am Vormittag von dem gefundenen Armband berichtet hatte. »Wir halten Sie weiter auf dem Laufenden. Und Sie uns bitte auch – falls sich der Entführer wieder meldet.«

Nachdem er aufgelegt hatte, hatte er gezittert. Es hatte eine Weile gedauert, bis das Zittern nachgelassen hatte. Nun fürchtete er sich geradezu davor, dass das Telefon wieder läutete. Wann war er das letzte Mal so durch den Wind gewesen? Als Christine starb, dachte er. Wie immer, wenn er an seine Frau dachte, stürmten mehrere Bilder auf ihn ein, die in seinem Kopf gespeichert waren und die er niemals vergessen würde. Das erste Bild stammte von dem Tag, an dem er Christine zum ersten Mal gesehen hatte. Sie kam nicht aus Jüstering, sondern von einem kleinen Dorf in Richtung Eider, das kaum jemand kannte. Eigentlich war es völlig unwahrscheinlich gewesen, dass sie sich jemals im Leben über den Weg laufen würden, aber es war passiert – bei einer Geburtstagsfeier eines entfernten Verwandten von Jasper. Der Verwandte hatte Kellnerinnen für das Fest engagiert, und eine davon war Christine gewesen. Er sah sie noch vor sich, in ihrem schwarzen kurzen Kleid und einer neckischen weißen Cocktailschürze. Als Erstes war ihm ihr Haar aufgefallen, kupferrot und zu einem hohen Zopf gebunden. Sie sah aus wie eine Amazone, hatte er damals gedacht, eine Amazone mit einem Tablett in der Hand, auf dem sie Häppchen herumreichte. »Möchten Sie auch?«, hatte sie gefragt und ihn angelächelt. Es war, als würde die Sonne aufgehen; ihr Lächeln war so frei und vergnügt gewesen. »Krabbencracker?«, hatte sie nachgeschoben. Später hatte sie gerne darüber gewitzelt, dass eines der ersten Wörter, das er aus ihrem Mund gehört hatte, »Krabbencracker« gewesen war. Damals hatte er ihr tatsächlich einen solchen Cracker abgenommen, obwohl Dill darauf gewesen war, den er verabscheute.

Sein zweites Bild war das von seinem Heiratsantrag. Sie waren ein paar Mal ausgegangen, nachdem er sich auf dem Fest doch noch dazu hatte durchringen können, sie um ihre Telefonnummer zu bitten. Er war kein Frauenheld. Ihm fehlte der lockere Charme, der Männern wie Hinnerk in die Wiege gelegt worden war. Mit Hinnerk hatte er immer den direkten Vergleich vor Augen gehabt, sein ganzes Leben lang. Wo Hinnerk die Frauen um den Finger wickelte, war Jasper zu intellektuell und zu ernsthaft – so ernsthaft, wie er sich eben auch in Christine verliebt hatte. Auch sein Heiratsantrag war ernst gewesen. Zu seinem Erstaunen hatte sie Ja gesagt. Ach Christine, dachte er. Sie war so lebensfroh gewesen, leichtsinnig und lustig. Er hatte sie vergöttert, erst recht, als sie David zur Welt brachte. David, dieses rotgesichtige kleine Baby, das Christine ihm im Krankenhaus in den Arm gelegt hatte. »Unglaublich, mein Sohn«, hatte er nur immer wieder gestammelt, völlig überwältigt.

Das dritte Bild war ein ganz anderes. Es hatte andere Farben und rief völlig andere Gefühle in Jasper hervor – ein Bild mit kaltem Licht und Schneetreiben vor den Fenstern der Holtwarft. Auf den Halligen schneite es selten. Die Flocken waren an diesem Tag durch die Luft geschwebt, um den kahlen Birnbaum herum. Er erinnerte sich an das weiß bezogene Bett. Christine im weißen Nachthemd, ihr kupferfarbenes Haar floss über das Kissen. Ihre Augen waren geschlossen, als würde sie einfach nur schlafen. Aber er hatte es gewusst, als er sie so liegen sah. Er hatte nicht erst ihren Puls fühlen müssen, um zu wissen, dass sie tot war. Auf ihrem Nachttisch standen ein großes Glas und eine leere Packung Schlaftabletten. In diesem Moment hatte er das Knarren leichter Schritte auf den alten Dielen gehört, dann Davids kindliche Stimme:»Mama?« Da erst hatte sich Jaspers Starre gelöst. Er hatte David, der erst elf gewesen war, in sein Zimmer geschickt und die Polizei gerufen – mit demselben Telefon, das jetzt neben ihm stand.

Jasper seufzte. Er stand auf, ging zum Regal und nahm ein gerahmtes Kinderfoto von David heraus. David hatte darauf Milchzahnlücken und hielt stolz einen Fisch in die Kamera, den Jasper mit ihm gefangen hatte. Der alte Deichgraf ging mit dem Bild zurück zu seinem Ohrensessel. Dort saß er die nächsten Stunden, rauchte seine Pfeife und betrachtete das Foto.

• • •

Die Arzthelferin von Doktor Simon erkannte Minke sofort wieder.

»Schon wieder Polizei?«, fragte sie unwillig.

»Ja, ich muss mit Doktor Simon reden. Es ist dringend.«

»Tut mir leid, der Doktor hat heute Nachmittag freigenommmen. Ich mache hier nur Abrechnungen.«

Minke stutzte.»Wissen Sie, wo ich ihn finden kann?«

Die Arzthelferin schrieb eine Adresse auf und reichte sie ihr über den Anmeldungstresen.»Probieren Sie es mal hier – da wohnt er.«

Das Haus der Familie Simon war ein schönes Einfamilienhaus mit viel Holz und einem großen Garten. Ein paar Terrakottatöpfe mit gehätschelten Feigen- und Zitronenbäumchen säumten die Haustür. Minke klingelte. Die Frau, die ihr die Tür aufmachte, trug einen praktischen grauen Haarschnitt und eine praktische Tunika zu einer praktischen Hose. Alles an ihr war praktisch.

»Guten Tag?«, es war mehr Frage als Gruß. Schon an dieser Begrüßung war zu erkennen, dass sie nicht aus Nordfriesland kam. Hamburg, tippte Minke. Wahrscheinlich hatte Alexander seine Frau in seiner Studienzeit kennengelernt.

»Kommissarin van Hoorn«, stellte sie sich vor. »Ist Ihr Mann zu Hause?«

»Ja, wir kochen gerade zusammen.« Die Frau machte ihr Platz. Die heile, geordnete Welt setzte sich auch im Innern des Hauses fort. An den Wänden hingen Fotos von den Kindern und Enkelkindern. Doktor Simon sah jetzt, ohne seinen weißen Kittel, weit weniger souverän aus. Er trug Pullover und Jeans und wirkte irgendwie farblos. Überrascht sah er von seinem Schneidebrett auf, auf dem er gerade Zwiebeln würfelte. »Frau van Hoorn – ist etwas passiert?«

»Wie man es nimmt. Wir müssen uns unterhalten.«

Alexander Simon nickte. Er wusch seine Hände, trocknete sie ab und nahm seine Kochschürze ab, auf die ein Koch mit riesigem Bauch und Kochlöffel in der Hand gedruckt war. »Natürlich. Wir gehen vielleicht am besten ins Wohnzimmer. Sybille, kannst du ohne mich weitermachen?«

Das Wohnzimmer war gemütlich, mit einer großen Sofalandschaft, einem Fernseher von vernünftiger Größe und ein paar Topfpflanzen.

»Also?«, fragte Alexander, nachdem sie sich gesetzt hatten. »Worum geht es?«

»Warum haben Sie mir nicht gestern schon erzählt, dass Ihre Praxis einmal die Praxis von Hinnerk war?«, fragte Minke direkt. Sie zeigte ihm das Foto der Zeitungsmeldung aus dem Archiv.

Alexander lachte. »Oh, entschuldigen Sie, das war keine Absicht. Ich habe es Ihnen nicht verschwiegen – wahrscheinlich dachte ich, dass Sie es schon wissen.«

»Nein«, Minke schüttelte den Kopf. »Ich wusste es nicht. Und es ist doch eine interessante Information. Hätte Hinnerk weitergelebt, wären Sie niemals an diese lohnenswerte Praxis gekommen.«

Alexanders Pferdegesicht wurde ernst. »Moment – Sie glauben, ich bringe jemanden um, weil ich seine Praxis will? Das ist doch Unsinn!«

»Wo wären Sie sonst heute?«

»Vermutlich genau am selben Ort. Hinnerk wollte die Praxis sowieso aufgeben – damals war eine prestigeträchtige Chirurgenstelle im Krankenhaus ausgeschrieben, und er hat mich gebeten, ihn da reinzubringen.« Er zuckte die Achseln. »Aber selbst, wenn es nicht so gewesen wäre: Ich wäre auch mit irgendeiner anderen Praxis zufrieden gewesen.« Er lächelte. »Wissen Sie, ich liebe meinen Beruf. Für meine Patienten würde ich alles tun – aber die Klinik hat mich wirklich fertiggemacht. Ich war also froh um die Gelegenheit, aber glauben Sie mir – einen Mord würde ich für eine Praxis nie begehen.«

Minke sah ihn an. Sie glaubte ihm. Hinnerks Praxis war für einen unauffälligen Mann wie Alexander Simon eigentlich beinahe zu schick. Er hätte auch in einer einfachen Praxis in irgendeinem Plattenbau glücklich werden können.

»Ich habe noch eine Frage.«

»Bitte – wenn ich helfen kann.«

»Sechs Wochen vor seinem Tod hat Hinnerk 150.000 Mark in bar auf sein Konto eingezahlt. Können Sie sich einen Reim darauf machen?«

Alexander sah sie aufrichtig verblüfft an. »So viel Geld in bar? Nein. Das erklärt sich auch nicht durch die Praxis. Sie lief damals schon sehr gut – aber trotzdem bekommt man auch als Arzt mit Praxis sein Geld per Überweisung und nicht in bar.«

Minke nickte. Dann fiel ihr noch etwas ein. »Wenn Sie die

Praxis von Hinnerk übernommen haben, dann müssten Sie doch vielleicht auch noch irgendwo alte Patientenunterlagen haben.«

»Na ja, die meisten vernichtet man nach der vorgeschriebenen Zeit. Worauf wollen Sie hinaus?«

»Ich will eine Liste aller Patienten, die Hinnerk in der Zeit vor seinem Tod auf Midsand betreut hat. Irgendwie muss doch herauszufinden sein, zu welchem von ihnen Hinnerk damals in der Nacht gefahren ist. Können Sie mir eine solche Liste zusammenstellen?«

»Ich kann es versuchen.«

»Versuchen Sie es bitte schnell.«

Minke stand auf. Der Duft nach angebratenen Zwiebeln zog inzwischen von der Küche ins Wohnzimmer. »Dann noch viel Spaß beim Kochen.« Sie reichte Alexander die Hand. Sein Handschlag war schwach und weich, das war ihr bei ihrer ersten Begegnung gar nicht aufgefallen. Sie musste sich konzentrieren, um nicht das Gesicht zu verziehen.

· · ·

Als Minke zurück in die Polizeistation kam, war Klaus schon gegangen. Sie hatte von unterwegs aus noch einmal die Feuerwehr angerufen, die ihr mitteilte, dass sie nun die Suche abbrechen würden. Die Dämmerung hatte eingesetzt, es würde bald dunkel. Bisher war außer dem Armband nirgends eine Spur von David gefunden worden. Auch der Erpresser hatte sich nicht wieder gemeldet.

Auf Minkes Schreibtisch erwartete sie zu ihrer eigenen Überraschung tatsächlich das, worum sie Klaus gebeten hatte: die Verbindungsnachweise von Davids Handy. Sie überflog sie. In den letzten Tagen vor seiner Entführung hatte er wenig telefoniert.

Mal mit der Seehundstation, mal mit Dianas privatem Handy –
wobei, wie Minke registrierte, sie ihn deutlich öfter angerufen
hatte als er sie –, mal mit dem Tierarzt und ein paar Mal mit seinem Vater. Nichts daran war auffällig. Der letzte Anruf, den David getätigt hatte, war, wie Jasper schon gesagt hatte, der frühmorgens bei seinem Vater gewesen. Danach – nichts. Der letzte
Sendemast, in den sich sein Handy eingeloggt hatte, war der am
nördlichen Stadtrand in Richtung Klippen gewesen – das brachte
sie auch nicht weiter.

Minke seufzte. Sie legte die Verbindungsnachweise und die
Kontoauszüge auf ihren Schreibtisch, dann stieg sie zum zweiten
Mal in drei Tagen in das Polizeiarchiv hinunter. Dort suchte sie
sich die Akte zu dem Bankraub 1986 auf Midsand heraus. Wieder
zurück im Büro knipste sie die Schreibtischlampe an, deren
Schein durch das ansonsten dunkle Büro strahlte. Draußen nahm
der Wind langsam zu. Minke las alle Einträge in der Akte ganz
genau, aber sie waren nicht besonders ergiebig. Die Täter waren
nie gefasst worden, der Fall wurde zu den Akten gelegt. Immerhin
wusste sie nun, wie viel tatsächlich geraubt worden war: 200.000
Mark, fünfzigtausend mehr, als Hinnerk eingezahlt hatte. Sie
schrieb beide Zahlen auf einen neuen Zettel und klebte ihn zu den
anderen an die Wand.

War Hinnerk wirklich ein Dieb gewesen? Einer, der seinen
guten Ruf riskierte, einfach alles aufs Spiel setzte, um an Geld
zu kommen, obwohl er schon genug davon hatte? Minke dachte
an den Mann mit dem Filmstarlächeln auf dem Foto von Esthers
fünfunddreißigstem Geburtstag. Konnte man sich vorstellen,
dass derselbe Mann mit einer Sturmmaske und Handschuhen
nachts in eine winzige Halligbank einbrach und ein paar Tage
später drei Viertel davon in aller Seelenruhe auf sein Konto ein-
zahlte? Hinnerk hatte nie vor etwas Angst, hatte Jasper gesagt.

Während sich an Minkes Wand die Fragezeichen häuften, saß David irgendwo und wartete darauf, dass sie ihn fand. Sie hatte das Gefühl, die Suche ausweiten zu müssen. »Was hätte wohl der nordfriesische Sherlock Holmes gemacht?«, murmelte sie und sah wieder auf das grobkörnige Zeitungsfoto ihres Vaters. Sie wünschte sich glühend, dass er einfach zur Tür hereinspazieren und sich mit ihr über den Fall unterhalten würde. Aber sie war allein, er würde nicht mehr kommen. Nach ein wenig Überlegen griff Minke zum Telefon.

»Jüsteringer Küstenbote, hallo?«

»Minke van Hoorn hier. Ich würde gerne mit dem Redakteur sprechen, der heute eine Dino-Krawatte trägt und der mich unbedingt interviewen will.«

Nach ein paar Minuten meldete sich tatsächlich die Stimme, die sie schon von heute Mittag kannte. »Frau Kommissarin, ich bin entzückt. Haben Sie es sich also anders überlegt?«

»Nein, ich will immer noch kein Interview geben. Aber ich habe einen anderen Vorschlag, wie sich Ihre Zeitung an meinem Fall beteiligen könnte.«

»Ich bin gespannt. Wie denn?«

Sie sagte es ihm. Es dauerte nicht lange, dann war er überzeugt.

. . .

David hatte in den letzten Stunden beobachtet, wie das Licht draußen immer schwächer wurde. Nun war es dunkel um ihn herum. »Zeit, schlafen zu gehen«, murmelte er zynisch. Was sollte er auch sonst tun? Mit der Taschenlampe in den Büchern lesen? Nein. So legte er sich also auf seine Matratze, zog sich die Decke über und grübelte wieder einmal – wie so oft in den letzten sechsunddreißig Stunden – über seine Lage nach. Es gab kein Vor und kein Zurück. Er wusste nicht, was er tun sollte. Immer noch erschien ihm das Ganze wie ein Albtraum, aus dem er bald wieder aufwachen würde. Er dachte daran, dass vor zwei Tagen sein größtes Problem gewesen war, Minke die richtige Nachricht zu schreiben. Jetzt wünschte er, ihr einfach nur irgendetwas schreiben zu können. Sein Handy lag allerdings irgendwo in der Nordsee. Er hatte es selbst in hohem Bogen durch die Luft fliegen sehen und das Platschen gehört, als es auf die Wasseroberfläche traf. Wie verrückt das alles ist, dachte er. Wenn mir das jemand erzählen würde, würde ich sagen, es ist erfunden. Aber das war es nicht.

David rollte sich auf der Matratze zusammen. Immerhin war sie bequem, und er hatte genügend Decken. Auch über mangelndes Essen konnte er sich nicht beschweren. Über mangelnde Freiheit allerdings schon. Er lag da und lauschte dem Wind, der draußen pfiff.

. . .

»Schatz, wollen wir heute Abend ausgehen?« Geert schloss die Haustür hinter sich und schlüpfte aus seinem Mantel. Er war immer noch gut gelaunt wegen des Siegs seines Wettpferdes. Ruth saß in einem Sessel im Wohnzimmer und las in einem ihrer Romane. Sie war vollkommen versunken in eine Geschichte, die sie schon viele Male gelesen hatte: die von Judith, einem Mädchen, das erst in ein englisches Internat geschickt wird und sich ein paar Jahre später in eine tragische Liebe mit einem Soldaten stürzt. Der Vorname der besten Freundin dieses Mädchens war Loveday. Was für ein ungewöhnlicher Vorname, dachte Ruth gerade, als Geert die Haustür aufschloss. Wenn wir ein Mädchen gehabt hätten, hätte ich es vielleicht auch so genannt. Sie legte das Buch weg, als Geert ins Wohnzimmer kam und seine Arme um sie schlang.

»Wie kommst du denn darauf?«, fragte sie.

»Ganz einfach – ich hatte heute einen guten Tag. Außerdem habe ich dich schon lange nicht mehr ausgeführt.«

Sie lächelte und gab ihm einen Kuss. Ihr Tag war anstrengend gewesen – viele Kunden, einige Sonderwünsche wegen der Sturmwarnung, dann war auch noch ein Lieferant abgesprungen. Und dazu ihr Anfall von heute Morgen ... Schnell verdrängte sie den Gedanken. Geert hatte recht, sie waren schon lange nicht mehr abends aus gewesen, und es war genau der richtige Tag dafür. »Worauf hast du denn Lust?«

»Wie wäre es mit Kino? Meinetwegen auch eine Schnulze.«

Sie lachte. »Kino klingt gut.«

»Dann los, hol deinen Mantel. Bevor wir zu spät kommen.«

Sie küsste ihn noch einmal. Ihr Lippenstift hinterließ eine Spur auf seiner Wange. Ruth erstarrte kurz. Lady in Red, dachte sie. Schnell wischte sie darüber, der Lippenstift war weg.

Das kleine Kino von Jüstering war im Stil der Fünfzigerjahre eingerichtet, aus denen es stammte. Ruth gefiel es darum ganz besonders. Als sie ankamen, war es schon beinahe Zeit für den Film, sodass sie sich gleich in die überschaubare Schlange vor der Kasse einreihten. Im Vorraum roch es süß nach Popcorn, das in einer nostalgisch aussehenden Popcornmaschine frisch gemacht wurde. Ruth und Geert hielten Händchen, während sie warteten. Ruth liebte an ihm, dass er so sein konnte. Als sie an der Reihe waren, bestellte Geert zwei große Portionen Popcorn. »Auch Eiskonfekt, mein Liebling?«, fragte er. Ruth nickte. Eiskonfekt erinnerte sie an ihre Kindheit, in der sie ab und zu mit Esther zusammen auch hierher ins Kino gehen durfte, zur Kindervorstellung.

Sie hatten sich dabei jedes Mal schwesterlich eine Schachtel Eiskonfekt geteilt. Während Geert bezahlte, sah Ruth sich um. In der Eile hatten sie gar nicht die Aushänge vor dem Kino gelesen, welcher Film gezeigt würde. Es war auch egal, es gab ohnehin nur einen Film pro Abend, und meistens war es ein Liebesfilm. Nun, als Ruth jedoch die Filmankündigung für heute Abend entdeckte und las, wurden ihre Augen groß. »Klassiker-Abend«, stand dort auf dem Plakat. »Mörder Ahoi, ein Krimi von Agatha Christie.«

»Mörder Ahoi«, wisperte Ruth tonlos.

»Was hast du gesagt?«, Geert wandte sich zu ihr um. Der Popcornverkäufer war gerade dabei, zwei große Tüten zu füllen.

»Mörder Ahoi«, wiederholte Ruth. »Heute zeigen sie einen Krimi.«

Auf Geerts Gesicht zeichnete sich Erleichterung ab. »Super, dann schlafe ich ja vielleicht nicht ein.«

»Mit Butter?«, fragte der Besitzer in diesem Moment dazwischen und wies auf das heiße Popcorn.

»Für mich ja, und für dich ...?« Ruth antwortete nicht. »Ruth?«

»Wie bitte?«

»Butter oder keine Butter?«

»Keine.«

Sie nahm die Tüte Popcorn entgegen. Der süße Duft beruhigte sie wieder ein wenig. Es war ja auch lächerlich – ein alter, harmloser Krimi. Nichts, weswegen man erschrecken müsste.

Ruth folgte Geert in den kleinen Kinosaal mit schummrigem Licht und roten Samtsesseln. Er war etwa zur Hälfte besetzt. Sie fanden einen guten Platz und setzten sich. Ruth öffnete die Schachtel Eiskonfekt.

»Jetzt schon? Du sagst doch sonst immer, dass man nicht anfängt zu essen, bevor der Film losgeht«, neckte Geert.

»Heute ist eine Ausnahme.« Ruth steckte sich eines der schokoladenüberzogenen Eisstücke in den Mund. Ja, damit ging es ihr schon besser. Sie aß noch ein Stück. Der Film begann. Die bekannte Erkennungsmelodie von Miss Marple drang durch den Raum, die Lichter wurden noch ein bisschen schummriger. Geert legte einen Arm um Ruth, sie kuschelte sich an ihn. Es ist alles gut, sagte sie sich, alles ist in Ordnung.

Doch als der erste Mord geschah und das Opfer vorne über kippte, sprang Ruth auf. Ihre Popcorntüte fiel zu Boden, das Popcorn rollte über den dicken, roten Teppich.

»Ruth?«, Geert sah sie mit einer Mischung aus Besorgnis und Ärger an. »Was soll denn das?« Alle sahen sie an.

Ruth konnte nicht antworten. Sie presste sich die Hand vor den Mund und rannte aus dem Kinosaal. Sie schaffte es gerade noch in die nostalgische Damentoilette, bevor sie sich unter den goldenen Leuchtern dort übergab.

...

Er saß mit zwei Kumpeln in einer der Kneipen am Hafen. Sie war so eingerichtet, wie man sich eben Hafenkneipen vorstellte: Fischernetze, Buddelschiffe, ein Rettungsring an der Wand, auf dem »SOS BIER« stand. Zu allem Überfluss erklangen aus den Boxen Shantys, alte Seemannslieder. Es war wie ein wahr gewordenes Klischee. Aber sie störten sich nicht daran. Seit einer Stunde saßen sie so da, tranken Bier und unterhielten sich. Er war froh, endlich einmal wieder Zeit dafür gefunden zu haben. Die Arbeit war heute wieder sehr anstrengend gewesen. Die Kellnerin kam und fragte, ob sie noch etwas bestellen wollten. Sie trug ein Kleid mit Herzchen darauf und hatte den Kopf voller dunkler Locken. Sie lächelte ihn an. Er lächelte zurück. Sie war auch ein Grund,

warum er gerne hierherkam. Dafür hörte er sich auch Shantys an.
»Noch ein Bier, bitte«, sagte er. Sie zwinkerte ihm zu. »Gerne.«
Seine Kumpel grinsten, während sie zurück zur Bar ging. »Na,
geht da was?«, fragte einer. »Deine Scheidung ist doch jetzt eigentlich lange genug her.«

»Mal sehen.« Er folgte ihr mit den Augen. Sie bemerkte es
und lächelte ihn noch einmal an. Vielleicht irgendwann anders,
dachte er. Wenn die Zeit besser ist. Wenn ich den Kopf frei habe
und alles ausgestanden ist. Aus den Lautsprechern kam jetzt
»Seemann, deine Heimat ist das Meer«. Es wurde Zeit, nach
Hause zu gehen.

16. Januar 1987,
Freitagabend, 22.00 Uhr
Alexander

Alexander überlegte fieberhaft. *Seine Hände krampften sich um die gestärkte blütenweiße Stoffserviette, die neben seinem Teller lag. Egal, wie er es drehte und wendete – es wollte ihm keine Art einfallen, wie er es tun konnte. Aber* ich muss, *sagte er sich, während er nervös auf seinem Stuhl herumrutschte.* Dafür bin ich hier. Es muss aufhören. *Der Abend zog sich hin, das Wetter draußen war immer noch scheußlich. Das Licht über dem Tisch flackerte, Hinnerk sah ärgerlich zur Lampe hinauf.* »Das ist sicher schon wieder dieser verdammte Generator«, *sagte er. Esthers Schwager, dieser etwas lächerliche Mann, begann eine langatmige Geschichte von der Hamburger Pferderennbahn zu erzählen.* »Und dann« – *er lachte ein schepperndes Lachen, das an Alexanders gespannten Nerven zerrte –* »gewann das Pferd, auf das kein Mensch gesetzt hatte – außer mir. Keiner hätte noch einen Pfifferling für den alten Gaul gegeben«, *sagte er gerade.* »Ist das nicht der Hammer?« *Alexanders Blick wanderte weiter zu dem Blumengesteck, das die Mitte des Tischs schmückte. Der Strauß war besonders schön, eine richtige Komposition, dachte Alexander, diese weißen, pudrigen Blüten. Zwischen ihnen hindurch sah er Esther an. Sie bemerkte es nicht – ihr Blick kreuzte sich gerade mit dem ihrer Schwester. Ob er Geerts langweiliger Pferdegeschichte galt? Oder etwas anderem? Es lag jedenfalls ein Verstehen darin. Ruths Blick hatte etwas Besorgtes. Soweit er es bei der Vorstellungsrunde verstanden hatte, war*

Ruth die Ältere der beiden. Typisch ältere Schwester, dachte er. Er hatte auch jüngere Geschwister und war damit aufgewachsen, sich um sie zu kümmern. Ruth schien eine nette Frau zu sein, sanft und gutmütig. Was wollte sie mit diesem ordinären Mann? Alexander sah in Geerts breites Gesicht.

»Esther, wie läuft es denn mit dem Chor, den du leitest?«, fragte er laut, um eine neuerliche Wettgeschichte zu verhindern. »Gibt es bald wieder ein Konzert?« Er hatte Esther schon ein paar Mal singen hören. Sie sang wie eine Lerche, ganz klar und hell. Alle sahen ihn an. Er hatte heute Abend bisher beinahe nur schweigend dagesessen. Esther lächelte ihn dankbar an und beantwortete seine Frage. Alexander hörte ihr zu und betrachtete währenddessen ihr hübsches Gesicht. Es war wie ihre Stimme: ganz klar und voller Kontur. Sie hätte zu Recht eingebildet sein können oder zumindest selbstbewusst. Aber sie war weder das eine noch das andere. Eher im Gegenteil, überlegte Alexander, manchmal kam es ihm vor, als würde sie sich am liebsten unsichtbar machen. Sie redete nur, wenn sie gefragt wurde, sie versuchte, allen – vor allem Hinnerk – jeden Wunsch von den Augen abzulesen, sie wirkte sehr diszipliniert. Auch jetzt hielt sie ihre Geschichte über die neuesten Chorlieder knapp, als wollte sie an diesem Abend nur nicht zu viel Raum einnehmen. Schließlich legte Hinnerk ihr die Hand auf den Arm. Er begann wieder zu reden. Sie wurde sofort wieder zu einer hübschen Zuhörerin, die ihrem Mann an den Lippen hing. Hinnerk redete und redete; Alexander hatte das Gefühl, Hinnerk füllte das ganze Esszimmer aus. Er schüchtert mich ein, dachte er, auch wenn das peinlich ist. Ich bin feige ihm gegenüber. Sie hatten schon seit ihrem Studium klar verteilte Rollen – Hinnerk der charismatische Superstar, Alexander der fleißige Arbeiter, dessen Gesicht man schnell vergaß. Er war immer stolz darauf gewesen, dass durch ihre Freundschaft ein bisschen von Hinnerks Glanz auch auf ihn abfärbte. An der Universität kannte jeder Hinnerk, und weil jeder Hinnerk kannte, kannte man zwangsläufig auch Alexander.

Alexander dachte daran, wie es dazu gekommen war, dass er an diesem Abend hier saß. Hinnerk hatte ihn am Nachmittag angerufen, um schon wieder wegen der Stelle am Krankenhaus nachzufragen. Beiläufig hatte er dann gesagt: »Wir haben heute Gäste, meine Schwägerin und ihr Mann. Langweilige Leute, aber immerhin gibt es Grünkohl und Pinkel. Das kann meine Frau einigermaßen gut.« Er hatte gelacht. Alexander wusste sofort, dass es die perfekte Gelegenheit war. Also hatte er gesagt: »Grünkohl und Pinkel – das habe ich ja schon seit Ewigkeiten nicht mehr gegessen. Sybille mag es nicht.«

»Na, dann komm doch auch. Auf einen mehr oder weniger kommt es nicht an.«

Alexander war zufrieden gewesen. Es war ideal – Sybille war übers Wochenende bei ihrer Schwester in Flensburg. Eine solche Gelegenheit, in Ruhe mit Hinnerk zu reden, würde es so schnell nicht mehr geben. Hinnerk grinste ihn an. Er mag mich, dachte Alexander, und warum auch nicht? Ich habe ihm bei jeder Prüfung an der Uni geholfen, sonst wäre er niemals Arzt geworden. Ich habe die Mädchen freundlich abgespeist, die er satthatte. Ich habe sogar unsere gemeinsame Studentenwohnung sauber gehalten, verdammt noch mal. Und ich habe für ihn vor Gericht ausgesagt, das ist das bitterste. »Du musst mir helfen, Alex – diese verrückten Straubs wollen mir irgendwas anhängen. Natürlich völlig zu Unrecht.« Er hatte ihm geglaubt und gesagt, was Hinnerk wollte. Und jetzt konnte er deswegen nicht mehr schlafen, sah ständig Stefanies Eltern vor sich und die Fotos des Mädchens, das leblos im Krankenhausbett lag. Er dachte an seine eigene kleine Tochter – kaum auszudenken, wie er sich gefühlt hätte, wäre ihr dasselbe passiert.

Ich Trottel. Alexanders Hand krampfte sich wieder um die Serviette. Aber es war nicht mehr zu ändern. Das Einzige, was er ändern konnte, war das, was in Zukunft passieren würde, jetzt, wo er endlich klarsah. Ich muss heute mit ihm sprechen; es ihm auf den Kopf zusagen und ihm klarmachen, dass es genug ist. Dass es eine Grenze gibt, auch für einen Hinnerk Johannsen.

In diesem Moment erhob sich Esther auf ein Nicken von Hinnerk hin. Das rote Kleid, das sie trug, schimmerte. »Wer möchte denn einen Kaffee?«, fragte sie höflich. »Alexander, du vielleicht?«

Er sah hoch. »Ja, gerne.«

»Gut, wer noch?«

Alle nickten, außer Ruth. »Ich kann sonst nicht schlafen«, sagte sie. »Aber warte, ich helfe dir.«

Ruth ging Esther hinterher in die Küche, wie sie es bisher schon den ganzen Abend bei diesen Gelegenheiten getan hatte. Alexander wurde das Gefühl nicht los, dass es nicht nur aus Hilfsbereitschaft war. Die beiden Schwestern hatten etwas miteinander zu besprechen. Aber ihre Worte waren im Esszimmer nicht zu verstehen; er hörte nur Gemurmel jenseits der Wand. Eine Stimme klang dabei drängend, die andere beschwichtigend.

Nachdem Ruth und Esther das Zimmer verlassen hatten, herrschte kurz Stille am Tisch; die drei Männer saßen einfach nur so da. Geert wie ein begossener Pudel, der es ganz offensichtlich vermied, in Hinnerks Richtung zu sehen. Warum?, fragte sich Alexander. Haben sie Streit? Innerlich schüttelte er den Kopf. Was für ein merkwürdiges Abendessen.

Hinnerk klopfte auf den Tisch. »Was ein echter Mann ist, der braucht jetzt eine Zigarre.« Er grinste. »Zigarre und Cognac, besser gesagt. Alex?« Und mit etwas sarkastischer Stimme: »Geert?«

Geert stand so schnell auf, dass sein Glas auf dem Tisch wackelte. »Ich muss mal«, sagte er und verschwand. Es blieben nur Alexander und Hinnerk. Sie gingen gemeinsam auf die Terrasse. Draußen war die Nacht tintenschwarz, der Wind pfiff, es war kalt – eigentlich kein Wetter, um draußen zu stehen und Zigarre zu rauchen. Aber es war die beste Möglichkeit, mit Hinnerk allein zu sein. Jetzt oder nie, dachte Alexander. Er wusste, wenn er jetzt sagen würde, was er zu sagen hatte, würde sich alles ändern. Hinnerk verzieh nichts, das hatte Alexander oft genug bei anderen mitbekommen. Er fühlte, wie seine Hände schweißnass wurden, während er die Zigarre entgegennahm, die Hinnerk ihm reichte. Er selbst kämpfte bei dem Wind mit dem Streichholz, Hinnerk schien damit keine Probleme zu haben. Wie macht er das bei dem verdammten Wind?, dachte sich Alexander. Es ist wirklich, als würden für ihn andere Gesetze gelten. Hinnerk paffte seinen ersten Zug und sah Alexander dann mit einem gönnerhaften Lächeln an. »Na – wie sieht es aus mit meiner Bewerbung in der Chirurgie? Ich habe keine Lust mehr, zu warten. Verdammt, Alex, besorg mir diese Stelle!«

Alexander räusperte sich. Sein Mund war trocken. Er holte tief Luft. Es muss wirklich ein Ende haben, dachte er noch einmal. Wirklich.

NOCH EIN TAG
BIS ZUM STURM

»Esther Johannsen?«

»Moin, Bo van Hoorn hier, Rechtsmedizinisches Institut.«

Esther ließ sich auf einen der Küchenstühle in ihrer Küche auf der Johannsenwarft sinken. »Moin.«

»Ich habe gute Nachrichten für Sie, Frau Johannsen: Die Knochen Ihres Mannes sind ab sofort freigegeben. Ich habe sie eben mit einem Kurier Richtung Jüstering geschickt.«

»Oh«, Esther schwieg einen Moment. »Danke. Dann kann ich ihn ja jetzt beerdigen.«

»Ja, das können Sie.«

»Kam irgendetwas heraus, bei Ihren ... hm ... Untersuchungen?«

»Das müssen Sie meine Schwester fragen, Frau Johannsen. So sind die Regeln.«

»Ja ...«, Esther sah auf ihre Fingernägel. »Ja, natürlich, ich verstehe. Wann kommt denn mein Mann, nun ja, bei mir an?«

»Ich denke, in zwei Stunden. Der Kurier ist nicht gerade der schnellste und hat noch zwei Zwischenstopps.«

»Wie bitte?«

»Ja, mit Ihrem Mann fahren noch eine Frau mit und ein alter Opa, tot natürlich«, er klang amüsiert. »Ein Sammeltaxi, wenn Sie so wollen.«

Esther fragte sich im Stillen, ob jeder in der Rechtsmedizin so war. Vielleicht wurde man ja in diesem Beruf ganz automatisch abgestumpft gegenüber dem Tod.

Laut sagte sie: »Danke für Ihren Anruf, Herr van Hoorn.«

»Kein Problem. Schönen Tag noch – und mein Beileid.«

Als Esther aufgelegt hatte, atmete sie tief durch. Jetzt wird es also wirklich enden, dachte sie. Eine Beerdigung war ein Schlusspunkt, und sie brauchte schon seit so vielen Jahre einen. Impulsiv, wie es eigentlich gar nicht ihre Art war, ging Esther in den Flur, schlüpfte in Schuhe und Mantel und ging nach draußen. Die Morgenluft war mild, der Himmel hatte eine merkwürdig goldene Farbe. Esther kannte diese Art Himmel, sie zeigte sich nur vor gewaltigen Stürmen. Es würde also nicht mehr lange dauern – sie musste sich beeilen, wenn sie Hinnerk vorher beerdigen wollte. Und das wollte sie auf jeden Fall. Esther zog den Mantel enger um sich und ging langsam über die Halligwiese. Nekpen lag ruhig da in dem goldenen Morgenlicht; ein paar Vögel staksten auf ihren hohen Beinen über das Gras. Esther ging bis zu der Stelle, an der vor drei Tagen Hinnerks Skelett ausgegraben worden war. Sein erstes Grab, ohne Grabstein und Blumen. Nachdenklich sah sie hinunter auf das zerrupfte Gras und den zerwühlten Marschboden in Form eines Rechtecks in Menschenlänge. Es würde einige Zeit dauern, bis im buchstäblichen Sinn wieder Gras darüber gewachsen wäre. In ein paar Metern Abstand waren noch ringsum die Löcher zu sehen, die die Pfosten der Polizeiabsperrung hinterlassen hatten. Ich glaube, rote Begonien wären schön als Grabbepflanzung, dachte Esther, oder vielleicht ein Buchsbäumchen. Sie sah auf und ließ ihren Blick über das Meer und die Hallig schweifen, über den knorrigen Birnbaum auf der Holtwarft und den Deichgrafenhof. Das weiße Friesenhaus lag still da. Einem zweiten untypischen plötzlichen Impuls folgend ging sie hinüber zur Holtwarft und schlug dort den schweren Metallklopfer gegen die Haustür. Seit drei Tagen hatte sie sich nicht bei Jasper gemeldet; sie war zu sehr mit sich selbst beschäftigt gewesen. Normalerweise sah sie etwa alle zwei Tage nach ihm. Auf ihr Klopfen hin rührte sich nichts. »Jasper?«, rief Esther. »Ich weiß doch, dass du nicht mehr schläfst. Mach auf!« Er öffnete nicht. Sie klopfte noch einmal, immer noch rührte sich nichts. Oh Gott, dachte sie, vielleicht ist ihm etwas passiert – ein Herzinfarkt, ein Schlaganfall, er ist schließlich nicht mehr der Jüngste – und er liegt irgendwo hilflos im Haus? Dann aber fiel ihr Auge auf die leere Anlegestelle der Warft. Jasper war mit dem Boot unterwegs, sicher war er fischen, das machte er gerne früh morgens, wenn das Meer so glatt war wie heute. Beruhigt kehrte Esther zurück nach Hause und begann, die Beerdigung ihres Mannes zu planen.

· · ·

»Der Sturm hat uns schon beinahe erreicht. Bleibt die Windstärke so, wie sie jetzt ist, und dreht die Richtung nicht, so ist heute Nacht mit den ersten Ausläufern in Nordfriesland zu rechnen und morgen Nachmittag mit dem endgültigen Treffen dieses Orkans auf unsere Küste.« Minke schaltete das Radio aus; sie konnte sich bei dem Gerede nicht konzentrieren. Vor ihr lag der Bericht des Labors zum Erpresserbrief. Das Ergebnis war, dass es kein Ergebnis gab – keine Fingerabdrücke, keine DNA-Spuren, einfach nichts. Die einzigen Fingerabdrücke, die auf dem Papier gefunden worden waren, waren die von Minke und Jasper, also die, die zu erwarten gewesen waren. Minke hatte kaum mit etwas anderem gerechnet. Ein Erpresser, der vorsichtig genug war, seine Forderungen in Zeitungsbuchstaben zu fassen und einen Adressaufkleber auf dem Umschlag zu benutzen, war vermutlich auch vorsichtig genug, Handschuhe zu tragen. Auch zu der Buchseite gab es kaum Ergebnisse. Sie stammte aus einer Ausgabe des ›Schimmelreiters‹ von 1903, mehr wusste das Labor nicht zu berichten. Warum überhaupt diese Stelle? Das Pferdegerippe im Watt, der gespenstische Schimmel. Was wollte der Erpresser ihr damit sagen?

Minke warf einen Blick auf die Uhr. Kurz vor acht. Angenommen, David war schon auf dem Weg zur Arbeit entführt worden, dann war er jetzt seit beinahe achtundvierzig Stunden verschwunden. Das war schlecht – auf der Polizeischule hatte sie gelernt, dass die Wahrscheinlichkeit, Spuren oder eine Person zu finden, mit jedem Tag geringer wurde. Alles, worauf Minke nun ihre Hoffnung setzte, war, was passieren würde, nachdem die Jüsteringer und Midsander heute Morgen ihre Zeitung gelesen hatten. Sie selbst hatte sich auf dem Weg zur Polizeistation eine Ausgabe gekauft. Der Redakteur mit der Dino-Krawatte hatte tatsächlich Wort gehalten und alles so arrangiert, wie sie es ihm gesagt hatte: »Gebürtiger Nekpener verschwunden!«, stand fett gedruckt auf der Titelseite, dazu ein Foto von David und die Bitte um Mithilfe der Bevölkerung. »Jeder Hinweis kann wichtig sein – melden Sie sich unter«, dann folgte die Nummer der Polizeistation. Bewusst hatte sie nichts von einer Entführung erwähnt; sie wollte den Entführer nicht nervöser machen, als er vermutlich ohnehin schon war.

Klaus schnaufte durch die Tür der Polizeiwache, in den Armen hielt er eine große Kiste, in der es klirrte. »Geschirr«, keuchte er, »ich dachte, ich bringe es heute schon mal mit.« Er stellte die Kiste im Flur ab. »Und ich bin schon wieder weg. Ich muss mir ein paar Catering-Läden anschauen. Tschüss, Mäus …«

»Klaus, ich brauche dich heute. Hast du den Aufruf in der Zeitung nicht gesehen? Hier klingeln sicher bald die Telefone.«

Er hob abwehrend die Hände. »Oh nein! Ich habe Wichtigeres zu tun, als irgendwelchen Spinnern zuzuhören. Wie gesagt: Pizza oder Schnitzel, das ist heute bei mir die Frage. Außerdem kommt doch bei solchen Aufrufen meistens sowieso nichts rum.«

»Ja, vielleicht, aber vielleicht hat auch wirklich jemand etwas gesehen, das uns weiterbringt. Klaus! Bitte!« Minke sah ihn eindringlich an. Es war ihr zuwider, Klaus um etwas zu bitten, aber sie wusste auch, dass sie es nicht schaffen würde, alle Anrufe selbst anzunehmen und gleichzeitig nach Hinnerks Mörder zu suchen. »Irgendwo da draußen ist David, entführt. Und ich habe immer noch keine Ahnung, wo.«

Klaus schnaubte.

Sie verdrehte die Augen. »Ich kenne einen sehr guten Pizzalieferdienst. Den kann ich dir verraten, wenn du mir hilfst.«

»Machen die auch Familienpizzen?«

»Lass dich überraschen«, sie hielt ihm eines der beiden Telefone entgegen.

»Na schön, aber nur, bis sich der erste richtige Spinner meldet.«

...

Esther hatte die Tageszeitung nicht abonniert. Während also nach und nach die Bewohner von Jüstering und den Halligen erfuhren, dass David Holt gesucht wurde, und zu ihren Telefonen griffen, frisierte sie sich sorgfältig wie immer und zog sich dann vollkommen schwarz an. Schließlich steckte sie die Liste mit der Überschrift »Beerdigung«, die sie geschrieben hatte, in ihre Handtasche und startete das kleine Motorboot, das zur Johannsenwarft gehörte. Sie fuhr über die ruhige Nordsee in ein paar Minuten hinüber zur Hallig Midsand und legte dort an der Markuswarft an.

Dann stieg sie den schmalen Weg hinauf zu den Häusern und zum Laden ihrer Schwester.

Die Ladenglocke klimperte, als sie die Tür öffnete.

»Tut mir leid, wir haben noch nicht …«, Ruth war gerade dabei, mit dem Rücken zur Tür den kleinen Kühlschrank mit Quark und Milch zu befüllen. Nun drehte sie sich um. »Oh, Esther, du bist es. Was ist denn los?«

»Ich brauche deine Hilfe.«

»Wobei?« Ruth schloss den Kühlschrank. Esther zog die Liste aus ihrer Handtasche. »Hinnerk ist zur Beerdigung freigegeben, und ich will das morgen über die Bühne bringen, noch vor dem Sturm.«

Ruth sah ihre Schwester zweifelnd an, dann aber nickte sie. »Natürlich, ich helfe dir – was auch immer du willst.«

»Kannst du in deiner Mittagspause nach Jüstering kommen und mich dort treffen? Ich habe einen Termin beim Steinmetz und will den Grabstein nicht alleine aussuchen.«

Ruth nickte. »Sicher.«

»Und dann brauche ich natürlich auch etwas zu essen für die kleine Feier, die ich nach der Beerdigung bei mir abhalten will. Ich dachte da an Häppchen – irgendetwas, das man hübsch auf Tabletts anrichten kann.«

»Ich habe Räucherlachs und Dill da, Thunfischcreme auch«, zählte Ruth auf. »Und Krabben natürlich.«

»Gut, das wird reichen.«

»Esther«, begann Ruth vorsichtig, »hast du das mit David schon gehört?«

»Nein, was denn?«

»Er ist verschwunden. Es stand heute in der Zeitung.«

»Wie bitte?«, Esther wurde blass.

»Hast du ihn in den letzten Tagen gesehen?«

Esther schüttelte den Kopf. »Ehrlich gesagt bin ich einfach gar nicht mehr aus dem Haus gegangen, seit Hinnerk gefunden wurde.«

Ruth sah sie verständnisvoll an.

»Alexander war gestern zu Besuch«, sagte Esther unvermittelt.

»Kommt er auch zur Beerdigung?«

»Er hat es versprochen.« Sie nickte ihrer Schwester zu. »Ich muss jetzt weiter. Es gibt noch viel zu tun.«

...

Es dauerte nicht lange, bis Minke überlegte, ob Klaus vielleicht ausnahmsweise recht gehabt hatte. Sie war von den Leuten, die ständig auf der Polizeiwache anriefen, um irgendetwas über David loszuwerden, inzwischen nur noch genervt. Jeder kannte die alte Deichgrafenfamilie, und dass der Deichgrafensohn verschwunden war, schien ganz Jüstering aufzuwühlen. Jeder wollte helfen – leider war der Großteil dessen, was die Anrufer erzählten, vollkommen unbrauchbar. Alle wollten David irgendwo gesehen haben. Gerade hatte Minke eine alte Dame am Telefon, die aufgeregt berichtete, David eben über den Weg gelaufen zu sein. »An der Käsetheke im Supermarkt, sagen Sie?«, wiederholte Minke und verdrehte die Augen. »Ja, das habe ich notiert. Danke für Ihre Mithilfe.« Sie legte den Hörer auf und seufzte. Sie betrachtete ihre Notizen. Die Hinweise widersprachen sich beinahe alle – David sollte zeitgleich an mindestens fünf Orten in der Stadt und auf den Halligen gewesen sein; die Male, die er angeblich auf irgendwelchen Booten gesehen worden war, gar nicht mitgezählt.

Das Telefon klingelte schon wieder. Minke wappnete sich innerlich, das nächste unnütze Gespräch zu führen.

»Polizei Jüstering, Minke van Hoorn?«

»Bo van Hoorn. Was ist denn bei euch los? Alle Anschlüsse sind ständig besetzt.«

Minke erzählte von dem Zeitungsaufruf.

»Ach du Scheiße«, sagte Bo nur. Nach einer Pause fuhr er aufgeräumt fort: »Jedenfalls, ich habe die Knochen zur Beerdigung freigegeben. Mein skelettierter Patient hat mich schon in Richtung Küste verlassen.«

»Rufst du deswegen an? Nur um mir Bescheid zu sagen?«

»Nein. Ich habe noch eine brandneue und exklusive gerichtsmedizinische Information für dich, die ich heute Nacht in mühevoller und begabter Kleinarbeit dem Knochenmann abgetrotzt habe«, raunte Bo geheimnisvoll.

»Und welche?«

»Pass auf – kannst du dich noch daran erinnern, dass ich gesagt habe, Hinnerk Johannsen habe merkwürdig poröse Knochen gehabt?«

»Ja. Du meintest, es wäre vielleicht Osteoporose gewesen.«

»Stimmt, aber das war es nicht. Dazu war diese auffällige Knochenstruktur einfach zu ... auffällig.«

»Aha.«

»Jedenfalls habe ich die Knochen noch einmal genau untersucht und mir Vergleichsmaterial angesehen, und das Ergebnis ist ziemlich eindeutig.« Bo machte eine bedeutungsschwere Pause. »Alkohol.«

»Wie bitte?«

»Der Tote muss über lange Zeit sehr regelmäßig sehr viel Alkohol zu sich genommen haben. Das wissen die wenigsten, aber zu viel Alkohol stört auch den Knochenaufbau. Ich bin ganz sicher: Hinnerk Johannsens Knochen sehen genau deshalb so aus, wie sie aussehen.«

»Hinnerk Johannsen war Alkoholiker?«

»Jap. Und wenn ich mir anschaue, wie unglaublich schlecht die Knochen schon waren, würde ich sagen: ein starker.«

»Was bedeutete das für sein Arztsein?«

»Na ja, Alkoholiker sind fahrig, unkonzentriert ... Er wird Fehler gemacht haben. Aber er war doch Hausarzt, hast du gesagt, oder? Das geht ja noch.«

»Und wie wäre es gewesen, wenn er Chirurg geworden wäre?«

Bo antwortete wie aus der Pistole geschossen: »Eine Katastrophe.«

...

Imma stand an diesem Tag zum ersten Mal seit Langem wieder auf dem Schulhof der Jüsteringer Schule. Vor dreißig Jahren war sie hier Schulpsychologin gewesen. Jetzt, als sie auf dem verlassenen Pausenhof stand, an dessen Mauern hier und da irgendein pubertäres Graffiti gekritzelt war und in dessen Mülleimern sich Coladosen mit leeren Bäckereitüten abwechselten, kam ihr alles so vertraut vor.

Gerade läutete der Gong zur Pause, in ein paar Minuten würde hier alles voller Schüler sein. Imma ging auf den Haupteingang zu. Als sie die Tür aufzog, wehte ihr dieser typische Schulgeruch entgegen. Sie betrat das Gebäude. Ein älterer Lehrer erkannte sie von Weitem, er winkte ihr zu. »Ich glaube es ja nicht – Frau van Hoorn! Treibt Sie die Nostalgie hierher?« Er lachte. »Oder arbeiten Sie wieder für uns?«

»Nein, ich bin inzwischen selbstständige Therapeutin.«

»Und jetzt besuchen Sie uns?«

Imma schüttelte den Kopf. »Eigentlich möchte ich zu jemandem ganz Bestimmtem: Linda Johannsen.«

»Die habe ich vorhin im Biologiesaal gesehen.« Er zeigte einen langen Korridor entlang. »Hinten links.«

Imma ging den Gang entlang, in dem sich ein Naturwissenschaftsraum an den nächsten reihte: Physik, Chemie und schließlich Biologie. Die Tür stand offen, Linda saß am Pult und korrigierte Klassenarbeiten, ansonsten war der Raum leer. Imma klopfte an die offene Tür. »Moin, Linda!«

Linda sah überrascht auf. Als sie Imma erkannte, lächelte sie. »Oh, Frau van Hoorn, was für eine Überraschung! Kommen Sie mich etwa besuchen?«

»Ja«, Imma betrat das Klassenzimmer. »So könnte man es ausdrücken.« Sie sah sich um. Als Schulpsychologin hatte sie ein eigenes Büro neben dem Lehrerzimmer gehabt; hierher in den Naturwissenschaftstrakt war sie nie gekommen. In einer Ecke des Raums baumelte ein Plastikskelett an einer Hängevorrichtung – etwas makaber, fand Imma, angesichts der Umstände. Auf den Schränken standen ein paar ausgestopfte Tiere: ein Mäusebussard, eine Ente, ein Eichhörnchen. An den Wänden hingen Plakate, die sich mit der menschlichen Anatomie beschäftigten.

»Wie schön«, sagte Linda und schob die Kappe auf ihren Füller. »Wie geht es Ihnen denn?«

»Sehr gut. Und wie geht es dir?«, Imma unterbrach sich. »Entschuldige, jetzt habe ich einfach Du gesagt.«

»Ach, bitte behalten Sie es bei. Es käme mir komisch vor, wenn Sie mich siezen würden.«

Imma schmunzelte. »In Ordnung. Wie gefällt es dir denn hier an der Schule?«

»Gut. Lehrerin ist mein Traumberuf.«

»Ja, ich erinnere mich. Das hast du mir in unseren Therapiesitzungen damals schon erzählt.« Imma holte tief Luft. »Linda, ich bin hier, weil ich mit dir über etwas reden muss.«

Sie sah Imma erstaunt an. »Das klingt ja richtig ernst. Worum geht es denn?«

Imma griff in ihre Handtasche und holte das Heft hervor, das sie gestern in ihrem Schrank herausgesucht hatte. Sie schlug es an einer bestimmten Stelle auf und legte es auf den Schreibtisch. »Darum.«

»Oh«, sagte Linda langsam und starrte darauf, »das.«

»Verstehst du – ich muss es Minke sagen.« Imma machte eine Pause. »Aber ich wollte zuerst mit dir reden.«

Lindas Gesicht verschloss sich. »Das ist doch alles so lange her. Und es hatte nichts zu bedeuten.«

»Linda, du warst damals mein Sorgenkind. Ich habe selten einen verzweifelteren Teenager bei mir im Büro gehabt als dich.«

»Ich war damals wütend auf die ganze Welt.«

»Du warst vor allem wütend auf deinen Vater, weil er dir die Beziehung zu Felix verboten hat. Und tausend andere Dinge auch.«

»Ja, und? Felix und ich haben uns eben heimlich getroffen.«

»Du wolltest mit Felix damals abhauen, das hast du mir erzählt. Du hast gesagt, dass du das Leben zu Hause nicht mehr erträgst, und hast deinen Vater mit einem Kerkermeister verglichen.«

»Er war ... Er wurde immer schwieriger. Er kam wohl nicht damit klar, dass ich älter wurde und meinen eigenen Kopf hatte«, Linda seufzte. »Ich war immer sein kleiner Engel, er hat mich auf Händen getragen. Aber er hat eben auch alles bestimmt – dass ich Ärztin werden sollte, dass Felix nicht gut genug für mich war. Bloß ein Realschüler, hat er gesagt, er ist doch bloß ein Realschüler.«

»Nicht nur das, er hat dich auch eingesperrt, bis du ihm versprochen hast, mit Felix Schluss zu machen. Zumindest hast du mir das damals erzählt.«

Linda nickte. »Das stimmte auch. Und Nadine sollte ich auch nicht mehr sehen. Dass ich an dem Abend bei ihr übernachten durfte, hat an ein Wunder gegrenzt. Das ist das letzte Mal, hat er zu mir gesagt, dass du bei diesen Bauern übernachtest.«

Imma überlegte, wie sie fragen konnte, was sie fragen wollte. Sie entschied sich für einen Umweg. »Linda, es gibt einen berühmten Fall – berühmt auch unter uns Psychologen«, erzählte sie. »In Neuseeland gab es einmal zwei Mädchen; sie waren erst fünfzehn und beste Freundinnen, so wie du und Nadine. Da sollte plötzlich eines der Mädchen mit ihrer Mutter umziehen. Die Mädchen wollten das nicht zulassen, sie wollten nicht getrennt werden. Da lockten sie die Mutter in einen Park und erschlugen sie gemeinsam.«

Stille erfüllte den Biologiesaal. Schließlich sagte Linda: »Sie wollen wissen, ob ich meinen Vater umgebracht habe? Weil er versucht hat, mir Felix und Nadine zu verbieten?«

»Hast du?«

Linda klappte das Heft zu und reichte es Imma zurück.

»Es war ein ganz einfacher Mädchenabend in den Achtzigern, damals bei Nadine: Gruselgeschichten, Jungsschwärmereien, Süßigkeiten. Mehr nicht.«

Imma lächelte. »Gut. Dann kann ich mit Minke darüber reden?«

»Das können Sie. Ob Sie es glauben oder nicht, ich habe um meinen Vater getrauert und tue es jetzt noch einmal. Ich habe ihn gehasst und geliebt, beides zugleich.«

»Ja, aber nach meiner Erfahrung ist das oft die schlimmste Mischung.« Imma steckte das Heft in ihre Handtasche zurück und verabschiedete sich. Als sie schon bei der Tür war, drehte sie sich noch einmal um. »Komm doch mal zu mir zum Kaffee«, sagte sie. »Ich bin zwar nicht die perfekte Hausfrau wie deine Mutter, aber dafür weiß ich, wo es die besten Kekse zu kaufen gibt.«

»Glauben Sie mir, die perfekte Hausfrau zu sein, ist nicht erstrebenswert – zumindest wenn man es geworden ist wie meine Mutter.«

Imma sah sie stirnrunzelnd an. Linda lächelte. »Ich komme gerne.«

• • •

Wie immer, wenn Esther in Jüstering war, war sie erstaunt, wie viel Trubel hier herrschte im Vergleich zu dem geruhsamen Halligleben auf Nekpen. In den Straßen waren viele Leute unterwegs, erst recht bei diesem guten Wetter und vor dem anstehenden Sturm, vor dem alle noch irgendwelche Besorgungen machen wollten. Im Hafen lagen zwei Krabbenkutter; der merkwürdig goldene Himmel überzog die Backsteinfassaden der alten Hafenhäuser mit einem besonderen, warmen Licht. Unter anderen Umständen hätte Esther den Tag genutzt, um durch die Läden zu bummeln, vielleicht neuen Tee zu kaufen und in ihrem Lieblingsbuchladen vorbeizuschauen. Zum Abschluss hätte sie wie immer eine Fischsuppe im Strandrestaurant gegessen. Aber für nichts davon hatte sie heute Zeit. Sie steuerte zielstrebig ins Herz der Altstadt, wo der einzige Bestatter von Jüstering sein Geschäft hatte.

»Guten Morgen, Frau ...?« Der feiste Bestatter machte eine angedeutete Verbeugung. Er war die Sorte Mann, die sich darin gefiel, von der alten Schule zu sein. Seine Lackschuhe glänzten frisch poliert.

»Esther Johannsen«, sagte Esther. »Ich hatte mich angemeldet.«

»Oh, natürlich -«, er verzog das Gesicht. »Johannsen – ich habe natürlich von dem Fall in der Zeitung gelesen. Mein Beileid, gnädige Frau.«

»Danke.«

»Wie darf ich Ihnen behilflich sein, Frau Johannsen?«

Esther sah sich um. Eine ganze Wand des Raumes war voller verschiedener Urnen; gegenüber gab es Bilderrahmen mit Trauerflor und Beispiele für Traueranzeigen. »Ich möchte meinen Mann beerdigen – morgen schon.«

Der Mann runzelte die Stirn. »Morgen?«

Esther schluckte und nickte dann fest. »Am Vormittag. Auf dem Friedhof in Midsand.«

Der Bestatter war erfahren, aber dies war auch für ihn eine neue Situation. »Na ja, wenn Sie es so wünschen«, sagte er gedehnt. »Aber das wird teurer werden als eine gewöhnliche Beerdigung.«

»Das macht nichts.«

»Und die ganzen Gäste – viele von ihnen können vielleicht kurzfristig nicht.«

»Es soll nur eine ganz kleine Feier werden, keine öffentliche Beerdigung. Die Gäste, die ich dabeihaben will, haben alle Zeit.«

»Ach ja? Nun, dann gibt es allerdings nun sehr viel zu entscheiden. Begonnen mit dem Sarg – dem Herzstück einer Beerdigung, wie ich immer sage.« Ein paar Minuten später führte der Bestatter Esther durch einen Nebenraum voller Särge. Esther fühlte sich zwischen all diesen menschenlangen Holzkästen beklommen. »Diesen hier nehmen viele«, der Mann klopfte auf ein schlichtes Modell aus Kiefernholz. »Stabil und funktional, eine vernünftige Ausführung.«

»Nein, der passt nicht zu meinem Mann.«

»Was würde denn zu ihm passen?«

Esther dachte nach. Unsicher sagte sie schließlich: »Vielleicht dunkles Holz? Haben Sie so etwas?«

Der Bestatter witterte die Gelegenheit für ein gutes Geschäft. »Dann möchte ich Ihnen dieses Modell ans Herz legen«, er wies auf einen Sarg aus glänzend rotem Mahagoni mit Metallbeschlägen. »Ein sehr männlicher Sarg.« Absichtlich stellte er sich so, dass er das Preisschild verdeckte.

Esther fuhr mit den Fingerspitzen über das Holz. Es war glatt und kühl. »Ja«, sagte sie, »den nehme ich.«

Der Bestatter nickte zufrieden. »Großartige Wahl.« Er füllte sofort den Bestellschein aus.

»Und wie dürfen wir die Feier für Sie gestalten?«, fragte er dann weiter.

»Dafür brauche ich niemanden. Wir feiern bei mir zu Hause.«

»Oh, ganz intim. Wie schön.« Innerlich strich der Bestatter zähneknirschend die Catering-Provision. »Und wie sieht es mit dem Blumenschmuck aus?«

»Den mach ich auch selbst. Bitte organisieren Sie nur alles, was das Grab und den Friedhof betrifft. Sargträger und so weiter, Sie kennen sich da besser aus als ich.«

»Sehr wohl, gnädige Frau.« Er machte wieder eine seiner angedeuteten Verbeugungen.

Dann hielt er ihr einen Kugelschreiber hin und legte ein Dokument vor. »Auftragserteilung« stand darüber. Esther unterzeichnete, ohne es überhaupt zu lesen.

»Bis morgen Vormittag«, sagte sie. »Und danke.«

Er schüttelte ihr die Hand und verabschiedete sich. Als sie den Laden verließ, dachte er, dass Esther Johannsen die merkwürdigste Witwe war, die er seit Langem erlebt hatte.

Minke klopfte an Klaus' Bürotür. Als sie öffnete, saß er grimmig am Schreibtisch und hielt den Telefonhörer ans Ohr. »Nein, Herr – wie heißen Sie noch mal? Wir brauchen niemanden, der den Aufenthaltsort des Vermissten auspendelt«, knurrte er gerade. »Und auch kein Tarot oder Horoskop oder eine Kristallkugel«, er feuerte den Hörer grußlos auf das Telefon. »Na, kapierst du jetzt, warum ich heute keine Lust hatte, hier herumzusitzen und diesen Blödsinn anzuhören?«

Minke grinste. »Ja. Aber ich habe aus diesem ganzen Zeug, das sich die Leute zusammenreimen, zwei Dinge herausgefischt, die etwas sein könnten.«

»Na dann«, Klaus sah sie desinteressiert an. »Was ist jetzt mit deinem Pizza-Tipp? Ich habe meinen Teil der Verabredung erfüllt.«

Minke überging die Frage. »Ein Rentner will Dienstag früh hinter David in der Schlange am Postschalter gestanden haben. Und eine Bäckereiverkäuferin sagt, er wäre am selben Morgen ihr Kunde gewesen. Es klang beides glaubwürdig.«

»Welche Bäckerei?«

»Die am Hafen; mit der Kletterrose an der Fassade.«

Klaus' mürrisches Gesicht hellte sich auf. »Die haben den besten Butterstreuselkuchen, den es gibt. Falls du hingehst – bring mir ein Stück mit. Aber ein großes, ohne Rand und mit vielen Streuseln«, er machte eine wegwerfende Handbewegung. »Ach, du würdest doch das Falsche bringen; ich komme mit.« Er warf einen grimmigen Blick auf sein Telefon. »Außerdem laufe ich dann nicht Gefahr, aus Versehen noch einmal das Telefon abzunehmen und mit jemandem zu telefonieren, der den Deichgrafensohn mit der Wünschelrute finden will.«

Die kleine Stadtpost lag nicht weit von der Stadtkirche entfernt am Marktplatz. Minke parkte davor, während Klaus murrte, dass sie nicht zuerst zur Bäckerei gegangen waren. »Ich will Davids Dienstagmorgen nachvollziehen«, sagte Minke. »Die Post liegt südlich, die Bäckerei nördlich. Er muss erst zur Post gegangen sein, bevor er Richtung Nordküste zur Arbeit gefahren ist.«

»Toll.«

In der Post war viel los; eine lange Schlange stand dort mit Päckchen von Versandhändlern unterm Arm, die zurückgeschickt werden sollten, mit Briefen, ein paar auch nur mit dem Geldbeutel in der Hand, bereit, Briefmarken zu kaufen. »Ähm, geh ruhig alleine«, sagte Klaus, als er die Schlange sah. Minke kramte ihren Dienstausweis aus der Tasche. »Polizei, das ist ein Einsatz.« Die Leute drehten sich um, manche mürrisch, manche neugierig. Ein oder zwei kannten sie, grinsten und grüßten. Sie drängelte sich an allen vorbei bis nach vorne zum Schalter. Dahinter stand ein Mann mit runden Brillengläsern und einer streng gescheitelten Frisur und blickte sie erschrocken an. »Ich achte immer auf richtiges Porto.«

Minke schmunzelte. »Ja, das glaube ich Ihnen – ich habe nur eine Frage«, sie zog ihr Handy aus der Tasche, auf dem sie ihm ein Foto von David zeigte. »Dieser Mann soll laut einem Zeugen am Dienstag frühmorgens hier in der Post gewesen sein. Können Sie sich an ihn erinnern?«

Der Mann beugte sich tief über Minkes Handy und begutachtete das Foto; seine Brillengläser schienen beinahe an das Display zu stoßen.

»Ja ... jetzt, wo Sie es sagen – der war tatsächlich da. Aber war das gestern oder vorgestern oder vorvorgestern ...?« Er sah sie verwirrt an. »Das weiß ich jetzt gar nicht mehr so genau.«

»Bitte versuchen Sie, sich zu erinnern.«

Er rückte seine Brille zurecht. Er erinnerte Minke an einen Frosch. »Lassen Sie mich nachdenken. Gestern war nicht viel los – das ist meistens so am Mittwoch. Der Mittwoch ist der kleine Sonntag, sage ich immer. Der Tag davor, sagen Sie, also Dienstag. Diesen Dienstag haben sie mir hier richtig die Bude eingerannt. Da hatte ich so viele Päckchen hier, die Postsäcke für die Halligen waren schon vormittags voll, und ich wusste gar nicht mehr, was ich noch tun sollte.« Der Postbeamte kniff die Augen hinter seiner Brille zusammen – ein abtauchender Frosch. »Frau Kommissarin, je länger ich darüber nachdenke, desto sicherer bin ich mir: Sie haben recht, er war da. Ja ja, ganz früh am Dienstag. Der Erste oder Zweite an diesem Tag.«

»Wissen Sie auch noch, was er wollte?«

Dieses Mal dachte der Mann besonders lange nach. Hinter Minke begannen die Wartenden in der Schlange schon merklich zu seufzen und zu stöhnen. »Minke, jetzt mach mal schneller. Ich habe heute noch was anderes zu tun«, rief ein Mann, in dem Minke nach kurzem Nachdenken einen Klassenkameraden aus der Grundschule wiedererkannte. Sie ignorierte alles Jammern und wartete geduldig.

»Jetzt habe ich es: Er hat ein Päckchen abgegeben«, sagte der Mann schließlich.

»Und wie sah dieses Päckchen aus?«

»Rechteckig, braun ... Ich glaube, es war ein Buch. Ja, ich dachte noch: ›Helmut, da ist ein Buch drin‹.«

»Wissen Sie noch, an wen das Päckchen gerichtet war?«

»Oh nein«, der Mann schüttelte vehement den Kopf. »Ich lese nie bewusst die Adressen. Das ist praktisch mein Ehrenkodex.«

Minke seufzte. »Okay, letzte Frage: Wenn er Ihr erster Kunde war – wann war das dann genau?«

Dieses Mal musste er überhaupt nicht nachdenken. »Um halb

acht. Ich öffne immer um Punkt halb acht. Keine Sekunde früher oder später.« Halb acht – Diana hatte gesagt, David begann seine Arbeit immer um acht. Mit dem Fahrrad von seiner Wohnung hinaus zur Station dauerte es höchstens eine Viertelstunde. Er hätte also auch noch etwas später zur Post fahren können und wäre trotzdem noch pünktlich gewesen. Warum war er so früh gekommen? Er wollte keine Zeit verlieren, dachte Minke. Das passte auch zu ihrem Eindruck von dem Verpackungszeug auf dem Wohnzimmertisch. Ihm war anscheinend alles egal gewesen – Hauptsache, das Päckchen, das er verschicken wollte, ging so schnell wie möglich auf die Reise. Es musste etwas Wichtiges darin gewesen sein.

»Danke schön, Sie haben mir sehr geholfen.« Minke lächelte. Helmut wirkte erleichtert, ebenso wie die Schlange der Wartenden.

Die kleine Bäckerei am Hafen, zu der sie als Nächstes fuhren, war eine der ältesten in Jüstering und lag in einer malerischen Seitengasse. Dieses Mal kam Klaus selbstverständlich mit. In dem kleinen Laden duftete es nach Frischgebackenem. Ein Hafenarbeiter war gerade damit beschäftigt, eine Menge Proviant und Kaffee für sich und seine Kollegen zu kaufen. Als er endlich seine Kaffeebecher und Bäckereitüten aus der Bäckerei hinausbalancierte, sprach Minke die Verkäuferin an. »Sind Sie Frau Rothfuß?«

Die Verkäuferin, eine Frau mit ausladenden Hüften und Busen, nickte. »Und Sie sind die Kommissarin?«, sie entblößte beim Lächeln einen blinkenden Schmuckstein im Schneidezahn. »Wissen Sie, ich habe noch nie bei der Polizei angerufen. Aber unter diesen Umständen ... Da ist es doch meine Pflicht, mich zu melden, denke ich.«

Klaus betrachtete mit leuchtenden Augen die Kuchenauswahl und machte keine Anstalten, sich am Gespräch zu beteiligen.

»Das haben Sie richtig gemacht«, bestätigte Minke. »Also – Sie sind sich sicher, dass David Holt vorgestern Morgen hier war?«

»Oh ja, garantiert. Er ist ein Stammkunde von uns, kommt immer morgens vor der Arbeit. Wissen Sie«, Frau Rothfuß beugte sich vertraulich zwinkernd vor, »meine Kolleginnen und ich streiten uns immer ein bisschen darum, wer ihn bedienen darf. Schon ein echtes Schnuckelchen, stimmt's?«

Minke schnitt eine Grimasse. »Ist mir noch gar nicht aufgefallen. War irgendetwas Ungewöhnliches daran, wie David an diesem Morgen war?«

»Nein. Außer, dass er ein bisschen früher dran war als sonst. Normalerweise kommt er etwa zehn vor acht. Aber dieses Mal war er sicher … na ja, fünf bis zehn Minuten früher hier.«

Ja, weil er vorher bei der Post war, dachte Minke. Wenn ich bloß wüsste, was in dem Paket war. Was konnte an einem Buch so wichtig sein?

Währenddessen redete die Verkäuferin weiter: »›Moin, Herr Holt‹, habe ich gesagt und er hat zurückgegrüßt. Er hat ja so ein nettes Lächeln, richtig zum Dahinschmelzen. ›Dasselbe wie immer?‹, habe ich gefragt – er nimmt immer das Käsebrötchen mit Tomate und Gurke – und er hat genickt. Ich habe ihm das Brötchen eingepackt, er hat bezahlt. ›Einen schönen Tag. Frau Rothfuß‹, hat er gesagt. ›Das wünsche ich Ihnen auch‹, habe ich geantwortet. Dann ist er gegangen.«

Sie sah aus, als wäre es ihr unangenehm, nicht mehr beitragen zu können. »Und er ist wirklich verschwunden?«

»Ja – auf dem Weg zur Arbeit.«

Frau Rothfuß erbleichte. »Aber das heißt ja – dass ich vielleicht die Letzte bin, die ihn gesehen hat!«

Minke nickte.

»Wie furchtbar«, die Verkäuferin schlug sich die Hände vor den Mund.

»Ähm, Frau Verkäuferin«, sagte Klaus in diesem Moment und schnippte unpassend mit dem Finger. »Haben Sie zufällig auch einen Lieferservice für Streuselkuchen? Dann würde ich drei Kuchen für morgen Abend zu meinem Ausstand bestellen. Und ein Stück für jetzt zum Mitnehmen.«

Frau Rothfuß sah verwirrt zwischen Minke und Klaus hin und her. Minke zuckte die Achseln.

• • •

»Was halten Sie von Dahlien?«

»Ich habe sie gerne im Garten.« Esther blickte über einen leuchtenden Strauß aus roten Gerbera und orangefarbenen Strelitzien hinweg zu der Verkäuferin, die ihr so jung vorkam, als sei sie eher ein Kind als eine erwachsene Frau. »Aber mein Mann konnte sie nicht leiden.«

Das Mädchen bemühte sich um ein höfliches Gesicht. Seit einer halben Stunde begleitete sie Esther durch den Blumenladen und nichts wollte ihrer Kundin gefallen.

»Chrysanthemen?«, sagte sie einigermaßen verzweifelt.

»Nein, er hat immer gesagt, das seien Totenblumen.«

Die Verkäuferin schwieg verblüfft. Diese Beratung zum Thema Sarggesteck wurde immer eigenartiger. »Was stellen Sie sich denn vor?«, fragte sie ratlos.

Esther sah über die Blumensträuße, die im Laden ausgestellt waren, über die Topfpflanzen, in denen Herzchen oder Windrädchen steckten, hinweg. Das alles hätte Hinnerk nicht gefallen. Sie schloss die Augen und stellte sich den Mahagonisarg vor, den sie gerade für Hinnerk gekauft hatte. Welches Gesteck würde darauf gut aussehen? Freesien, dachte sie plötzlich, und weiße Rosen. Sie öffnete die Augen. »Weiße Rosen und cremefarbene Freesien.«

»Mit ein bisschen Schleierkraut?«, fragte das Mädchen eifrig.

»Nein, nur das – Rosen und Freesien.«

»Eine rote Rose dazwischen vielleicht? Es verdeutlicht die Liebe.«

»Nein. Nur weiße.«

Das Mädchen nickte erschöpft. »In Ordnung. Also ein Sarggesteck, einen Blumenkranz für das Grab und die Sträußchen für die Kirchenbänke, richtig? Und immer weiße Rosen und cremefarbene Freesien?«

»Ja, bitte.« Esther atmete erleichtert aus. Immerhin eine Last war von ihr genommen. Es würde vollkommen aussehen, sie wusste es. Sie konnte sich nur nicht mehr entsinnen, wo sie es schon einmal gesehen hatte. »Danke für Ihre Beratung. Ich war schwierig, entschuldigen Sie.«

Esther nickte dem Mädchen zu und verließ den Laden.

• • •

»Was wissen wir denn jetzt schon? Dass der Schönling gerne Käsebrötchen isst und auf der Post war. Und dass die Bäckereiverkäuferinnen reihenweise in ihn verliebt sind – Wahnsinn, das hilft uns weiter«, spottete Klaus, während er neben Minke im Schritttempo durch die Gassen zurück zur Polizeiwache fuhr. Immer wieder biss er in das Stück Streuselkuchen, das er gekauft hatte. Dass er alles vollbröselte, störte ihn nicht. Minke hörte nur mit halbem Ohr zu. Sie grübelte darüber nach, was sie in der letzten Stunde erfahren hatte und was es bedeuten könnte. Dreh- und Angelpunkt, da war sie sich inzwischen sicher, war das Päckchen.

Sie stellte sich vor, wie David am Dienstagmorgen aus dem Haus geeilt war, ein paar Minuten vor halb acht. Um sieben hatte er mit seinem Vater telefoniert. Jetzt fuhr er zur Post und wartete, bis sie öffnete. Dann gab er das Päckchen ab, als allererster Kunde an diesem Tag. Wahrscheinlich war er jetzt beruhigt – das Paket war unterwegs. Also war er zur Bäckerei gefahren, so wie jeden Tag. Er hatte das gleiche Brötchen wie immer gekauft. Und dann … Ja, was war dann passiert?

Minke war so in Gedanken versunken, dass sie beinahe die schwarz gekleidete Frau mit der eleganten Frisur übersehen hätte, die gerade aus dem Blumenladen neben der Apotheke kam. »Das ist doch …« Minke bremste so abrupt, dass Klaus beinahe sein Streuselkuchen aus der Hand fiel. Sie sprang aus dem Wagen. »Esther! Esther, Moin! Warte mal kurz!« Esther blieb stehen und sah sich um. »Ach, Minke, du bist es. Ich habe leider keine Zeit, ich muss Hinnerks Beerdigung vorbereiten.«

»Warum, wann ist sie denn?«, fragte Minke irritiert.

»Morgen Vormittag. Vor dem Sturm. Wir feiern nur im ganz kleinen Kreis.«

»Esther, ich muss mit dir reden – eigentlich wäre ich heute noch nach Nekpen rausgefahren, aber wo ich dich eben hier gesehen habe …«

»Ja, worum geht es denn?«

Minke wurde erst jetzt klar, dass die Situation nicht gerade optimal war, um so eine heikle Frage zu stellen. Aber nun gab es kein Zurück. »Bo hat ein neues Untersuchungsergebnis«, begann sie. »Die Knochen von Hinnerk waren sehr porös, verstehst du?«

Esther schüttelte den Kopf. »Porös? Wie bei Osteoporose?«

»Nein«, erwiderte Minke gedehnt. »Wie bei jemandem, der schwerer Alkoholiker war.«

Esther starrte sie an.

»Stimmt es? Hat Hinnerk getrunken?«

Minke konnte Esthers Miene nur schwer deuten. »So ein Unsinn«, sagte sie schließlich. »Hinnerk hat natürlich abends ab und zu einen Cognac getrunken, oder einen Scotch – wie jeder normale Mann.«

»Bo sagt ...«

Plötzlich war Esthers sonst so ruhiges, fast schüchternes Gesicht vor Wut verzerrt. »Tja, dann irrt sich dein Bruder eben«, fauchte sie. »Mein Mann war kein Alkoholiker. Und ich muss jetzt weiter.« Sie rannte beinahe auf der Straße davon. Minke sah ihr stirnrunzelnd nach. Als sie zum Auto zurückkam, saß Klaus seelenruhig auf dem Beifahrersitz und stopfte sich gerade den letzten Rest Kuchen in den Mund. »Wer war das denn bitte?«, fragte er. »Die hat ja von einer Sekunde auf die andere ausgesehen wie eine Furie.«

»Ja«, sagte Minke nachdenklich. »Und das ist sie eigentlich nie. Sie hat eigentlich eher etwas ... fast Unterwürfiges.«

»Da hast du wohl einen Knopf gedrückt.« Klaus sah Esther nach. »Also, wer war das?«

»Esther Johannsen. Kennst du sie nicht?«

»Nö. Ich bin Jüsteringer. Mit den Halligen habe ich nichts zu tun – meine Oma hat es schon gesagt: Da wohnen nur Nixen und Wassermänner. Aber diese Frau«, er zwirbelte sich grübelnd den Schnurrbart. »Ich habe das Gefühl, ich habe sie trotzdem schon einmal gesehen. Aber mir fällt nicht ein, wo.« Er zuckte die Achseln. »Ach, ist ja auch egal. Los, Mäuschen, fahr mich zu dieser Pizzeria, damit ich endlich Nägel mit Köpfen machen kann.«

· · ·

Die Grabsteine im Vorgarten des Steinmetzes reihten sich dicht aneinander; Beispielsteine mit Beispieltexten darauf, aus Granit, aus grauem Schiefer, glänzend oder rau, hell oder dunkel.

»Was meinst du?«, fragte Esther, die neben Ruth stand und auf diesen falschen Friedhof sah.

»Na ja«, sagte Ruth schließlich. »Granit wäre wahrscheinlich gut. Der ist stabil und sieht schick aus.«

»Granit ...« Esther sah die Steine aus diesem Material unschlüssig an. »Aber welche Farbe? Rot? Grau? Hell? Der Sarg ist mahagonifarben.«

»Ich weiß nicht, ob der Stein unbedingt zum Sarg passen muss.«

Esther wandte sich zu Ruth. »Übrigens habe ich weiße Rosen und cremefarbene Freesien als Blumenschmuck bestellt.«

Ruth zuckte zusammen. »Großer Gott, Esther, warum machst du das?«

»Wieso, was meinst du?«

»Das kannst du doch nicht vergessen haben – genau diese Blumen standen auf dem Tisch, damals, an dem Abend, an dem Hinnerk ... na ja.«

Esther erstarrte. »Lieber Gott. Das wusste ich nicht mehr. Wahrscheinlich habe ich das verdrängt. Aber jetzt ist es schon so bestellt.« Sie atmete tief ein. »Und, na ja, es ist ja dann eigentlich ganz passend, oder?«

In diesem Moment kam der Steinmetz, ein grobschlächtiger Mann mit aufgesprungenen Händen und einer Stirnglatze, auf sie zu. »Sind Sie Frau Johannsen?«

Esther nickte und stellte Ruth vor.

»Haben Sie sich schon ein bisschen umgesehen? Gibt es einen, der Ihnen gefällt?«

Esther sah sich hilflos um. »Ich weiß es nicht. Granit vielleicht.«

»Davon haben wir ganz unterschiedliche Modelle.« In der nächsten halben Stunde führte der Steinmetz die beiden Schwestern über seinen Beispielfriedhof. »Sie sehen«, sagte er am Schluss, »ich erfülle Ihnen alle Wünsche, Sie müssen sie mir nur sagen.«

Esther sah unschlüssig zu Ruth. »Was denkst du?«

»Ich denke, der dunkelgraue Granit wäre gut. Und die eingravierten Buchstaben. Der Name und die Lebensdaten und vielleicht noch ein Kreuz.«

Der Steinmetz sah zu Esther. »Sind Sie einverstanden mit dem, was Ihre Schwester sagt?«

»Ja ... ja, natürlich.«

»Gut, dann mache ich mal den Bestellschein fertig.«

Als er gegangen war, sah Ruth ihre Schwester forschend an. »Was ist los?«, fragte sie. »Du hast doch etwas.«

»Minke hat mich vorhin abgepasst. Sie fragte«, Esther sah auf den Boden und musste sich sammeln, »sie fragte, ob Hinnerk Alkoholiker war. Seine Knochen zeigen das angeblich.«

»Ach Esther. Was hast du gesagt?«

»Dass er es nicht war.« Esther sah ihre Schwester hilfesuchend an. »Ruth, er war doch meine große Liebe.«

»Ich weiß. Leider.« Ruth hakte sich bei ihrer Schwester unter. Gemeinsam schlenderten sie eine Reihe von Grabsteinen entlang. »Esther, du musst ihn endlich loslassen. Es ist dreiunddreißig Jahre her, und du bist immer noch in diesem ...«, Ruth suchte nach Worten, »in diesem Gefängnis. Ich habe damals gedacht, es ändert sich – aber das hat es nicht. Es ist absurd.« Sie blieb stehen. »Ich wünschte, ich hätte dich damals nicht zu dem Kapitänsball mitgenommen.«

Esther seufzte. »Du bist die beste große Schwester, die ich mir vorstellen kann, weißt du das eigentlich?« Sie umarmte Ruth.

»Wenn ich den Bestellschein unterschrieben habe, lade ich dich auf eine Fischsuppe ein.«

»Wie wäre es mal mit einer Portion fettigen Pommes Frites, am besten mit einer Currywurst?«

Esthers Miene wurde undurchdringlich.

»Fischsuppe ist aber auch gut«, schob Ruth nach.

»Danke.« Der Steinmetz kam mit dem Bestellschein zu ihnen zurück. »Es waren eingravierte Buchstaben, Namen, Lebensdaten und was noch?«

»Ein Kreuz«, sagten die Schwestern im Chor.

...

Minke fuhr zum dritten Mal in dieser Woche zur Praxis von Doktor Simon. Sie hatte keine Geduld mehr, weiter auf die Patientenliste zu warten; sie musste endlich wissen, zu wem Hinnerk in der Nacht gefahren war.

Das Wartezimmer war voll, die Arzthelferin sah genervt auf, als sie hereinkam. »Sie wollen wahrscheinlich wieder zum Doktor?«, fragte sie. »Sie sehen ja, was hier heute los ist.«

»Es dauert nicht lang.« Minke ging ohne zu zögern auf die richtige Tür zu, die sie inzwischen schon kannte.

»Hey!« Die Arzthelferin stand auf und versuchte, sie einzuholen. »Das dürfen Sie nicht!« Es war schon zu spät, Minke hatte die Tür aufgerissen. Doktor Simon sah erstaunt auf. Vor ihm saß auf der Untersuchungsliege ein alter Mann mit entblößtem Oberkörper und einer Menge weißer Brusthaare, der gerade dabei war, auf Anweisung zu husten. In Doktor Simons Ohren steckten die Enden eines Stethoskops. »Frau van Hoorn, alles, was recht ist!«, fuhr er auf.

»Ich brauche jetzt die Patientenliste«, sagte Minke anstatt einer Entschuldigung. »Haben Sie sie?«

Er nickte. »Ja. Ich hätte sie Ihnen heute noch gebracht. Es war schwierig – aber ich denke, ich habe die meisten beisammen, die es damals waren. Natürlich ist der Großteil inzwischen tot.« Der Arzt wies auf ein Blatt Papier, das auf seinem Schreibtisch lag. »Nehmen Sie sie, und dann gehen Sie bitte wieder. Ich bin mitten in der Untersuchung.«

Minke griff nach der Liste. Es standen etwa zwanzig Namen darauf. »Danke«, sie faltete das Blatt und steckte es in ihre Tasche. Dann sagte sie spontan: »Ihr Freund Hinnerk war ein schwerer Alkoholiker, wussten Sie das?«

Doktor Simon ließ endgültig das Stethoskop sinken. Der alte Mann sah verblüfft zwischen ihm und Minke hin und her. »Was soll das? Wer ist diese Frau?«, fragte er.

»Das ist die neue Kommissarin«, antwortete Alexander beiläufig. Dann wandte er sich an Minke. »Nein, das wusste ich nicht. Wie kommen Sie darauf?«

Minke betrachte ihn misstrauisch. Er wirkte angespannt.

Der alte Mann auf der Untersuchungsliege räusperte sich. »Fräulein«, sagte er, »könnten Sie jetzt vielleicht …«

Minke nickte und ging.

· · ·

Die Meereslandschaft vor Jüsterings Küste hatte sich wieder für einige Stunden in eine beinahe außerirdisch wirkende Wattlandschaft verwandelt. Minke beschloss, zu Fuß hinüber nach Midsand zu gehen. In den Pfützen, die sich über das Watt verteilten, spiegelte sich der goldene Himmel. Es lag eine ganz besondere

Stimmung über der weiten Wattlandschaft. Die Ruhe vor dem Sturm, dachte Minke.

Als sie auf Midsand ankam, ging sie sorgfältig die Patientenliste durch. Die meisten Namen kannte sie und wusste, wo die Aufgelisteten wohnten oder gewohnt hatten. Der Großteil der Patienten von Hinnerk kam von der Markuswarft, aber auch auf die anderen Warften verteilten sich die Namen. Minke sah sich um. Hinnerks Boot war ausgebrannt westlich von Midsand in Richtung des offenen Meeres getrieben. Wenn man nicht davon ausging, dass die Strömung das Boot um die ganze Hallig herum und zwischen Midsand und Nekpen hindurchgetrieben hatte, dann war es nur logisch, dass Hinnerk auf der westlichen Seite von Midsand angelegt hatte und auf diesem Weg auch zurück nach Nekpen gefahren war. Minke konnte alle Patienten streichen, die auf einer Midsander Warft wohnten, die östlich oder südlich gelegen war. Blieben noch die Namen der Patienten übrig, die tot waren. Sie seufzte. Damit war die Hoffnung dahin, mit demjenigen sprechen zu können, den Hinnerk Johannsen damals womöglich besucht hatte.

Einer der Patienten hatte in dem Haus gewohnt, das ihr nächstes Ziel war: die Bankfiliale von Midsand. Immer noch ließen ihr das Geld auf Hinnerks Konto und der Bankraub keine Ruhe.

Minke beschloss, Geert dort einen Besuch abzustatten. Jetzt, wo sie wusste, dass hier einmal eingebrochen worden war, sah sie die Bank plötzlich mit ganz anderen Augen. Sie war geradezu ideal, um dort einzubrechen – mit ihren zwei großen Fensterscheiben, von denen eine direkt aufs Meer hinausging, die andere auf die Halligwiese. In beiden Scheiben hingen eine Menge Werbeplakate und Aushänge: die Ankündigung eines Kirchenchorkonzerts in der Midsander Kirche, der nächste Termin für die

Gesamtversammlung der Halligbewohner, die vier Mal im Jahr stattfand, und der aktuelle Gezeitenkalender für die kommenden Tage.

Minke interessierte sich für all das nicht; sie öffnete die Tür zur Bank. Der Raum dahinter war klein, es passten gerade ein Schreibtisch, ein Kundenstuhl und ein Tresor hinein, dazu ein Wandregal für Informationsprospekte zu Themen wie Tagesgeld und Wertpapiere. Ein alter Kalender hing hinter dem Schreibtisch, die Luft war stickig und trocken von der Heizung. Am Schreibtisch saß Geert. Er schrak zusammen, als er sie bemerkte, und legte schnell einen Ordner auf das Blatt Papier vor sich. »Ach Minke – du bist's«, sagte er dann betont gut gelaunt. »Willst du ein neues Konto eröffnen? Die guten Polizeigehälter wollen schließlich sicher verwahrt werden.« Er lachte nervös.

»Nein. Ich wollte mich nur hier umsehen und mit dir reden.«

»Oh, oh, richtig ernst und offiziell. Da kann ich dir natürlich keine Gummibärchen dazu anbieten«, er raschelte mit der halb leer gegessenen Tüte. »Das würde der Bedeutung wohl nicht gerecht werden.«

Minke setzte sich Geert gegenüber auf den Kundenstuhl aus Kunstleder und Chrom und nahm sich ein Gummibärchen. Dabei fiel ihr Blick auf eine Ecke des Blattes, das Geert so unbedingt zu verstecken versuchte.

»Also, worum geht es?«, Geert spielte mit einem Kugelschreiber. »Um David? Ist ja echt dramatisch. Ich hoffe, der taucht bald wieder auf. Du bestimmt auch.«

»Wie meinst du das?«

»Na ... da geht was rum«, er zwinkerte ihr zu. »Jemand hat euch gesehen, bei deiner kleinen Feier. Die Kommissarin und der Deichgrafensohn – klingt ja wie aus Ruths Romanen.«

Statt einer Antwort kramte Minke ihr Handy hervor und

zeigte Geert den abfotografierten alten Zeitungsartikel über den Bankraub. »Deshalb bin ich hier.« Er kniff die Augen kurzsichtig zusammen, als er sich über das Display beugte. »Oh, der Einbruch damals. Wie bist du denn auf die alte Geschichte gestoßen?«

»Ich war im Zeitungsarchiv. Kannst du mir ein bisschen mehr über diesen Einbruch erzählen? In den Akten steht nicht so viel.«

»Klar. Also mal sehen.« Er stand auf und klopfte auf die Fensterscheibe, die zur Meerseite zeigte. »Diese hier war damals eingeschlagen. Eine totale Sauerei, die Scherben lagen hier überall, und reingeschneit hat es auch. Ich hätte ja gern danach einen neuen Teppich reingemacht, aber die Knauser in der Jüsteringer Zentrale haben behauptet, der hier wäre noch gut. Kannst du dir vorstellen, dass ich bis heute keinen neuen Teppich habe?«

Minke sah auf den bräunlichen Teppichboden. »Nein.«

»Tja. Jedenfalls war das das Fenster, über das sie reingekommen sind.«

»Sie?«

»Ja. Oder er. Oder sie – Einzahl. Wie du willst.«

Minke betrachtete die Scheibe. Die hätte ich mir auch ausgesucht, wenn ich einbrechen wollte, dachte sie. Sie war am wenigsten einsehbar.

»Gab es denn keine Alarmanlage?«

»Doch«, Geert machte ein zerknirschtes Gesicht. »Es hätte eine gegeben, wenn ich nicht vergessen hätte, sie einzuschalten. Ich habe deswegen ganz schön Ärger gekriegt vom Jüsteringer Chef.«

»Kann ich mir vorstellen. Immerhin kamen 200.000 Mark weg.«

»Normalerweise habe ich hier gar nicht so viel. Aber am Tag zuvor war gerade eine Geldlieferung angekommen.«

»Wer wusste alles von dieser Lieferung?«

Geert lachte. »Minke, komm schon. Du bist doch auch hier auf der Hallig aufgewachsen. Jeder kriegt auf Midsand alles mit; der Geldtransport ist nicht gerade unauffällig. Da legt ein kleines Boot an, und ein Typ in Uniform und mit an der Hand angekettetem Geldkoffer spaziert hierher in die Bank. Das ist nicht James Bond.« Er machte eine Pause. »Jedenfalls wurde das gute Stück hier aufgesprengt«, er zeigte auf den Tresor. »War ganz schön verbogen. Die Kosten für die neue Tür kamen also auch noch dazu für die Bank. Insgesamt nicht gerade frohe Botschaften für den Bankdirektor so kurz vor Weihnachten.« Er schnitt eine Grimasse. »Der hat getobt. Hätte mich fast rausgeschmissen, aber nur fast.«

...

Minke ging noch einmal um die kleine Bank herum. Von dem Fenster aus, durch das der Einbrecher gekommen war, konnte man auch Nekpen sehen, stellte sie fest. Während sie noch dastand und hinüber zu der kleinen Hallig sah, begannen wieder einmal die künstlichen Möwen in ihrer Tasche zu krächzen. Es war Diana. »Minke, tut mir echt leid, ich weiß wirklich nicht, wen ich sonst anrufen sollte.« Sie klang schon wieder beinahe hysterisch. Zuerst dachte Minke, es ginge um David, aber dann redete Diana weiter. »Wir haben einen Notruf – ein Heuler draußen im Watt.«

»Und warum rufst du da mich an?«

»Weil ich nicht kann – wir haben schon wieder eine Kindergruppe da, und ich bin hier auf der Station völlig allein, weil Sandra immer noch krank ist und Franzi ihren Urlaub nicht abbrechen will, obwohl sie weiß, dass ich hier allein bin, solange David ... na ja.« Sie klang, als würde sie gleich in Tränen ausbrechen.

»Und du hast doch so viel Ahnung von Robben. Du bist die Einzige, die mir eingefallen ist!«

»Diana, ich kann jetzt keine Heuler suchen. Ich muss David suchen, und einen Mörder.«

Jetzt weinte Diana tatsächlich. »Aber es geht dem Kleinen wirklich schlecht. Der Fischer, der es gemeldet hat, sagte, dass es ganz kläglich geschrien hat und verletzt ist.«

Minke seufzte. Sie hatte es noch nie übers Herz gebracht, ein verletztes Tier einfach seinem Schicksal zu überlassen. Sie sah hinaus in die riesige Weite des Watts. Eigentlich konnte sie dort draußen genauso grübeln wie an jedem anderen Ort.

»Bitte«, sagte Diana flehentlich.

»Na schön. Hast du Koordinaten? Aber wehe, es ist nicht wirklich ein Notfall.«

»Oh – danke, danke, danke! Das vergesse ich dir nie!«

Kurz darauf war Minke mit ihrem alten Notfallrucksack auf dem Rücken unterwegs in der friedlichen, flach ausgestreckten Wattlandschaft, über der immer noch der merkwürdig goldene Himmel lag, der sich in den flachen, glänzenden Pfützen im Watt und in den Prielen spiegelte. Hier und da kreischte eine Möwe, ein paar schwarz-weiße Austernfischer auf ihren langen orangefarbenen Beinen eilten durchs Watt und pickten fleißig Krabben und andere kleine Tiere aus dem sandigen Boden. Minke füllte ihre Lungen mit der salzig-frischen Luft. Tatsächlich hatte sie das Gefühl, ihren Gedankenwirrwarr endlich ein wenig ordnen zu können. Warum war ihr das nicht früher eingefallen? Hier draußen hatte sie schon immer schnell einen klaren Kopf bekommen. Während sie über alles nachdachte, was in den letzten Tagen passiert war, versuchte, einen Sinn, ein Muster darin zu entdecken, und sich ab und zu nach einer besonders schönen Muschelschale bückte, sah sie sich immer wieder nach dem verletzten Heuler um. Es war eigentlich viel zu spät für einen Heuler. Seehundnachwuchs kam gewöhnlich im Sommer zur Welt und füllte dann für ein paar Wochen die Sandbänke vor den Halligen. Jetzt im Herbst waren die jungen Robben meist schon dick und rund und bereit für den Winter. Minke bückte sich und hob eine Herzmuschelschale auf. Die kleinen cremefarbenen Muscheln mit ihren gleichmäßigen Rillen hatten ihr schon als Kind am besten gefallen. Ab und zu sah sie nach draußen auf die Wasserlinie, wo in weiter Entfernung ein Schiff gemächlich fuhr. Sie sah auf die Uhr. Noch genug Zeit, bis die Flut einsetzte.

...

Esthers letzte Station an diesem Tag war das Pfarrhaus von Midsand. Die Kirchenwarft lag am späten Nachmittag still da, das Pfarrhaus mit seinem großen, alten Garten wirkte einladend. Der Halligpfarrer war ein gutmütiger, etwas langweiliger Mann von fast achtzig, mit großer Liebe zu seiner Kakteensammlung, die er in jedem Winkel des Hauses hegte und pflegte.

Er führte Esther in sein Wohnzimmer, und sie setzten sich. Esther sah auf die Reihe kleiner Kakteen in noch kleineren Töpfchen, die sich auf der Fensterbank aufreihten. »Also«, begann der Pfarrer bedächtig, »du möchtest, dass ich deinen Mann beerdige?« Esther und er kannten sich schon lange; er mochte sie, weil sie sich so sehr für den Kirchenchor engagierte.

»Ja«, Esther nickte. »Aber es ist vor allem wichtig, dass es schon morgen sein wird.«

»Warum hast du es so eilig?«

Esther sah in seine gütigen Augen. »Weil ich einen Abschluss brauche – unbedingt. Wenn der Sturm da ist, verzögert er alles, und das ertrage ich nicht mehr.«

»Ich verstehe. Hast du irgendwelche Wünsche für die Feier? Etwas, worüber ich predigen soll?«

Esther zog ein Blatt Papier aus der Handtasche. »Ich habe ein bisschen was aufgeschrieben. Vielleicht hilft es.«

Der Pfarrer überflog die vielen, dicht beschriebenen Zeilen. Es war nicht nur Hinnerks Lebenslauf, sondern auch noch ein paar Wünsche zur Predigt und die Angabe einer Bibelstelle in den Psalmen; nicht die Stelle selbst, nur Kapitel und Vers. »Darüber soll ich predigen?«

»Ja, bitte.«

»Ist es euer Trauvers oder Hinnerks Konfirmandenspruch oder so etwas?«

»Nein.« Sie schien nicht mehr dazu sagen zu wollen.

»Du hast dich gut vorbereitet.« Er musterte sie aufmerksam. In all den Jahren, die er Pfarrer war, hatte er einen Blick für Menschen entwickelt, aber obwohl er Esther schon so lange kannte, erkannte er erst jetzt, dass hinter ihrer schönen Fassade etwas Dunkles lag. Was hat man ihr nur angetan?, fragte er sich im Stillen. Und warum habe ich diesen Schatten noch nie bemerkt?

Esther stand auf und reichte ihm die Hand. »Danke. Wir sehen uns morgen«, sagte sie. Erst als sie gegangen war, betrat die Frau des Pfarrers den Raum mit einem Tablett, auf dem Kaffee und Kekse angerichtet waren. »Nanu, ist Esther schon weg?«

»Ja, es gab nicht viel zu besprechen.« Der Pfarrer streckte seine Hand nach seiner abgegriffenen Bibel aus, die im Regal stand. Er schlug den Vers auf, den Esther für ihn notiert hatte. »Psalm 51, Vers drei und vier«, murmelte er. »Gott sei mir gnädig nach deiner Güte, und tilge meine Sünden nach deiner großen Barmherzigkeit.«

Nachdenklich schlug er die Bibel wieder zu. Dann aß er Kekse mit seiner Frau, trank Kaffee und goss seine Kakteen.

···

Minkes Weg führte immer weiter ins Watt hinaus. Das Meer lag zwar immer noch in einigem Abstand zu ihr, aber sie war schon viel länger gelaufen, als sie eigentlich geplant hatte. Die Koordinaten schienen nicht zu stimmen, oder der Heuler hatte sich ein ganzes Stück weitergeschleppt, seit der Fischer ihn gemeldet hatte. Minke blieb stehen und lauschte. Schließlich, nachdem sie versucht hatte, das Kreischen der Möwen und das leise Sausen des Windes auszublenden, hörte sie es schließlich: ein klägliches Jammern, noch leise, aber unverkennbar. Minke ging ab jetzt nur noch nach Gehör. Sie war so konzentriert dabei, auf die Laute zu lauschen und die richtige Richtung beizubehalten, dass ihr zunächst die Veränderung in der Luft gar nicht auffiel. Sie wurde nasser, schwerer, der goldene Himmel schien sich einzutrüben – Seenebel fiel. Oh nein, dachte Minke, als sie den Schleier schließlich doch wahrnahm. Bei Seenebel ging kein Mensch ins Watt. Es war eine tückische Art von Nebel, die schnell und beim schönsten Wetter fallen konnte. Minke sah sich um. Die beiden Halligen und weiter hinten die Küste von Jüstering waren noch ganz klar, aber von der Meerseite her wurde die Luft von Minute zu Minute verschleierter. Sie musste sich nun endgültig beeilen; im dicken Nebel würde sie die Robbe nicht finden, und für sie selbst würde es gefährlich werden. Zum Glück wurden die kläglichen Rufe nun lauter und dringlicher. Minke ging schnell und entschlossen und sah sich systematisch um. Schließlich entdeckte sie endlich das Tier. Es lag erbarmungswürdig klein und dünn da im Watt und klagte sein Leid in die neblige Luft – ein viel zu spät im Jahr geborener Heuler. Minke ging vor dem Tier in die Knie und redete beruhigend auf es ein. Die kleine Robbe sah sie mit riesigen, kugelrunden Augen an. »Na du«, murmelte sie, »bist du verletzt?«

Sie zog ihren Rucksack ab und nahm Einmalhandschuhe heraus, die sie sich überstreifte. Dann tastete sie den Robbenkörper ab; zu ihrem eigenen Erstaunen erinnerte sie sich noch genau an jeden Handgriff. Der Seehund war so mager, wie er aussah – die Knochen waren zu tasten und der Körper viel zu schmächtig. Behutsam drehte Minke das Tier zur Seite. Es war, wie sie befürchtet hatte: Der Bauch war völlig aufgerissen und entzündet. Ohne Hilfe würde der kleine Heuler bald sterben. Inzwischen war der Nebel dichter geworden. »Nichts wie raus aus dem Watt.« Eilig schlug Minke die Robbe in eine mitgebrachte Decke und hob sie hoch. Das Tier war federleicht.

Obwohl Minke sich beeilte, zurück in Richtung Land zu kommen, musste sie bald einsehen, dass der Nebel schneller war. Nach kurzer Zeit hatte sich das Watt in eine Welt aus weißer Luft verwandelt. Minke wollte es vor sich selbst nicht zugeben, aber allmählich bekam sie es mit der Angst zu tun. Bis zur Küste war es weit. Die Halligen lagen näher, aber inzwischen hatte der Nebel diese auch verschluckt. Um gegen ihre Panik anzugehen, sang sie der Robbe etwas vor. Das Tier atmete hektisch. »Oh nein«, flüsterte sie ihm zu, »du stirbst nicht. Lass mich nicht allein hier in diesem verdammten Nebel.«

Nach einer Weile blieb sie stehen. Sie hätte schon längst auf die Nekpener Halligkante stoßen müssen, aber da war nichts – nur das Watt und der Schlick unter ihren Füßen. Ich habe mich benommen wie eine Anfängerin, dachte sie wütend. Wenn Seenebel kommt, muss man raus aus dem Watt, und zwar so schnell wie möglich. Sie hätte die Robbe zurücklassen sollen – das wäre vernünftig gewesen. »Meine Scheißtierliebe«, knurrte sie. Ihr Handy hatte hier draußen keinen Empfang mehr.

Bildete sie es sich ein oder wurde der Untergrund unter ihren Gummistiefeln schon nasser? Nein, so schnell kommt die Flut nicht, beruhigte sie sich selbst. Aber diese Welt aus Nebel um sie herum war wie gemacht dafür, Angst einzujagen. Plötzlich erinnerte sie sich an alte Märchen, die ihre Oma manchmal erzählt hatte: Seemannsgarn vom fliegenden Holländer, vom Klabautermann, der mit den Seeleuten Unsinn trieb, von den Irrlichtern, die die Matrosen ins Unglück führten, wenn sie ihnen folgten.

Irrlichter – war es Einbildung oder tanzte da plötzlich wirklich ein Licht in einiger Entfernung durch den Nebel? Minke blinzelte, das Licht blieb. »Siehst du das auch?«, fragte sie die Robbe. Nein, Minke täuschte sich nicht, das Licht war da. Es schwebte in einigem Abstand über dem Boden.

»Hallo?«, rief Minke. »Ist da jemand? Ich bin hier!«

Kurz darauf schälte sich eine Gestalt aus dem Nebel, die Silhouette eines groß gewachsenen Mannes. »Moin, Lütte« – der alte Deichgraf stand vor ihr. »Hat man dir nicht beigebracht, dass man bei Nebel nicht ins Watt geht?«

Minke lachte erleichtert. »Doch – ich glaube, ich habe mal so etwas Ähnliches gehört.«

»Was tust du denn hier draußen bei dem Wetter?«

»Ich rette Robben. Und was machen Sie?«

»Ich rette Kommissarinnen. Ich habe dich vorhin im Watt gesehen und dachte, ich schau lieber mal zu, dass du heil aus dieser Suppe rauskommst.« Er richtete die Taschenlampe auf ihr Gesicht. »Komm mit, ich bring dich nach Nekpen. Du siehst aus, als könntest du einen Grog vertragen.«

. . .

Esther war nach ihrem Besuch beim Pfarrer noch auf der Kirchenwarft geblieben. Sie hatte eine Weile auf dem kleinen Halligfriedhof gestanden und die Gräber betrachtet. Einige richtig alte Grab-

steine gab es dort. Darauf waren mächtige Segelschiffe einge-
meißelt oder Steuerräder, Kapitänsgrade, auch ein paar Mal das
Wappen der Holts. Alte nordfriesische Namen konnte man dort
lesen, die heute nicht mehr vorkamen. Irgendwann begann auch
auf Midsand der Nebel zu fallen. Eilig wandte sie sich vom Friedhof ab und ging hinüber in die Kirche.

Sie liebte die kleine alte Halligkirche, in der an diesem Nachmittag außer ihr kein Mensch war. Esther ging über den knarrenden groben Dielenboden den Mittelgang nach vorne bis zur
ersten Kirchenbankreihe und setzte sich. Sie sah sich um, als sei
sie zum ersten Mal hier: die weißgetünchten groben alten Steinwände, die blau lackierten Kirchenbänke aus Holz, denen man
ihre Jahre ansah, die bescheidene Kanzel. An der Holzdecke hing
ein altes Modellsegelschiff, mit Weihezeichen darauf – Schutz für
die Seefahrer. Midsand war früher eine Hallig von Fischern, Matrosen und Walfängern gewesen. An einer Wand war eine alte Ma-
lerei: der Heilige Nikolaus, der Schutzpatron der Seeleute, auf einem Schiff bei rauer See. Esthers Blick schweifte weiter in Richtung Altar. Darauf standen zwei Altarkerzen, von denen nur eine
brannte, und das große alte Holzkruzifix. Vor diesem Altar haben
meine Eltern geheiratet, dachte Esther, und deren Eltern und so
weiter. Sie hätte selbst auch gerne hier geheiratet, aber Hinnerk
war die Halligkirche zu popelig gewesen – er hatte für die Hochzeit die Jüsteringer Stadtkirche bestimmt. Er hat nie verstanden,
wie schön diese Kirche ist, dachte Esther, und wie viel sie mir bedeutet. Sie sah hinaus aus den gedrungenen kleinen Kirchenfens-
tern. Der Nebel davor war inzwischen sehr dicht. Das Licht der Al-
tarkerze wirkte dadurch noch wärmer.

Esther stand auf, strich ihren schwarzen Rock glatt und ging
zum Altar hinüber. Sie nahm die zweite, noch unbenutzte Kerze,
bog den Docht mit den Fingern zurecht und entzündete ihn an

der brennenden Kerze. Sofort wurde es in der nebelumwaberten Kirche ein bisschen heller. Sie stellte die Kerze an ihren Platz zurück auf den Altar, dann sah sie hinauf zu dem holzgeschnitzten Christus am Kreuz über ihr. Sein Gesicht sah sanft aus, beinahe, als würde er freundlich lächeln. Die grausamen roten Blutstropfen, die an seinen Armen und Beinen aufgemalt waren, passten gar nicht zu diesem netten Gesichtsausdruck. »Verzeihst du mir?«, fragte sie leise. »Du kennst meine Schuld, aber du weißt doch auch, warum alles so gekommen ist, oder nicht? Macht es das nicht irgendwie verzeihlich?« Jesus lächelte immer noch. Esther faltete die Hände und betete.

. . .

Im Deichgrafenhaus auf Nekpen erhitzte Jasper inzwischen Rum und Wasser und rührte ordentlich Zucker hinein. »Du wirst sehen«, sagte er, »das pulvert jeden gestrandeten Nebelwanderer wieder auf.«

Minke sah aus dem Küchenfenster. Der Nebel lag immer noch dick und undurchdringlich über allem; nicht einmal Esthers Haus am anderen Ende der Hallig war zu sehen, sogar der alte Birnbaum vor dem Haus bildete nur einen dunklen Umriss, ein paar knorrige Zweige ragten aus dem Nebel wie aus Zuckerwatte. Im Bootsschuppen, dessen Konturen man nur eben gerade erahnen konnte, lag die kleine Robbe gut versorgt in einem mit Lappen ausgepolsterten Karton, bis Minke sie hinüber aufs Festland und in die Station bringen konnte. Jasper hatte ein paar seiner am Morgen gefangenen Fische geopfert, und zu Minkes Erleichterung hatte der kleine Heuler auch tatsächlich gefressen.

»Bei Nebel wird Nekpen erst recht zur einsamen Insel«, sagte sie jetzt.

Jasper nickte. »Man bekommt an solchen Tagen eine Ahnung, wie das Halligleben früher war. Ohne Strom, ohne fließendes Wasser, immer hier auf dieser Hallig – das waren andere Zeiten. Und es ist noch gar nicht so lange her, dass es hier nur einen altersschwachen Generator gab, der ständig ausfiel.«

Minke erinnerte sich daran, dass der Generator auch damals in der Mordnacht ausgefallen war. Sie stellte sich vor, wie dunkel die Hallig an diesem Abend plötzlich gewesen sein musste, mitten im schwarzen Meer.

Jasper goss den Grog in zwei Tassen und reichte eine davon Minke. Sie schnupperte; es roch kräftig nach Rum. Als sie daran nippte, hatte sie sofort das Gefühl, als ströme flüssige Wärme durch ihre Adern.

Jasper sah sie erwartungsvoll an. »Und?«

Sie nickte. »Gut.«

»Tja, ich kenne mich mit Rum aus. Guter Rum und Pfeifen, zwei Leidenschaften, die ich von meinem Vater geerbt habe.« Er sah hinaus auf die Nebellandschaft. »Das und das Deichgrafenamt, natürlich. Mein Vater war Deichgraf, mein Großvater, mein Urgroßvater und der davor auch.«

»Und David, wenn es noch Deichgrafen gäbe«, vollendete sie.

»Ja. Er wäre mein Nachfolger.« Er sah zu ihr. »Du hast immer noch keine Spur von ihm?«

»Nein.« Sie erzählte vom Postamt und der Bäckerei.

»Er hat ein Paket verschickt? Ein Buch?«, hakte Jasper nach.

»Fällt Ihnen dazu etwas ein?«

Seine Züge verdüsterten sich. »Nein.« Dann drehte er sich in plötzlicher Wut zu ihr um. »Aber ich finde es unglaublich, dass du immer noch weitermachst. Ist es dir egal, ob David etwas passiert?«

»Nein, natürlich nicht. Aber ich kann einen Mord nicht einfach auf sich beruhen lassen.«

Eine Weile schwiegen sie; dann schienen sich die Wogen geglättet zu haben. Jasper wechselte das Thema. »Interessierst du dich für unsere Geschichte, Lütte? Wenn du schon mal hier gestrandet bist ...«

Minke machte sich nichts aus Geschichte, aber Jasper hatte es im Moment schon schwer genug. »Klar«, sagte sie also.

Auf dem Gesicht des alten Deichgrafen bildete sich ein glückliches Lächeln. »Dann komm mal mit, ich zeige dir das Allerheiligste.«

Minke, mit einer Wolldecke um die Schultern und der Tasse Grog in der Hand, folgte Jasper, als er mit für sein Alter beeindruckend elastischen Schritten voranging. Er führte sie die Treppe nach oben und den Flur mit mehreren Türen entlang, »Hier war übrigens Davids Kinderzimmer«, bis sie in einen großen Raum kamen. Es war, wie sie überrascht feststellte, das Zimmer mit dem Bullaugenfenster, das sie von außen schon im Giebel bemerkt hatte. Der Zyklop mit Ponyfrisur, erinnerte sie sich. Der Raum wirkte wie aus einem Historienfilm entsprungen: alte, schwere Holzmöbel mit gedrechselten Beinen, ein Globus auf einem Holzgestell, Lampen mit goldenen Ziehschaltern und an den Wänden alte Landkarten. Nirgends gab es etwas Technisches, keinen Computer, keinen Drucker – das Fortschrittlichste war der schwere Metalllocher auf dem Schreibtisch.

»Das Reich der Deichgrafen Holt.« Jasper machte eine ausholende Geste. Er zeigte auf eine der Landkarten, die an der Wand hingen. »Das hier ist eine ganz seltene Landkarte. Jüstering in der Mitte des 19. Jahrhunderts. Man kann sehen, wie sich die Stadt seitdem verändert hat.«

Minke nickte; es war nicht zu übersehen. Damals musste Jüstering beinahe ein Dorf gewesen sein.

»Die Stadt hat damals nur aus alten Backsteinhäusern und kleinen Fischerhütten bestanden«, sagte Jasper. »Stell dir vor, wie schön das aussah.« Er fuhr mit dem Finger an der grün gedruckten Küste auf der Landkarte entlang. »Das hier ist der alte Leuchtturm, und das der ehemalige Deich – alles Holtland, wenn du so willst. Ich habe dann den großen Winterdeich dazu gebaut. Mein Lebenswerk, verstehst du?« Er ging hinüber zu seinem Schreibtisch und setzte sich auf den Sessel dahinter; ein dick gepolstertes, lederbezogenes Ungetüm. »Weißt du, wie man einen Deich baut?«

»Nein.« Minke stieg langsam der Grog in den Kopf, und sie hatte nicht mehr viel dagegen, sich einen Vortrag über Deichbau anzuhören. Jasper war in seinem Element. Er begann eine ausschweifende Erklärung, die mit einem Sandkern begann, aus dem ein Deich geformt wurde. »Dann macht man den Kleiboden drauf, dann das Reet. Man bestickt damit den Deich.«

»Aha.«

»Man benutzt dazu eine Deichnadel.« Jasper klappte ein perlmuttbesetztes Holzkästchen auf, das auf dem Schreibtisch stand, und nahm einen Gegenstand heraus, den Minke noch nie gesehen hatte. Eine Seite war aus Holz, die andere lief spitz metallisch zu. »Siehst du, hier im Knauf ist das Wappen der Holts eingeschnitzt. Die ist etwas Besonderes.« Er legte ihr die Deichnadel in die Hand.

»Und?«

»Ähm ... schön.« Sie gab sie ihm wieder zurück. »Und was macht man, wenn der Deich bestickt ist?«

»Dann kommen die Grassoden darauf, und die wachsen an

dem Reet und dem Kleiboden fest. Das macht man so seit Jahrhunderten.«

»Hm.« Minkes Blick fiel auf das Foto auf dem Schreibtisch. Schon wieder Christine – sie schien sie zu verfolgen in den letzten Tagen. Beim ersten Mal hatte sie es auf sich beruhen lassen, als Jasper nicht darüber hatte reden wollen, aber jetzt hatte sie Grog getrunken. »Ihre Frau sieht so fröhlich aus«, sagte sie.

»Das war sie.«

»Und warum hat sie sich dann das Leben genommen?«

Jasper stand abrupt auf und stellte sich an das runde Fenster. »Sie wurde depressiv«, sagte er knapp. Es war offensichtlich, dass er wieder abblockte. »Die Flut ist da, und der Nebel wird lichter. Komm, Lütte. Ich werde dich und deine Robbe jetzt hinüber nach Jüstering fahren. Hast du deinen Grog ausgetrunken?«

»Ja.« Minke stellte die Tasse neben das Deichnadelkästchen.

· · ·

Nachdem Minke die kleine Robbe in der Station an Diana übergeben hatte, rief sie in der Polizeiwache an. Klaus nahm erst nach langem Klingeln ab.

»Ich wollte nur fragen, ob noch irgendjemand angerufen hat – irgendjemand Vernünftiges, meine ich.«

»Mäuschen, du machst dir ja keine Vorstellung, wie das hier noch weiterging«, fuhr Klaus sie an. »Wir sind hier am Aufbauen« – im Hintergrund hörte Minke ein paar Männerstimmen und Geräusche von Werkzeugen – »und ständig hat wieder so ein Verrückter angerufen. Einer hat gesagt, er selbst wäre David, und hat dabei irre gekichert.«

»Oh Gott.«

»Ja, allerdings. Du schuldest mir was dafür, dass ich hiergeblieben bin und meine Pension nicht einfach heute angefangen habe.«

»Morgen ist dein großer Tag.«

»Allerdings. Und deshalb muss ich jetzt auch weitermachen. Wir bauen gerade eine Verlängerung an deinen Schreibtisch, damit die Nudelsalate alle draufpassen.«

Sie wollte auflegen, als er sie noch zurückhielt.

»Ach ja, was ich dir noch sagen wollte: Mir ist wieder eingefallen, wo ich diese Esther schon mal gesehen habe. Das ist Ewigkeiten her, irgendwann in den Achtzigern, denn ich hatte gerade angefangen, mir meinen ›Magnum‹-Schnäuzer wachsen zu lassen.«

Minke sparte sich einen Kommentar. »Da kamen an einem Abend zwei Frauen auf die Wache; ich war allein dort.«

»Und was wollten sie?«

»Eine Anzeige erstatten, die eine von beiden hatte ordentlich was abbekommen, blaue Flecke überall und eine aufgeplatzte Lippe. Aber kurz vor knapp haben sie es sich dann wieder anders überlegt und sind ohne Anzeige gegangen.«

»Und Esther hat die misshandelte Frau begleitet?«

Eine Pause entstand, der man anhören konnte, wie begriffsstutzig Klaus Minke fand. »Nein«, sagte er ungeduldig. »Mäuschen, die misshandelte Frau war Esther.«

...

Minke fuhr nach Hause. Der Tag steckte ihr in den Knochen. Imma hatte noch Patienten, das Haus war leer. Minke nahm ein Buch aus dem Regal im Wohnzimmer, das sie schon seit Ewigkeiten nicht mehr in der Hand gehabt hatte: »Der Schimmelreiter« von Theodor Storm. Vielleicht musste sie es ja doch noch einmal ganz lesen, um dahinterzukommen, was die Buchseite auf dem Erpresserbrief zu bedeuten hatte. Zum ersten Mal seit ihrer Schulzeit saß sie auf Immas Sofa und las wieder die alte Geschichte vom Deichgrafen Hauke Haien, der sich von ganz unten nach ganz oben arbeitete, eine Tochter aus gutem Hause heiratete, mit modernem Deichbau die abergläubischen Nordfriesen in das moderne Zeitalter führen wollte und dennoch am Ende dabei zusehen musste, wie seine Familie, sein Deich und er selbst untergingen. Besonders achtete sie auf die Stelle, die unter den Erpressungszeilen klebte: die, in der es um das blanke Pferdegerippe im Watt ging, von dem die Einheimischen glaubten, es würde sich nachts wieder zu einem lebendigen Pferd zusammensetzen, einem teuflischen Schimmel, der – mit Hauke Haien auf dem Rücken – nachts am Deich entlanggaloppierte. Nur um dann morgens wieder zu einem weißen Gerippe zu werden. Schließlich klappte Minke das Buch zu. Sie hatte die ganze Geschichte gelesen, sie hatte auf alles geachtet, aber sie war der Lösung immer noch kein Stück nähergekommen. War die Stelle eine Botschaft an Jasper – ein Deichgraf im Buch, ein Deichgraf im echten Leben? Immerhin war der Brief an ihn gegangen, nicht an Minke.

Schließlich ging sie hinauf in den oberen Stock in ihr Kinderzimmer mit den vielen Umzugskartons und wollte einfach nur noch ins Bett – ein paar Stunden kein Grübeln, keine Gespräche, keine Sorge wegen David, den sie seit immerhin sechzig Stunden nicht finden konnte oder wenigstens herausbekam, wer ihn entführt hatte. Als sie auf ihr Bett zuging, blinzelte ihr Victor entgegen, der sich dort zusammengerollt hatte, neben ihm etwas, das Imma anscheinend dorthin gelegt hatte. »Zeig mal«, murmelte Minke und strich dem Kater über den Kopf. »Was bewachst du denn da?«

Sie griff nach dem Heft, das dort lag. »Gesprächsprotokolle L. J.« stand darauf, dazu klebte ein Zettel auf dem Umschlag. »Ich denke, das solltest du einfach wissen. Mama«. Minke klappte das Heft auf und begann zu lesen.

...

Der Sturm, der am nächsten Tag kommen sollte, schickte seine Vorboten schon am Abend bis an die Küste. David lag in der Dunkelheit und hörte, wie der Wind um die Mauern strich. Er konnte langsam verstehen, warum frühere Generationen geglaubt hatten, dass in solchen windigen Nächten die Wilde Jagd über die Küste und das Watt preschte. Tatsächlich war es schwer vorstellbar, dass diese bedrohlichen Geräusche – das Rütteln, Sausen und Sirren – tatsächlich nur von so etwas Gestaltlosem wie Wind ausgelöst wurden. Er nahm die Taschenlampe, schaltete sie an und leuchtete nach oben an die Decke, wo das Licht einen Kreis bildete. Den halben Tag, nachdem sein Besucher wieder gegangen war, hatte er damit verbracht, die Steinwände abzutasten nach irgendeiner Stelle, die er bisher übersehen hatte und die es ihm vielleicht ermöglichen würde, hier herauszukommen. Es gab keine. Es gab nur ihn und diese verdammte Entscheidung. »Morgen Abend komme ich wieder«, hatte sein Besucher vor ein paar Stunden gesagt. Er hatte ihm genug Essen und Tee gebracht, das jetzt auf dem improvisierten Tisch stand. »Und ich hoffe, dann bist du zur Vernunft gekommen.«

David malte mit der Lampe Muster an die Decke. Vernunft, dachte er, an alldem hier ist gar nichts vernünftig.

...

Esther saß auf ihrem Sofa im perfekt aufgeräumten und klinisch reinen Wohnzimmer ihres Hauses. Sie war allein in der Wohnung, oben hörte sie Linda, Emily und Felix ab und an rumoren. Linda – sie dachte daran, wie gut ihre Tochter die letzten Tage weggesteckt hatte. Sie ist robuster, als ich immer dachte, erkannte sie. Viel robuster und selbstbewusster als ich. Sie tut, was sie will – sie ist frei. Und ich freue mich für sie.

Esther überlegte sich, was sie tun würde, wenn sie frei wäre. Frei von alldem, was Ruth heute, zwischen den Grabsteinen, gemeint hatte. Ich würde Pralinen essen, dachte sie. Seit so vielen Jahren hatte sie keine einzige angerührt – Fett und Zucker. Sie musste auf ihre Linie achten, eine der wichtigsten Regeln. Sie musste vorzeigbar bleiben.

Plötzlich fiel Esther ein, dass sie sogar Pralinen im Haus hatte. Ruth hatte ihr vor einiger Zeit eine Schachtel geschenkt, wahrscheinlich wieder einmal ein Versuch, Esther aus ihrer Routine zu locken. Bisher hatte es nicht geklappt, aber jetzt, wo Esther an diesem windigen Abend allein auf ihrem Sofa saß, fiel ihr immer wieder diese Pralinenschachtel ein. Sie ging ihr nicht mehr aus dem Kopf, bis sie irgendwann aufstand und mit beinahe vorsichtigen Schritten zum Schrank ging, in dem sie Süßigkeiten aufbewahrte – für Gäste und für Emily, nicht für sich.

Sie drehte den Schlüssel und öffnete die Schranktür. Da lag die Packung Pralinen. Das geht nicht, sagte eine Stimme in ihrem Kopf. »Du weißt, du musst schlank sein.« Aber zum ersten Mal, seit sie denken konnte, gab es noch eine andere Stimme in ihr. »Du weißt, dass du Lust darauf hast. Gönn dir doch einmal etwas.«

Esther streckte zaghaft ihre Hand aus. Sie nahm die Schachtel und trug sie zum Sofa zurück, wo sie sie auf den polierten Couchtisch legte, als sei es eine Bombe. Nachdem sie sie eine Weile angesehen hatte, riss sie die Folie ab, die um die Schachtel gespannt war, und hob den Deckel. »Ansehen macht nichts aus«, dachte sie. Der Duft, der aus der Schachtel strömte, war unglaublich schokoladig. Esther setzte sich auf die Couch. Sie sah die Pralinen an, rund und verführerisch lagen sie da. Sie vernahm wieder die strenge Stimme in sich, die sie so lange begleitet hatte, den Großteil ihres Lebens. Aber obwohl die Stimme da war, streckte Esther an diesem Abend irgendwann die Hand aus und nahm sich eine Praline. Als sie sie in den Mund steckte, schloss sie die Augen. Der Genuss war noch viel größer, als sie erwartet hatte. Und das hatte sie sich all die Jahre versagt? Sie nahm noch eine. Und noch eine. Für Esther war das ein großer Schritt. Mit jeder Praline fühlte sie mehr, wie sich die uralten unsichtbaren Fesseln, die sie trug, ein bisschen lockerten.

· · ·

Er fühlte sich heute irgendwie schwach, ausgelaugt. Weder die vielen Aufträge und damit der gute Lohn konnten ihn aufheitern noch die zwei Matjesbrötchen, die er nach Feierabend in sich hineinstopfte. Er hatte in der Mittagspause seine Schwester besucht. Er machte sich Sorgen – um sie, um seine Mutter, um den Vater. Je älter sie wurden, desto weniger kamen sie mit der ganzen Situation zurecht. Sie gingen ganz langsam an dem allen kaputt, jedes Jahr ein bisschen mehr und das schon so lange. Was, wenn sie nicht mehr konnten? Er war jeden Tag von morgens bis abends unterwegs. Natürlich konnte er etwas kürzertreten, aber die Firma völlig aufgeben? Nein, das ging auch nicht. Man musste eine Lösung finden. Er war gut darin, Lösungen zu finden. Aber erst einmal war morgen die Beerdigung. Er hatte auf dem Heimweg einen Strauß gekauft, für Esther. Außerdem eine neue schwarze Krawatte.

Er stieg aus dem Kleintransporter und schlug die Wagentür

hinter sich zu. An der Tür stand »Jüsteringer Elektro-Service –
und Ihnen geht ein Licht auf«.

16. Januar 1987,
Freitagabend, 22.45
Christine

Im Deichgrafenhaus war es still und völlig dunkel. David schlief oben in seinem Kinderzimmer, draußen ächzte der alte Birnbaum im Wind, und das Meer rauschte. Christine saß im Wohnzimmer vor dem Kaminfeuer und sah in die Flammen, das einzige Licht im Haus, nachdem der Strom ausgefallen war. Sie hielt ein Glas Wein in der Hand, hörte dem prasselnden Feuer zu und dachte über ihr Leben nach und über die Fehler, die sie gemacht hatte. Sie hatte sich ihr Leben immer abenteuerlich und aufregend vorgestellt, mit vielen Reisen, tollen Männern, viel Spaß.

Und jetzt sitze ich hier, dachte sie, auf einer winzigen Hallig, auf der es einen einzigen Baum und ein paar Möwen gibt. Manchmal hatte sie das Gefühl, sich hier zu Tode zu langweilen. Sie schien die Einzige auf Nekpen zu sein, der es so ging. Esther schien kaum zu bemerken, dass sie auf einer winzigen Hallig lebte, weil sie so sehr damit beschäftigt war, die perfekte Hausfrau zu sein und Hinnerk jeden Wunsch von den Augen abzulesen. Christine hatte am Anfang geglaubt, dass ihre Freundschaft mit Esther ihr das Leben auf Nekpen erleichtern würde, aber inzwischen mied sie beinahe die Kaffeeeinladungen bei ihr. Sie schickte aber immerhin David hinüber, weil er gerne bei Esther war und sie wusste, wie sehr sie sich freute. Und Jasper liebte das Leben hier. Er mochte es, dass alles so abgeschieden war, das Meer, das Watt, dieses Haus hier, das liebte er. Sie wusste, dass er auch sie liebte, aber er verstand sie nicht. Sie waren viel zu unterschiedlich. Warum habe ich überhaupt Ja gesagt damals?, fragte sie sich nun und nippte an ihrem Wein. Zu einem Mann, der auf einer Hallig wohnt und ein Amt hat, das klingt wie aus einem alten Film. Sie wusste es: Jasper war ihr am Anfang auch wie ein Abenteuer erschienen, exotisch und besonders. Ihre Freundinnen waren neidisch gewesen, weil sie nur langweilige Freunde aus dem Dorf an der Eider hatten, und Christine hatte einen Deichgrafen. Das klang großartig; aber nachdem sie hierhergezogen war, verlor sich diese Großartigkeit nach und nach, und übrig blieben nur ihre Langweile und die Suche nach ein bisschen Spaß und Abenteuer. »Frauen, die sich langweilen, sind gefährlich«, hatte ihre Mutter manchmal gesagt, und Christine dachte, dass das stimmte.

Ihre Gedanken wanderten zu David, der oben in seinem Kinderzimmer schlief. Sie liebte ihn, und er brachte Abwechslung in ihr Leben. Ohne ihn wäre ich schon längst gegangen, dachte sie. Aber irgendwann würde auch er groß sein. Und dann müsste sie allein mit Jasper auf diesem winzigen Flecken im Meer leben. Nein, das geht nicht. Sie trank einen größeren Schluck Wein. Das ertrage ich nicht – nur Jasper, Hinnerk und Esther und sonst nichts, nein. Vor allem Hinnerk nicht. Es gab Zeiten, da hatte sie ihn attraktiv gefunden, aber die waren schon lange vorbei.

Christine setzte ihr Glas an und trank es aus. Dann saß sie einfach nur so da. Ihr kupferfarbenes Haar glänzte im Feuerschein.

Plötzlich flammte das Licht im Wohnzimmer auf, auch im Flur, in der Küche – das Haus war wieder hell erleuchtet. Christine blinzelte. Der junge Mann erschien in der Tür, schlaksig und mit nur einem bisschen Bart, der noch nicht so richtig wuchs. »Der Generator geht wieder«, sagte er und sein Stolz war nicht zu überhören. »Ganz schön kompliziert, weil es so ein altes Ding ist. Sie brauchen hier auf Nekpen unbedingt mal eine richtige Stromleitung, sonst ist es hier ja wie im Mittelalter.«

Christine seufzte, fuhr sich durchs Haar und setzte sich auf. »Wem sagen Sie das.«

Sie kannte ihn nicht; als die Lampen im Laufe des Tages immer wieder geflackert hatten, hatte sie wahllos irgendeinen Elektriker aus Jüstering angerufen und nicht daran geglaubt, dass heute noch, bei diesem Wetter, jemand kommen würde. Doch tatsächlich hatten sie ihr diesen jungen Kerl geschickt. Er wirkte nett. »Danke«, sie lächelte ihn an. »Auch dafür, dass Sie heute Abend noch hier rausgefahren sind.«

»Keine Ursache. Die Halligen haben mir schon immer gefallen.«

»Ach wirklich? Wieso?«

Er zuckte die Achseln. »Es sind kleine Inseln im Meer. Das ist doch schön. Wer sind denn Ihre Nachbarn?«

»Die Johannsens.«

Er starrte sie an. »Hinnerk Johannsen?«

»Ja, kennen Sie ihn?«

»Ähm – nein. Der Name kam mir nur bekannt vor«, sagte er schnell. »Ich denke, ich sollte jetzt gehen.« Christine wollte ihn noch nicht gehen lassen; sie hatte keine Lust, an diesem Abend alleine zu sein.

»Möchten Sie vielleicht noch ein Glas Wein, bevor Sie wieder fahren?«, fragte sie deshalb. »Oder einen Tee?«

Er zögerte, dann sagte er: »Einen Tee, bitte. Danke, Frau Holt.«

»Bitte – nennen Sie mich Christine.« Sie stand auf und ging voran in die Küche; er folgte ihr. Während sie das Wasser aufsetzte, sah er ihr stumm zu. Sie konnte ihm ansehen, dass er sie hübsch fand, und es tat ihr gut. Sie wusste, dass sie keine klassische Schönheit war wie Esther, aber sie war sinnlich, und die Männer bemerkten sie. Heute, an diesem kalten, dunklen Januarabend, freute sie sich über die Bewunderung des Elektrikerjungen. Sie nahm eine Tasse aus dem Regal. »Also – Erik war der Name, richtig? – erzählen Sie mir etwas über sich.«

Er bekam rote Wangen. »Na ja, ich weiß nicht, ob es da so viel Interessantes gibt. Ich bin eben Elektriker. Irgendwann würde ich gerne meinen eigenen Betrieb haben.«

»Macht es denn Spaß, Elektriker zu sein?«

Er zuckte die Achseln. »Mir schon. Ich mag es, an Dingen herumzuschrauben und mir zu überlegen, wie es funktionieren könnte.«

Der Teekessel pfiff, Christine nahm ihn vom Herd und goss das heiße Wasser in seine Tasse.

»Sie schaffen das bestimmt«, sagte sie und setzte sich mit einem neuen Glas Wein ihm gegenüber. »Ihre eigene Firma zu haben, meine ich.«

Er lächelte sie verlegen an.

»Meine Schwester, sie ist krank«, sagte er. »Meine Eltern pflegen sie. Wenn ich gutes Geld verdiene, dann könnte ich sie unterstützen.«

Das klang zu reif für sein Alter, fand Christine. Wenn man so jung war, sollte man noch nicht an so etwas denken.

»Was hat Ihre Schwester denn?«

»Sie ...«, er brach ab und lauschte. Christine hörte es auch – Schritte kamen auf den Deichgrafenhof zu.

»Erwarten Sie noch jemanden?«

»Nein.« Christine stand auf. »Ich seh mal nach, wer es ist.«

• • •

In diesem Moment hörte sie einen Schlüssel in der Haustür. Überrascht sah sie auf.

»Wer ist das?«, fragte Erik.

»Mein Mann. Aber eigentlich sollte er auf dem Deich sein. Er ist ständig auf dem Deich.«

Erik erhob sich. »Ich sollte gehen.«

»Nein, Unsinn – Sie haben doch Ihren Tee noch gar nicht ausgetrunken.«

Die Küchentür öffnete sich. Der Deichgraf stand in der Tür. Er trug Ölzeug und Gummistiefel und war durchnässt und schmutzig. »Guten Abend«, sagte er verwundert. »Ich wusste nicht, dass Besuch kommt.«

»Das ist kein Besuch. Das ist der Elektriker – er hat den Generator repariert. Vorhin hatten wir Stromausfall im ganzen Haus.«

Jasper nickte Erik zu. »Schön«, sagte er, »danke, dass Sie sich darum gekümmert haben, dass meine Frau nicht im Dunkeln sitzt.« Er ging zu Christine hinüber und gab ihr einen Kuss.

»Was machst du eigentlich hier? Ich dachte, du bleibst die ganze Nacht am Deich?«

»Ich muss nur kurz etwas holen«, antwortete er zerstreut. »Dann fahre ich wieder.« Er nickte Erik noch einmal zu, dann ging er aus der Küche.

Erik stand auf. »Ich sollte auch gehen. Ich habe Sie schon viel zu lange aufgehalten.«

»Warten Sie«, Christine griff nach ihrer Geldbörse. Sie nahm einen Schein heraus und gab ihn ihm. »Hier, weil Sie bei dem Wetter nach Nekpen gekommen sind.« Sie zwinkerte. »Und als kleinen Beitrag zu Ihrem Imperium, das Sie irgendwann einmal haben werden. Dann können Sie an mich denken.«

Er lächelte verlegen. »Danke.«

Verdammt, dachte Christine. Immer muss ich flirten. Ich kann gar nicht anders.

Kurz blieb es still in der Küche, dann hörte sie mit einem Mal draußen jemanden rufen.

AM TAG DES STURMS

Am frühen Morgen, als die meisten Einwohner in Jüstering und auf den Halligen noch in ihren Betten lagen, trafen die ersten Vorboten des Sturms auf das Wattenmeer und die Küste. Es war Ebbe, und die plötzlichen Windböen pfiffen über die glatte Schlickfläche ungebremst auf die Halligkanten, die Klippen und den Strand von Jüstering zu, hoben am Strand den feinen Sand in die Luft und wehten die vertrockneten Herbstblätter über das Kopfsteinpflaster der Jüsteringer Altstadt. Noch legte sich der Wind schnell wieder, bevor er einen neuen Anlauf nahm. Aber es waren die ersten Anzeichen für das, was heute noch über sie alle hereinbrechen würde.

...

David wachte von so einer Windbö auf. Nicht wegen des Pfeifens und Heulens, daran hatte er sich in den letzten Tagen gewöhnt, sondern weil ihn plötzlich ein scharfer, kühler Luftzug auf seiner Matratze erreichte. Er setzte sich auf. Woher kam das? Er rappelte sich von seiner Matratze hoch und tastete die Wand gegenüber ab. Bei der nächsten Bö fühlte er es wieder – tatsächlich, jetzt, wo der Wind immer kräftiger wurde, drängte er durch die alten Mauerritzen. David runzelte sorgenvoll die Stirn. Bisher hatte er gedacht, seine größten Probleme seien die Entscheidung, vor der er stand, und die Situation, hier eingesperrt zu sein. Aber nun war ein neues dazugekommen: Wo starker Wind durchdrang, da würde sich auch wütendes Wasser seinen Weg bahnen können.

...

Ruth und Geert frühstückten in einer Art vertrautem Schweigen früh an diesem Morgen. Keiner von ihnen hatte in der Nacht gut geschlafen. Nun blätterte Geert wie immer durch seine Wettmagazine, während Ruth wieder in ihrem Rosamunde-Pilcher-Roman mit der Figur mit diesem wunderbaren Namen Loveday versank. Heute hatte sie das Gefühl, sie lese um ihr Leben; als müsse sie sich dafür wappnen, was sie später an diesem Tag noch erwarten würde. Gerade als sie eine besonders romantische Stelle erreicht hatte, schaltete das Radio, das im Hintergrund lief, um auf die Regionalnachrichten. »Wir rechnen am frühen Nachmittag mit dem Eintreffen des bisher größten Sturms in diesem Jahr«, quäkte die Stimme aus dem Lautsprecher. »Orkanstärke wird erreicht werden; die Unwettermeldung gilt für die gesamte nordfriesische Küste. Wir bitten darum, diese Warnung ernst zu nehmen: Halten Sie sich im fraglichen Zeitraum in geschlossenen Räumen und auf keinen Fall in der Nähe des Wassers auf. Sturmflut ist angesagt – wir rechnen für die Halligen mit Landunter.«

»Gut, dass da die Beerdigung schon vorbei ist«, brummte Geert.

Ruth sah auf. »Auch ohne den Sturm wäre ich froh, wenn sie schon vorbei wäre. Du nicht auch?«

Geert zuckte die Achseln. »Ich verstehe nicht, wieso es überhaupt eine richtige Feier gibt. Er ist doch schon ewig tot.«

»Aber eine Beerdigung hat er doch noch nie gehabt.« Nach

einer Pause wechselte Ruth das Thema: »Hast du die Sandsäcke ums Haus herum verteilt?«

»Noch nicht.«

»Machst du das bitte, bevor du nachher zur Arbeit gehst?«

»Ich arbeite heute nicht.«

Ruth sah ihn erstaunt an. »Wirklich? Ich dachte, du wolltest dir nur den Nachmittag freinehmen.«

»Ja, aber ich habe es mir anders überlegt. Ich will heute Morgen noch schnell hinüber nach Jüstering.«

Ruth griff nach der Kaffeekanne und schenkte sich nach. Es war mehr Koffein, als ihr guttat, aber sie musste diesen Tag irgendwie überstehen.

»Ich könnte mitkommen.«

Geert legte die Stirn in Falten. »Nein, das geht nicht.«

»Wieso denn nicht?«

»Ähm – lass dich überraschen!«

Ruth lächelte. »Willst du etwas für mich besorgen? Aber ich habe doch gar nicht Geburtstag.«

Geert griff nach ihrer Hand und schmatzte einen ungelenken Kuss darauf. »Du verdienst auch so ab und zu ein Geschenk, finde ich.«

Als Ruth sich wieder in ihren Liebesroman vertieft hatte, löffelte Geert missmutig Zucker in seinen Kaffee. Verdammt, dachte er, jetzt muss ich ihr auch noch ein Geschenk besorgen. Aber ihm war auf die Schnelle keine bessere Ausrede eingefallen.

• • •

Minke war schon seit dem frühen Morgen, als es gerade erst dämmerte, in ihrem Büro der Polizeiwache. An ihrer Wand klebten inzwischen noch ein paar neue Zettel mit den Informationen vom

Vorabend. Dort hing inzwischen auch eine Karte von Midsand, auf der sie mit Reißzwecken die Häuser markiert hatte, in denen Hinnerk Patienten gehabt hatte. Auf diese Karte starrte sie nun schon seit einer Viertelstunde. Immer wieder blätterte sie auch in der alten Akte zum Bankraub auf Midsand. Das Gefühl, etwas übersehen zu haben, blieb – irgendetwas, das praktisch vor ihrer Nase lag, das sie aber nicht sah. Während Minke brütete, trudelte Klaus mit ein paar Helfern ein.

»Moin, Mäuschen!«, dröhnte er schon im Flur. »Jetzt geht es richtig los mit den Vorbereitungen. Mein letzter Morgen in diesen heiligen Hallen, unglaublich, oder?«

»Hm.«

In der nächsten halben Stunde stieg der Lärmpegel in der Wache von Minute zu Minute. Biertische wurden herangeschleppt, aufgestellt und wechselten dann ständig ihren Platz, weil Klaus nicht mit der Anordnung zufrieden war. Bierkisten wurden in den Keller getragen, ein paar von ihnen leerten sich zusehends jetzt schon – immer wieder war das Klirren zusammenstoßender Flaschen zu hören und »Prost!«. Die Musikanlage wurde aufgestellt und ausgiebig ausprobiert. Minkes Geduld war endgültig am Ende, als zwei von Klaus' Kumpeln in ihr Büro kamen und dort eine Art Verlängerung an den Schreibtisch anbauten, auf dem sie saß.

»Was wird das denn?«

»Für das Büfett. Klaus meinte, das geht in Ordnung?«, sagte einer, der einen Akkuschrauber in der Hand hielt. Er ließ ihn probehalber brummen.

»Okay, jetzt reicht's«, Minke schnappte sich den Autoschlüssel und ihre Jacke. »Ich bin raus hier.« Ohne ein weiteres Wort ging sie aus der Wache, setzte sich in den Polizeiwagen und fuhr in Richtung der Jüsteringer Bank.

...

Jasper war an diesem Morgen auf dem Meer unterwegs. Sein Boot war auf weite Sicht das einzige, die meisten trauten sich bei der Sturmwarnung nicht mehr aufs Wasser. Jasper hatte keine Angst. Es würde noch Stunden dauern, bis der Sturm wirklich ankommen würde, und seiner Erfahrung nach bissen Fische vor Stürmen sehr gut. Die Tiere schienen zu merken, dass etwas in der Luft lag. Abgesehen davon musste Jasper seine Nerven beruhigen. Sie waren bis zum Zerreißen gespannt in den letzten Tagen. Die Aussicht, heute auf Hinnerks Beerdigung zu müssen, machte es nicht besser. Kann dieser verdammte Kerl nicht endlich aus meinem Leben verschwinden?, dachte er. Wie ein Gespenst war er wieder aufgetaucht und hatte nichts Gutes mit sich gebracht.

Er sah hinaus auf das dunkelblaue Meer und den stahlgrauen Himmel. Dicke, dunkle Wolken zogen am Horizont auf, es war unübersehbar, dass etwas Großes auf sie zukam. Etwas hatte sich zusammengebraut und würde bald explodieren; die Spannung war beinahe mit den Händen zu greifen. An Jaspers Angel zog etwas. Er holte sie ein; es war eine prächtige Scholle. Er nahm sie mit geübten Griffen vom Haken und ließ den platten Fisch in den Eimer mit Wasser gleiten, der neben ihm auf dem Bootsboden stand. Der Fisch warf sich im Eimer wütend hin und her, er wusste, dass er gefangen war.

Jasper beobachtete ihn. Er betrachtete die braun gesprenkelte Haut, die kugelrunden Augen, den platten Körper. Plötzlich fühlte er sich an das alte Märchen erinnert, »Der Fischer und seine Frau«. Er hatte es manchmal David vorgelesen, in den seltenen Momenten, in denen er Zeit dazu hatte und nicht irgendwo auf dem Deich oder auf dem Meer unterwegs war. Das Märchen handelte von einem armen Fischer und seiner unzufriedenen Frau

Ilsebill. Der Fischer fing eines Tages einen Plattfisch, der zaubern konnte und ihm jeden Wunsch erfüllte. Ilsebills Wünsche wurden daraufhin immer maßloser. Sie wollte alles haben, was man sich vorstellen konnte. Und jedes Mal rief der Fischer wieder den Fisch und sagte, was seine Frau sich wünschte. »Manntje, Manntje, Timpe Te/ Buttje, Buttje inne See/ myne Fru de Ilsebill/ will nich so, as ik wol will«, sagte Jasper den Kehrreim des Märchens auf. Er war erstaunt, dass er ihm noch einfiel. David hatte ihn als Kind auswendig gekonnt und immer gerufen, wenn Jasper die Geschichte vorlas. »Manntje, Manntje ...«, Jasper sah den Fisch in dem Eimer an. Es wäre schön, wenn auch dieser ein Zauberfisch wäre, dachte er. Er wüsste, was er sich wünschen würde – einen Ausweg aus diesem Schlamassel, in dem er steckte und aus dem er keinen Ausweg sah. Kurz entschlossen griff Jasper in den Eimer und nach dem glitschigen Fisch. Er hob ihn aus seinem Gefängnis und hielt ihn über die Reling. Dann ließ er ihn zurück ins Meer gleiten. Die Scholle schwamm davon; schnell war sie im graublauen Meerwasser nicht mehr zu sehen.

...

Geert war in einem Teil von Jüstering, der in den Romanen seiner Frau niemals vorgekommen wäre. Nichts hier war hübsch, gepflegt oder wenigstens typisch friesisch. Es war der heruntergekommene östliche Rand der Stadt, in den man nur ging, wenn man musste. Weite Industriebrache, ein paar heruntergekommene Imbissbuden und Kioske, vernachlässigte Mietshäuser, eine Spielhölle und das einzige Bordell der Stadt gab es hier. Geert kannte diese Straßen, auch wenn er niemandem jemals von seinen Besuchen hier erzählte. Er kam schon viele Jahre hierher – zu seinem Leidwesen. An einem baufälligen Haus zwischen einer Änderungsschneiderei und einer Wurstbude blieb er stehen. Er drückte auf einen der wenigen heilen Klingelknöpfe, an dem allerdings nur die Initialen standen. Wer hier klingelte, wusste, wen er suchte. Die Tür summte, er drückte sie auf und betrat den gefliesten Flur, in dem es nach kaltem Zigarettenrauch und angebratenen Zwiebeln roch. Neben den Dienstplan für die Reinigung des Treppenhauses hatte jemand »Fick dich« gekritzelt, und genauso sah es im Treppenhaus auch aus. Hier war schon lange nicht mehr gewischt worden. Geert stieg hinauf in den zweiten Stock und klopfte dort an eine schmucklose Wohnungstür. Eine Art menschlicher Schrank in schwarzen Kleidern und Lederjacke öffnete ihm. Der Mann trug eine Sonnenbrille. »Was willst du?«

»Ich will zu Ronny.«

»Kann ja jeder sagen.«

»Malte!«, rief von drinnen eine Stimme. »Lass ihn rein.«

Der Schrank machte Platz. Geert trat in die muffige Wohnung. Ronny saß an einem Tisch mit gefliester Tischplatte und legte Patiencen. »Moin Moin!«, grüßte er gut gelaunt. »Wie geht es meinem Lieblingskunden?«

»Das weißt du genau.«

Ronny lachte. »Stimmt. Willst du auch ein Bier?«

»Nein.«

»Mineralwasser? Cola?« Ronny legte noch eine Karte und betrachtete das Ergebnis dann zufrieden. »Patiencen zu legen, habe ich von meiner Tante gelernt. Sie sagte immer, dass es beruhigt, und ich muss sagen, dass sie recht hatte. Es entspannt ungemein.«

»Schön. Hör zu, Ronny ...«

Ronny unterbrach ihn. »Du bist hier, um brav deine Schulden zu bezahlen, habe ich recht? Mit Zins und Zinseszins.«

Geert holte tief Luft. »Ich habe einen Teil des Geldes dabei. Aber nicht alles – so viel habe ich nicht.«

»Und wann denkst du, dass du es hast?«

»Na ja, vielleicht in drei oder vier Wochen. Es kommt darauf an, wie viel Glück ich habe.«

Ronny grinste. »Das mag ich so an dir – dass du verrückt genug bist, deine Wettschulden mit Wettgewinnen bezahlen zu wollen.«

Seine Hände spielten mit der Karte der Herzdame.

»Na, lass mal sehen, wie viel du dabeihast.«

Geert zog einen Umschlag aus der Innentasche seines Sakkos und ließ Ronny hineinsehen.

»Tssss, das ist aber wirklich nur ein Tropfen auf den heißen Stein«, die Herzdame bewegte sich schneller in Ronnys Händen. Schwere Schritte im Flur kündigten an, dass Malte sich zu ihnen gesellen würde. Einen Augenblick später stand er im Türrahmen.

»Ich kann dir nur geben, was ich habe.«

»Irrtum, mein Freund.«

Geert starrte ihn an. »Was soll das heißen?«

»Wie lange kennen wir uns?«

»Fast vierzig Jahre.«

»Richtig. Wir waren beide jung, als wir anfingen – du mit dem Wetten und ich mit dem Geldverleihen. Und es wurde doch eine große Liebe, stimmt's?«

»Worauf willst du hinaus?«

»Darauf, dass ich mich auch an die Dinge erinnere, die du vor langer Zeit gemacht hast.«

»Ronny ...«, in Geerts Stimme schlich sich etwas Flehendes.

»Damals hattest du plötzlich Geld und konntest mir alle Schulden bezahlen, mit Zinsen, ganz ohne Probleme, weißt du noch?«

»Ja. Aber das kann nicht noch einmal so gehen.«

»Und warum nicht?«

»Weil es einfach zu riskant ist.«

»Ach was, riskant. Du bist doch ein Spieler ...«, Ronny zuckte die Achseln. »Na ja, es war ja nur ein Vorschlag.«

»Gib mir bitte einfach noch mehr Zeit.«

Ronny musterte Geert. Schließlich seufzte er. »Ich bin einfach zu gutherzig, das ist mein Fehler. Na schön.« Geert atmete erleichtert aus. »Aber deine Zinsen sind gerade um zehn Prozent gestiegen.«

»Wie bitte?«, Geert schrie beinahe.

»Tja, da kann ich nichts machen. So sind die Regeln.« Ronny legte die Herzdame an ihren Platz. Geert verließ wutschnaubend die Wohnung. Er war zu wütend, um zu bemerken, dass er beobachtet wurde.

...

Esther zog sich zum fünften Mal um. Keines der schwarzen Kleider, die sie besaß, gefiel ihr. Alles schien ihr zu viel auf der Haut zu sein, der Stoff kratzig, der Verschluss zu eng. Sie öffnete wieder den Schrank und suchte nach etwas, das vielleicht angenehmer war. Ein schwarzes Kleid hatte sie, das sie noch nicht ausprobiert hatte. Sie nahm es heraus. Es stammte aus der Zeit, in der Hinnerk noch gelebt hatte. Sie hatte es für eine Ehemaligenfeier von Hinnerks Abschlussjahrgang gekauft. »Ich will, dass mich alle um dich beneiden. Du wirst mein schmückendes Beiwerk sein, Liebling«, hatte er gesagt, als er ihr mitteilte, dass sie auf diese Feier fahren würden. »Sorg dafür, dass jeder mich hasst, weil ich dich habe.«

Sie hatte das Kleid gekauft, es stand ihr besonders gut. Der

Stoff war edel, eng anliegend, betonte ihre Figur, von der sie wusste, dass Hinnerk besonderen Wert auf sie legte. Der Ausschnitt war dezent, so wie er es wollte. Einmal hatte er eine ganze Woche lang nicht mit ihr geredet, weil sie zu einer Geburtstagsparty mit einem Ausschnitt gegangen war, den er zu tief fand. Esther zog das schwarze Kleid an. Damit kamen auch die Erinnerungen an die Feier wieder, für die sie es gekauft hatte. Sie hatte den ganzen Abend neben Hinnerk verbracht, Hände geschüttelt und ansonsten nur gelächelt und genickt. »Liebling, tu mir einen Gefallen und mach heute Abend den Mund so wenig wie möglich auf«, hatte er gesagt, bevor sie das altehrwürdige Gebäude betraten, an dessen Eingang »Medizinerabschlussjahrgang 1969« auf einem Banner stand. »Da drin sind lauter Leute, die studiert haben. Du willst doch nicht unangenehm auffallen oder mich bloßstellen.«

Sie hatte gehorcht.

Esther strich über den Stoff. Er schmiegte sich weich an ihren Körper. Sie nahm die dünne Kreuzkette ab, die sie gewöhnlich trug, und griff nach der prächtigen Perlenkette, die Hinnerk ihr einmal zum Hochzeitstag geschenkt hatte. Er hatte immer gewollt, dass sie sie trug. »Liebling, sie liegt so schön um deinen Hals«, hatte er gesagt, »ich will, dass du sie anlegst.«

Die Perlen fühlten sich kühl an auf ihrer Haut. Esther strich mit den Fingerspitzen darüber. Ja, so hätte sie ihm gefallen. Sie schlüpfte in schwarze Pumps, dann setzte sie sich an ihren Schminktisch. Auch er war ein Geschenk von Hinnerk gewesen, schon zur Hochzeit. Er konnte es nicht leiden, wenn sie nicht geschminkt war. Schon morgens früh, bevor er aufwachte, hatte sie sich immer hier an den Tisch gesetzt und sich für ihn zurechtgemacht.

Sorgfältig verteilte Esther jetzt ihr Make-up, anschließend

gab sie Puder darüber, der ihre Haut noch feiner wirken ließ, als sie sowieso schon war. Dann griff sie zu Lidschatten und Kajal und schminkte ihre Augen dunkel. Am Ende tuschte sie die Wimpern kräftig, bis sie aussahen wie die einer Puppe. Zuletzt der Lippenstift, blutrot.

»Mama, bist du fertig?« Linda erschien in der Tür. Sie war ebenfalls schwarz angezogen, allerdings lang nicht so elegant wie ihre Mutter.

Esther drehte sich zu ihr. »Wie sehe ich aus?«

»Wunderschön wie immer.« Linda lächelte.

Esther stand auf und griff nach dem Hut, der schon bereitlag. Es war ein schwarzer, breitkrempiger Hut mit einem kleinen Schleier. Sie setzte ihn auf. »Ich bin bereit«, sagte sie.

· · ·

Als Minke zurück in die Polizeiwache kam, waren die Festvorbereitungen schon deutlich vorangeschritten. Gerade hängten zwei Mitglieder des Klootschieß-Vereins ein gewaltiges Banner auf. »Klaus hat's geschafft!«, stand darauf. Klaus stand mit schief gelegtem Kopf davor und betrachtete es.

»Sag mal, findest du, das hängt gerade?«, fragte er Minke.

»Ja.«

»Wirklich? Ich habe den Eindruck, es ist rechts eine ganz kleine Idee zu hoch.«

Minke ging in ihr Büro und blieb wie angewurzelt stehen. Ihr Schreibtisch war unter der Musikanlage verschwunden, die vorhin noch im Flur gestanden hatte.

»Klaus!«

Er schlurfte gemütlich auf sie zu. Auch an seinem letzten Tag hatte er sich die Büropantoffeln nicht nehmen lassen. »Ach ja, wir

230

haben uns umentschieden. Das Büfett kommt in den Flur, und dein Büro wird die Tanzfläche. Schick, oder?«

Minke sah ihn wütend an.

»Reg dich nicht auf, du kannst an meinen Schreibtisch, wenn du unbedingt einen brauchst.«

Klaus' Schreibtisch stellte sich als beinahe ebenso unbenutzbar heraus. Auf der Tischplatte standen noch ein paar Umzugskisten mit Klaus' Bürokram, außerdem ein paar Topfpflanzen, die er von seiner Frau über die Jahre für ein besseres Raumklima aufgedrängt bekommen hatte und die jetzt auf den Abtransport in die Wohnung der Wagenscheidts warteten. Selbst die hässliche Porzellanmöwe stand noch hier.

Minke schaufelte sich Platz frei. Dabei fiel ihr ein Umschlag in die Hände. Er wäre ihr nicht aufgefallen, wenn nicht ihr Name darauf gestanden hätte. »Was ist denn das?«, murmelte sie. Unter dem Umschlag lagen noch weitere mit ihrem Namen. Es war Post für sie. »Klaus, was macht meine Post auf deinem Schreibtisch?«, rief sie.

»Ach ja, die habe ich bisher vergessen, dir rüberzubringen. Hab ich irgendwann diese Woche aus dem Briefkasten geholt.«

Minke sah die Briefe an sie durch – Werbung, ein Willkommensschreiben von Seiten des Rathauses, eine Anfrage der Volkshochschule für einen Selbstverteidigungskurs für Frauen, ein ... plötzlich hielt Minke ein Paket im braunen Umschlag in der Hand. Ihr Name stand darauf, kein Absender. Sie ließ den Rest der Post fallen. Es konnte natürlich alles Mögliche sein, aber irgendetwas sagte ihr, dass es das nicht war. Sie war sich plötzlich sicher, dass das das Paket war, das David zur Post gebracht hatte. Sie sah auf den Poststempel: Er trug das Datum vom vergangenen Dienstag. War es möglich, dass der Schlüssel zu diesem ganzen

Fall schon seit Tagen unbemerkt auf Klaus' chaotischem Schreibtisch herumlag?

Minke riss das Paket mit zitternden Fingern auf. Ein Buch kam zum Vorschein, klein und schmal, Helmut hatte recht gehabt. Minke schlug es auf. Die Seiten waren gefüllt mit einer geschwungenen Handschrift, blaue Tinte auf cremefarbenem Papier. Es war ein Tagebuch.

Dies hier ist mein letzter Eintrag. Wer, der Tagebuch schreibt, kann schon von sich behaupten, das zu wissen? Aber ich weiß es. Ich werde heute sterben, und ich tue es gerne. Man sagt, dass man als Mutter sein Kind nicht verlässt, aber was, wenn man schon seit Jahren keine gute Mutter mehr ist? Ich denke oft an diesen Film »Und täglich grüßt das Murmeltier«, in dem ein Mann denselben Tag immer und immer wieder erlebt. So ist mein Leben. Es ist ein einziger kalter dunkler Winterabend, wieder und wieder und wieder. Selbst wenn draußen die Sonne scheint und das Meer blau ist, sehe ich nur diese Dunkelheit und die Kälte, höre den Wind pfeifen und die Wellen schlagen. Ich bin gefangen in dieser Dunkelheit, schon viel zu lange, und ich finde keinen Ausweg daraus. Was, wenn man erkennt, dass man alles selbst verschuldet hat, was an Dunkelheit über einen gekommen ist? Ich kann nur noch aussteigen, sonst verschlingt mich der Winterabend irgendwann ganz. Und es liegt eine Erleichterung darin, auch wenn ich David verlassen muss. Ich will, dass er weiß, wie sehr ich ihn geliebt habe. Christine.

Minke starrte auf die geschwungenen Worte. Das war nicht nur ein Tagebuch, das war auch ein Abschiedsbrief. Sie blätterte sich eilig durch die vorangegangenen Seiten. Einzelne Sätze fielen ihr ins Auge, sie bildeten einen wirren Teppich aus dem, was Christine über Jahre für aufschreibenswert gehalten hatte. *Jasper ist ständig auf dem Deich, David schläft schlecht, ich glaube, er zahnt, Esther war heute zum Kaffee hier. Mir fällt kaum etwas ein, was ich mit ihr reden kann,*

Davids Fuß heilt gut, jetzt ist alles normal, Ich ertrage diese Hallig nicht mehr. Übers Wochenende fahre ich zu meiner Schwester. David nehme ich mit, Die Ringelgänse sind hier. Jedes Frühjahr freue ich mich darauf, weil dann endlich etwas los ist auf Nekpen. Ich muss selber darüber lachen, wenn ich das lese.

Minke las und las. Irgendwann hielt sie inne. Ihr wurde bewusst, dass sie gerade etwas Wichtiges gelesen hatte, auch wenn es ihr auf den ersten Blick ganz unwichtig vorgekommen war. Sie griff nach ihrem Handy und rief Bo an. Fünf Minuten später wusste sie, dass sie recht gehabt hatte.

· · ·

»Minke, kannst du mal helfen, die Wimpel aufzuhängen? Es sind so viele.« Klaus tauchte im Türrahmen auf.

»Nein«, Minke klappte Christine Holts Tagebuch zu. »Ich muss jetzt zu Hinnerks Beerdigung. Und du kommst mit.«

»Wieso denn das?«

»Sieh es als Entschädigung dafür, dass du Davids Paket seit zwei Tagen auf dem Schreibtisch hast, ohne es zu bemerken.«

Klaus starrte auf den zerrissenen braunen Umschlag. »Upsi.«

· · ·

David wusste, dass niemand rechtzeitig vor dem Sturm kommen würde. Warum auch? Nur ein Mensch wusste, dass er hier war, und der würde nicht vor dem Abend wiederkommen. Er war auf sich allein gestellt mit diesem drohenden Sturm und den Ritzen in der Wand, durch die das Wasser eindringen konnte. Er zerrte das Laken von seiner Matratze und begann, es in Streifen zu reißen. Damit stopfte er alle Ritzen, die er finden konnte, so gut es ging. Schließlich sah die alte Steinwand aus wie weiß gespickt. Er ließ sich auf den Boden sinken. Er machte sich keine Illusionen, wenn die Sturmflut stark war, würden die Stofffetzen dem Wasser nicht lange standhalten. Aber mehr konnte er nicht tun. Jetzt konnte er nur noch warten.

...

Die Kulisse, die sich den wenigen Gästen bei Hinnerks Beerdigung auf der Kirchenwarft von Midsand bot, war beeindruckend. Der Himmel riss kurzzeitig auf, und Sonne schien auf die Hallig und ihre kleine Kirche, aber über dem Meer bewegte sich eine beinahe schwarze Wand auf die Küste zu. Es war die sprichwörtliche Ruhe vor dem Sturm. Minke ging neben dem tatsächlich etwas kleinlaut gewordenen Klaus zur Kirche.

»Sieht wirklich unheimlich aus, oder?«, sagte Klaus. »Als käme der Weltuntergang.«

Die Kirche war beinahe leer. Minke war sich sicher – hätte Esther nicht darauf bestanden, die Beerdigung unter Ausschluss der Öffentlichkeit abzuhalten, hätten sich hier trotz des aufziehenden Sturms Schaulustige und Regionalreporter gedrängelt. Nicht alle Tage wurde hier ein Skelett beerdigt, erst recht keines von einem Mordopfer. In der ersten Reihe saßen Esther, Linda, Felix und Emily, die recht desinteressiert vor sich hinstarrte. Auf die anderen Kirchenbänke verteilten sich nur noch Ruth und Geert, Alexander Simon, der neben seiner Frau saß, der alte Deichgraf und ein Mann, den Minke nicht kannte. Als Minke und Klaus eintraten, wandten sich alle Köpfe nach ihnen um. Niemand schien über ihr Erscheinen besonders begeistert zu sein, vor allem Esthers Miene versteinerte. Minke ließ sich davon nicht beeindrucken. Sie setzte sich in eine der hinteren Kirchenbänke. Klaus folgte ihr.

Die Kirche war mit weißen Blumen geschmückt; kleine Sträußchen hingen an den Kirchenbänken, auf dem Sarg vorne vor dem Altar prangte ein entsprechendes Gesteck. Minke fühlte sich unwohl. Seit vier Jahren hatte sie Beerdigungen gemieden, dies war die erste, seit ihr Vater verunglückt war. Aber das hier war ihr Job. Der glänzende Mahagonisarg mit den pompösen Metallbeschlägen wirkte völlig übertrieben in der bescheidenen Kirche. Daneben stand ein gerahmtes, ebenfalls übertrieben großes Foto von Hinnerk, dessen Bilderrahmenecken mit schwarzem Trauerflor versehen waren. Er passte zu Hinnerks dunklem Haar, das ihm auf dem Foto in die Stirn fiel. Er war darauf braun gebrannt und lächelte sein glattes Hollywoodlächeln.

»Kann man sich gar nicht vorstellen, dass der grinsende Typ jetzt dort drin als Schädel mit ein paar Knochen liegt, oder?«, tuschelte Klaus. »Ganz schön krank.«

In diesem Moment öffnete sich noch einmal die Kirchentür. Wieder sahen alle nach hinten, Minke und Klaus dieses Mal eingeschlossen. Eine kugelige kleine Gestalt in Briefträgerkluft stand dort – es war Jörg, mit dem vor vier Tagen alles angefangen hatte. Er nickte in die Runde und schlüpfte dann etwas verschreckt in die Bankreihe, in der auch Minke und Klaus saßen.

»Da fällt man ja richtig auf«, wisperte er. »Eine seltsame Beerdigung.« Er nahm seine Postmütze ab. »Ich weiß, Esther wollte nur geladene Gäste, aber ich dachte, na ja, dass es anständig wäre, zu kommen. Immerhin habe ich den armen Kerl gefunden.« Er war offensichtlich in Plauderlaune. »Ich kann dir sagen, meine ganze Woche war danach völlig aus dem Leim. Wie verhext, als würde etwas Schlechtes darüberliegen, weil sie mit einem Toten angefangen hat. Zuerst war am Dienstag die Hölle los. Keine Ahnung warum, so viel Post gibt's sonst nur an Weihnachten. Ich bin zweimal raus auf die Halligen gefahren.« Minke nickte. Das wusste sie schon von Helmut. »Und dann, am Mittwoch, will ich gerade los – ist mein Boot kaputt. Es hat ewig gedauert, bis ich es wieder zum Laufen bekam. Alle waren sauer, weil die Post so spät kam. Vor allem die Zeitungsabonnenten, die wollten ja wissen, wie es mit ihm hier«, er nickte in Richtung Hinnerks Sarg, »weiterging. Kann man ja verstehen.«

Minke starrte ihn an. »Wie bitte?«

»Na ja, so sind die Leute eben. Sensationsgierig – und hier passiert ja nicht gerade viel.«

»Nein, das meinte ich nicht.«

»Was dann? Dass mein Boot kaputt war? Ja, ich muss es unbedingt durchchecken lassen ...«,

In diesem Moment brauste die Orgel auf – die Beerdigung begann. Der alte Pfarrer ging durch den Mittelgang, nickte dem Sarg mit dem Verstorbenen respektvoll zu und stellte sich dann vor den Altar. Sein schwarzer Talar ließ ihn ein wenig wie eine Krähe wirken, als er sich jetzt räusperte und die Arme hob. »Liebe Trauergemeinde«, begann er, »wir sind hier zusammengekommen, um Abschied von Hinnerk Johannsen zu nehmen ...«

Esther saß da mit durchgedrücktem Rücken und verfolgte jedes Wort, das der Pfarrer sprach.

...

Nach dem Gottesdienst gingen sie alle gemeinsam auf den kleinen Halligfriedhof. Zuerst die angeheuerten Sargträger des Bestattungsunternehmens, die an dem Sarg mit den Knochen nicht viel zu tragen hatten. Dann folgte Esther, gestützt von Ruth, anschließend Linda mit ihrer Familie, dann alle anderen. Minke, Klaus und Jörg bildeten das Schlusslicht. Inzwischen hatte sich der Himmel verdunkelt, der schmale blaue Streifen mit den Sonnenstrahlen hatte sich geschlossen. Wind war aufgekommen, er summte in einem hohen, bedrohlichen Ton und ließ die schwarzen Kleider, Mäntel und Krawatten flattern. Der Sturm war nicht mehr weit. Das Grab für Hinnerk war an einem Platz in einer Grabreihe entlang der Kirchenmauer ausgehoben. Der frische Erdhügel lag daneben, bereit, wieder hineingeschaufelt zu werden, sobald der Sarg im Grab war. Langsam ließen die Sargträger das Mahagoniungetüm an dicken Seilen hinunter in die Erde. Linda tupfte sich die Augen. Esther stand blass da und sah zu, wie ihr Mann wieder im Boden verschwand, aus dem er vor ein paar Tagen unverhofft aufgetaucht war. Alexander Simon hatte seinen Arm um seine Frau gelegt, Jasper hielt einen gewissen Abstand, ebenso wie der für Minke fremde Gast.

»Alles Leben ist endlich, und durch den Tod erfahren wir die Kostbarkeit des Lebens erst wirklich«, sagte der Pfarrer. »Aber wir haben die Hoffnung, dass ein Himmel auf uns wartet, in dem wir uns alle wiedersehen werden.«

Er nahm eine kleine Schaufel, die neben einer Schale mit Erde bereitstand. »Erde zu Erde, Asche zu Asche«, er warf eine kleine Schippe voll Erde auf den Sarg im Grab. Ausgerechnet da kam eine Windbö auf und trug einen Teil davon über den Friedhof davon. Alle sahen ihm fasziniert hinterher. »Staub zu Staub«, vollendete der Pfarrer. Minke sah über die Gräber hinweg zum Meer, das in den letzten Stunden das Watt zurückerobert und bedeckt hatte. Es wirkte schon jetzt aufgewühlt. Die Luft war schwer von Salz und Regenfeuchte, die ankündigte, dass sich bald alle Schleusen öffnen würden. Der schwarze Himmel, der Wind, das Meeresbrausen, das unheimliche Sirren des Windes und die

Spannung, die in der Luft lag – alles ließ die Szene auf dem Friedhof mit den schwarz gekleideten Menschen plötzlich beinahe gruselig erscheinen.

Der Pfarrer trat zur Seite und reichte die Schippe an Esther weiter. Hoch aufgerichtet stand sie dort vorm Grab, auf ihren Absätzen und mit dem breitkrempigen Hut mit schwarzem Schleier, der sie aussehen ließ wie eine italienische Witwe, und warf Erde auf den Sarg ihres Mannes. Sie sah eine Weile hinunter, dann trat sie zurück und überließ den anderen Erde und Schippe. Während einer nach dem anderen zum Grab ging, um Hinnerk die letzte Ehre zu erweisen, dachte Minke nach. Über das, was sie in Christines Tagebuch gelesen hatte, über das, was Jörg vorhin in der Kirche gesagt hatte, über das, was sie in den letzten Tagen von jedem Einzelnen erzählt bekommen hatte. Wenn es zu glatt ist, dann stimmt es meistens nicht, hatte Michael in dem Artikel, der an Minkes Wand hing, auf die Frage geantwortet, wie er seine Fälle löste. »Lass deinen Kopf locker, betrachte alles von der entgegengesetzten Seite, sei offen für Lösungen, die völlig absurd erscheinen – so kommt man auf die Wahrheit. Die Wahrheit ist meistens viel unglaublicher, als man denkt.«

Genau das tat Minke nun, während um sie herum der Wind stärker und stärker wurde und sie den Trauergästen zusah. Und ganz langsam kristallisierte sich in ihrem Kopf eine Lösung heraus – eine Lösung für all die Enden, die nicht zusammenpassen wollten, für alles, was seit Tagen an ihrer Wand hing und keinen Sinn ergab. Es war alles eigentlich ganz einfach.

Eine besonders scharfe Windbö kam auf, als der Pfarrer gerade die Beerdigung beenden wollte. Esther schrie auf, der Wind hatte ihren Hut vom Kopf gezerrt und wehte ihn jetzt über die Gräber. Sie wollte ihm nach, aber Linda hielt sie zurück. »Lass es, Mama«, sagte sie, »alles nicht so wild.«

Der Pfarrer hob die Arme noch einmal. »Alle Dinge sind durch dasselbe gemacht«, rief er mit lauter Stimme über den Wind hinweg, »und ohne dasselbe ist nichts gemacht, was gemacht ist. In Ihm, in Christus, war das Leben, und das Leben war das Licht der Menschen. Und das Licht scheint in der Finsternis, und die Finsternis hat's nicht ergriffen.«

»Licht«, murmelte Minke.

»Was?«, fragte Klaus.

In der ganzen Geschichte ging es auch um Licht – Dunkelheit, Stromausfall, flackerndes Licht. Sie zog ihn am Arm beiseite, während alle anderen die Köpfe senkten und das Vaterunser sprachen. »Klaus, ich weiß jetzt, wo David ist. Ich weiß einfach alles.«

»Aha, und woher?«

»Ich habe nachgedacht. So, wie mein Vater das auch immer gemacht hat.«

Er sah sie zweifelnd an.

»Hör zu, du kannst an deinem letzten Tag noch ein richtiger Held sein«, sagte Minke lockend. »Das wäre doch ein schöner Abschluss. Und das mit dem Paket wäre dann auch vergessen.«

»Was müsste ich denn tun?«, fragte Klaus zögernd.

Sie sagte es ihm.

• • •

Der Wind steigerte sich nun von Minute zu Minute. Es dauerte nicht mehr lange, bis die ersten Wellen gegen die Wände klatschten. Sofort durchnässten die Laken, die David in die größten Mauerritzen gestopft hatte. Er hatte recht gehabt mit seiner Befürchtung – die alten Wände waren nicht mehr dicht. Die nächsten Wellen kamen, das Klatschen war lauter als das vorherige. Ein Lakenstreifen löste sich. David hob ihn auf. Er war vollgesogen mit kaltem Wasser. Wasser tropfte auch von der Wand. Nicht nur an einer Stelle, an mehreren. An viel zu vielen, um sie zu stopfen. David lauschte auf den Wind, der sich mit jeder Minute mehr zum Sturm steigerte. Er wusste, dass es nicht nur bei den Wellen bleiben würde. Bei solchen Stürmen kamen Sturmfluten, der Meeresspiegel würde bald steigen. Es fing alles erst an. Endlich überfiel ihn die Panik. »Hallo!«, schrie er. »Hört mich jemand?« Er klopfte gegen die Wände. Nur der Wind und das Donnern der Wellen antwortete ihm. Es war lächerlich zu glauben, dass ihn jemand hörte.

. . .

»Die Lachshäppchen sind sehr gut, Esther.« Alexander nahm sich noch eines. Der Leichenschmaus auf Nekpen hatte begonnen. Sie hatten es gerade noch alle geschafft, von Midsand nach Nekpen überzusetzen, bevor der Sturm wirklich losgegangen war. Nun saßen sie in Esthers Wohnzimmer – die geladenen Gäste der Beerdigung, abgesehen von Felix und Emily. Felix hatte eine Erkältung und hatte sich ins Bett zurückgezogen, Emily telefonierte im Flur mit ihrem Freund.

»Danke.« Esther reichte das Tablett weiter herum. Sie hatte jedes Häppchen selbst belegt, und jedes sah perfekt aus.

Jasper saß in einem Sessel und stopfte seine unvermeidliche Pfeife, Geert sah immer wieder nervös auf sein geheimes Handy, in der Angst, Ronny könnte ihn anrufen, während Ruth Kaffee ausschenkte. Das Ehepaar Simon saß nebeneinander auf dem Sofa; Sybille sagte nicht viel, trank aber schon die zweite Tasse Kaffee, Alexander sah immer wieder beunruhigt nach draußen. Der Sturm war nun endgültig angekommen. Der Wind rüttelte an allem, dessen er habhaft wurde, die Wellen der Nordsee schlugen schon am Halligufer hoch, sie schwappten über die Halligkante –

es würde nicht mehr lange dauern, bis das Meer die flache Halligwiese überschwemmen würde und die beiden Warften das Einzige von Nekpen wären, was aus dem Meer ragte. Wir sitzen hier fest, dachte Alexander, ganz eindeutig. Sie würden warten müssen, bis sich der Sturm in ein paar Stunden wieder gelegt hatte. Er sah auf die Uhr – beinahe zwei. Kaum jemand sagte etwas.

Esther sortierte die Häppchen neu. Sie wollte nicht, dass ein Tablett zerpflückt wirkte, und beschloss, in der Küche für Nachschub zu sorgen. Außerdem war die Kaffeekanne beinahe leer. »Möchte jemand einen Kaffee? Ich kann gleich noch mal welchen kochen«, fragte sie in die Runde.

»Esther, jetzt setz dich doch einmal hin und ruhe dich aus. Ich kümmere mich schon darum.« Ruth stand auf und griff nach dem Tablett.

»Aber ...«

Ruth drückte ihre Schwester in einen Sessel. Dann verschwand sie in der Küche. Geert sah seiner Frau hinterher. Und wenn ich es ihr einfach sagen würde?, grübelte er. Nach so vielen Jahren war das allerdings schwierig. Selbstverständlich wusste sie von seinen Pferdewetten, aber sie wusste nicht, was er alles tat – und getan hatte –, um sie zu finanzieren. Sie wusste nichts von den Schulden, den Krediten und allem anderen. Was sie wohl sagen würde, wenn sie es wüsste? Es passte nicht in ihre rosarote Welt, in die sie sich so gerne zurückzog. Früher war es nicht so gewesen. Als sie sich kennenlernten, hatte sie keinen einzigen Liebesroman im Regal stehen. Das hatte alles erst später begonnen. Geert überlegte hin und her. Sonst konnte er doch auch alles mit ihr besprechen. Er sah wieder auf sein Handy, es zeigte zu seiner Erleichterung weiterhin keine Anrufe an. Dieser verdammte Ronny. Geert beugte sich vor und nahm sich ein Thunfischhäppchen.

Der Mann, der sich bisher abseits gehalten hatte und an einem Krabbenhäppchen kaute, sah sich im Wohnzimmer um. Er war noch nie bei Esther zu Hause gewesen, nicht beruflich und auch nicht privat. Alles war penibel sauber und ordentlich. Von dem Fußboden könnte man essen. Auf dem Tisch, neben den Getränken und den Häppchenplatten, standen ein Strauß aus weißen Blüten und das Foto, das in der Kirche noch neben dem Sarg gestanden hatte: Hinnerk mit Trauerflor. Sein Blick wanderte weiter über die Gäste. Bei Ruth kaufte er manchmal ein, er verpasste kein Konzert von Esthers Kirchenchor, und Alexander Simon war sein Hausarzt geworden, nachdem er damals Hinnerks Praxis übernommen hatte. Er landete wieder bei Hinnerks Foto. Dieses Zahnpastalächeln machte ihn wütend. Ich hasse dich, dachte er. Dann nahm er sich noch ein Häppchen, um sich abzulenken. Sybille Simon sprach ihn an wegen etwas Beruflichem. Er ließ sich in Small Talk verwickeln und drehte sich so, dass er Hinnerks Foto nicht mehr sehen musste.

. . .

Es klingelte. Alle sahen sich verwundert an. »Wer kann das bei diesem Wetter sein?«, fragte Ruth, die gerade ein neues Tablett voll Essen auf dem Tisch abstellte.

»Ich gehe nachsehen.« Esther stand auf und ging zur Tür.

Draußen stand Minke. Es wirkte, als hätte sie der Sturm herangeweht. Ihre hellblonden Haare wehten wild durch die Luft. Hinter ihr schoss gerade wieder eine Welle mit weißer Gischt an der Halligkante in die Luft.

»Minke!«, Esther starrte sie an. »Wie kommst du bei dem Wetter ...?«

»Ich bin robust und es ist wichtig.«

Esther beeilte sich, sie in den Flur zu lassen, wo Emily immer noch auf der Treppe zum oberen Stockwerk saß und telefonierte. Sie hatte Tränen in den Augen und schien sich zu streiten. Als sie Minke und Esther sah, drehte sie sich genervt weg. Esther schloss mit Mühe gegen den Wind die Tür. »Wir haben aber gerade die Totenfeier ...«, sagte sie zaghaft.

»Ja, das passt gut.« Minke ging an Esther vorbei, direkt ins Wohnzimmer. Dort sahen alle auf.

»Die Lütte.« Jasper war der Erste, der etwas sagte. Seine Pfeife hing im Mundwinkel, so wie vor vier Tagen, als er Minke auf Nekpen die Tür geöffnet hatte und sie ihm sagte, dass das Skelett Hinnerk Johannsen war. Minke kam es vor, als läge dieser Tag schon Ewigkeiten zurück. Jasper lächelte sie an. »Offensichtlich trotzt du Wind und Wetter, um bei uns zu sein.«

Minke sah in die Runde. Der junge Mann, der ihr schon bei der Beerdigung aufgefallen war, war auch da. Er stand etwas abseits und war, von Linda abgesehen, der Jüngste im Raum. Minke kannte ihn nicht, aber wenn ihre Vermutung stimmte, dann wusste sie, wer er war.

»Linda, Emily heult im Flur«, sagte Minke.

»Oh«, Linda stand auf, »ich seh mal nach ihr.«

Nachdem sie das Wohnzimmer verlassen hatte, lächelte Minke in die Runde. »Gut, dann sind also alle versammelt, die vor dreiunddreißig Jahren auf Nekpen waren, an dem Abend, an dem Hinnerk getötet wurde.«

Jasper öffnete den Mund.

»Abgesehen von Ihnen, Herr Holt«, kam ihm Minke zuvor. »Sie waren ja auf dem Deich.«

Er nickte.

»Und Ihre Frau ist natürlich auch nicht da«, fügte Minke hart hinzu. »Die hat sich inzwischen umgebracht. Ach ja, und David fehlt, denn der wurde schließlich entführt, um mich dazu zu bringen, die Ermittlungen einzustellen.«

»Ich war auch nicht da«, wandte Sybille Simon ein. Sie musterte Minke missbilligend. »Und finden Sie es nicht übrigens ein bisschen unpassend, hier einfach hereinzuplatzen? Das ist eine Trauerfeier.«

»Eine Feier, ja, ich weiß nur nicht, ob Trauer für jeden hier im Raum stimmt«, antwortete Minke ruhig. »Sieben Leute waren damals also auf der Hallig, zumindest hat man mir das in den letzten Tagen so erzählt: Hinnerk und Esther als Gastgeber, Ruth und Geert, außerdem Doktor Simon. Und Christine und David Holt. Bei den Johannsens gab es Grünkohl, es war ein netter Abend – mal abgesehen davon, dass der Strom wegen des Sturms ab und zu ausfiel – und Hinnerk ging spät abends zu einem unbekannten Patienten. Die anderen fuhren nach Hause, und morgens war Hinnerks Boot verbrannt und er verschwunden – ertrunken.«

»Ja, und?«, fragte Geert.

»Jeder hat mir die Geschichte des Abends so erzählt.«

»Weil sie wahr ist.«

»Ich glaube, das Einzige, was daran stimmt, ist, dass es Grünkohl gab.«

. . .

Nachdem Klaus Minke auf Nekpen abgesetzt hatte, kämpfte er sich mit dem Polizeiboot über das aufgewühlte Meer in Richtung Norden. Die Steilküste hob sich dort mit ihrem hellen Stein hart von dem beinahe schwarzen Himmel ab. Die Gischt war hoch, die Wellen ließen Klaus' Magen Achterbahn fahren. Er war für so etwas nicht geschaffen. Ich bin gemacht, um im Büro zu sitzen, oder für Klootschießen auf der Wiese und danach ein paar Bier, dachte er wütend, während ihm das Wasser ins Gesicht spritzte und die Wellenkämme immer höher wurden. Einmal Held sein vor der Pension, damit hatte Minke ihn eingewickelt. Jetzt bereute er es bitter. Er wollte kein Held sein, er wollte nur von dieser schrecklichen Nordsee runter. Klaus sah sich um. Das Meer wirkte, als würde es kochen. Das kleine Polizeiboot war zwar stabil, aber ihm wurde trotzdem immer mulmiger.

Verbissen steuerte er das Boot gegen den Druck der Wellen, die ihn immer weiter vom Kurs abbringen wollten. Der Wind sauste in seinen Ohren, die Wellen schienen das Boot herumzuschubsen. Nur ein Verrückter war jetzt hier draußen. Klaus versuchte, das Boot immer näher an die Spitze der Steilküste zu lenken, dorthin, wo die kleine, nun wellenumtoste Felseninsel lag. Selbst für jemand Erfahreneren als Klaus wäre es schwierig, das Schiff so zu lenken, dass es sicher an der Insel landete, ohne von den Wellen vom Kurs abgebracht zu werden oder, viel schlimmer, auf einen der großen Steinbrocken unter Wasser aufzulaufen, die sich um die Insel herum verteilten. Die Steinbrocken, die Stefanie Straub vor vierunddreißig Jahren zum Verhängnis geworden waren. Die Nordsee erschien Klaus in diesem Moment wie ein wütendes Tier, das sich gegen ihn aufbäumte. Das Rauschen und der Wind dröhnten in seinem Kopf. Immer wieder versuchte er, sich der Insel zu nähern, und immer wieder machten ihm die Wellen einen Strich durch die Rechnung. Die Brandung war um die Insel herum besonders stark, Klaus war inzwischen völlig durchnässt und ziemlich verzweifelt. Während seine Kumpel in seinem eigenen Büro Wimpel aufhängten und gemütlich ein Bier tranken, riskierte er hier Kopf und Kragen. »So ein Scheiß!«, schrie er gegen den Wind an. »So ein Riesenscheiß!«

Plötzlich hielt er inne. Über den ganzen Lärm hinweg, den das Meer machte, hatte er etwas gehört. Eine Stimme, die merkwürdig dumpf und hallend klang. Er lauschte. Wie durch ein Wunder legte der Sturm für einen winzigen Moment eine Atempause ein, und da hörte er es wieder, bevor die Stimme erneut im Tosen unterging. Jemand rief um Hilfe. »Scheiße!«, fluchte er noch einmal. »Sie hatte recht!« Nun verdoppelte er seine Anstrengung, das Boot an die Insel anzulegen. »Ich komme!«, schrie er über den Wind hinweg. »Ganz ruhig.« Aber er bezweifelte, dass man ihn hörte. Eine Welle kam, höher als die anderen. Sie hob das leichte Polizeiboot hoch und setzte es einfach auf einen der Felsen auf. »Okay, so geht's auch«, murmelte Klaus. Die Nordsee war bei dieser Sturmflut so voller Wasser, dass der Meeresspiegel inzwischen deutlich über dem Niveau der Felseninsel lag. Klaus stieg aus dem Boot und watete mit zusammengebissenen Zähnen durch das kalte Wasser, das ihm bis zu den Oberschenkeln ging, zu dem kleinen uralten Leuchtturm, dem Wahrzeichen von Jüstering. Er trommelte gegen die Tür, die schon zu einem Teil unter Wasser stand. »David?«, schrie er, »bist du da drin?«

»Ja«, wieder hörte er die hallende Stimme von vorhin. Die alten Mauern des Leuchtturms mussten alles hundertfach zurückwerfen.

»Wer ist da?«

»Klaus Wagenscheidt. Polizeiobermeister.« Klaus konnte sich nicht daran erinnern, wann er zuletzt seinen Dienstgrad genannt hatte. Immerhin, an deinem letzten Tag, dachte er.

»Ich hole dich da raus.« Klaus rüttelte an der Tür, aber sie war mit einem Vorhängeschloss verschlossen. Er sah sich nach irgendeinem geeigneten Werkzeug um, aber es war keines zu finden. Seine Waffe hatte er auch nicht dabei – als er mit Minke von der Polizeiwache aufgebrochen war, hatte er noch geglaubt, nur zu einer Beerdigung zu gehen. Hier gab es nur Wasser und Wind und Steine. Klaus dachte nach. Schließlich suchte er sich einen kleinen, möglichst runden Stein vom überfluteten Boden der Felseninsel. »Ich versuche jetzt etwas«, schrie er. »Geh von der Tür weg.«

Klaus watete mit dem Stein in der Hand in ein paar Meter Entfernung zum Leuchtturm und stellte sich dann so auf, wie er es vom Klootschießen gewohnt war. Auf die Rampe, die normalerweise dazugehörte, musste er eben verzichten. Aber einen Versuch war es wert – der Sage nach hatten die Nordfriesen früher einmal mit ihrem Klootschießen sogar die Römer verjagt. »Achtung!«, brüllte er. »Los!« Er zielte, wie er es gewohnt war, und schleuderte dann den Stein mit aller Kraft auf das Vorhängeschloss. Er traf, aber das Schloss trug nur eine Macke davon.

»Noch mal!«, rief David von drinnen.

Wieder tastete Klaus nach einem Stein und warf ihn. Dieses Mal verfehlte er das Schloss knapp. Es baumelte an der Tür, als wolle es sich über ihn lustig machen.

Klaus packte der Ehrgeiz. Er nahm ein drittes Mal Aufstellung. »Jetzt aber«, murmelte er sich selbst zu. Er zielte genau und warf mit allem, was er in sich hatte – mit aller Wut darüber, hier auf dieser verdammten Insel im Meerwasser zu stehen, anstatt gemütlich irgendwo sitzen zu können. Es gab ein metallisches Geräusch, das sogar für einen Moment das Brüllen der Nordsee und des Windes übertönte. Er hatte es geschafft – das Schloss war kaputt.

Schnell watete er zum Turm zurück und hakte das Schloss aus. Von innen wurde die Tür aufgedrückt, Klaus half von außen mit. Ein aufgestauter Schwall Nordseewasser schwappte ihm aus dem alten Leuchtturm entgegen, in der Tür stand David Holt. Im Hintergrund trieben eine Matratze und eine Thermoskanne auf dem Boden. David grinste erleichtert. »Respekt«, sagte er.

Klaus zuckte betont lässig die Achseln. »Nordfriesischer Klootschießmeister 2014«, sagte er.

...

Minkes Handy krächzte einmal kurz auf. Sie sah auf das Display, las, was dort stand, und atmete erleichtert aus. Dann wandte sie sich wieder an die Gäste, die in Esthers Wohnzimmer versammelt waren.

»Die ganze Geschichte hat etwas von diesem klassischen Rätsel, der Mord im verschlossenen Zimmer«, begann sie. »Eine kleine Hallig, sieben Menschen, ein Toter, und keiner hat etwas gesehen.«

»Na ja, es war eben dunkel. Bei Nacht kann einem schnell etwas entgehen, oder nicht? Ein Fremder, der auf die Hallig kommt, zum Beispiel«, sagte Doktor Simon.

»Vielleicht – aber dann ist da ja noch die aufgewühlte Halligwiese, dort wo das Grab war. Das ist niemandem damals aufgefallen.«

»Ich hatte genug damit zu tun, meinen Mann zu betrauern«, sagte Esther. »Da achtet man doch nicht auf so etwas.«

»Und warum explodiert ein Boot und verbrennt beinahe völlig, obwohl es neu ist und selbst die Polizeitechniker sich nicht erklären können, wie das passieren konnte?«

»Manchmal passiert so etwas eben«, sagte Ruth.

»Und es ist lange her«, assistierte Geert. »Dreiunddreißig Jahre – vielleicht würden die heutigen Techniker ja feststellen, woran es lag.«

»Okay, dann stelle ich mal eine aktuellere Frage: Warum wird eigentlich ausgerechnet David Holt entführt, um mich dazu zu bringen, die Ermittlungen sein zu lassen? Warum nicht ... na ja,

248

zum Beispiel ein Kind. Das wäre erstens vermutlich leichter zu entführen als ein erwachsener Mann, und zweitens wäre der Druck doch noch um ein Vielfaches höher.«

»Das ist ja zynisch«, Sybille Simon stellte empört ihre Kaffeetasse ab. »Wäre es Ihnen lieber gewesen, wenn ein Kind entführt worden wäre?«

»Keine Entführung wäre mir am liebsten gewesen«, parierte Minke. »Aber die Frage bleibt: Warum ausgerechnet David?«

»Zufall«, sagte Doktor Simon. »Zufälle gibt es oft.«

»Ein paar zu viele Zufälle, oder nicht? Ein Mord auf einer winzigen Hallig, den keiner mitbekommt. Ein Grab auf der Wiese, das keiner bemerkt. Ein Boot, das explodiert, obwohl das nicht passieren dürfte. Und ein Zufallsopfer einer Entführung, das rein zufällig einer der sieben Menschen damals auf Nekpen war.«

Minke schenkte sich nun selbst Kaffee ein und griff nach einem Krabbencracker. Sie biss hinein. »Sehr lecker«, sagte sie. Esther lächelte und nickte automatisch. Die übrigen Anwesenden verfolgten jede von Minkes Bewegungen. Es war, als würde jeder im Raum den Atem anhalten.

»Aber das Zufälligste von allem ist dann wohl der Mord selber. Ein Mord ohne Motiv. Keiner von denen, die damals hier auf Nekpen waren, hatte auch nur eine vage Vorstellung davon, wer Hinnerk vielleicht hätte umbringen können und warum. Die Straubs waren die Einzigen, die mir genannt wurden – und auch nur von Linda. Alle anderen hielten es für unmöglich, dass diese netten Leute irgendetwas damit zu tun haben könnten.« Sie machte eine Pause und nippte an ihrem Kaffee. »Zu Recht übrigens – sie haben ein Alibi. Also: ein zufälliger Mord ohne Grund, wenn man dem glauben darf, was mir alle hier erzählt haben.«

Minke stellte ihre Tasse ab. »Zum Glück hat sich jedoch nach und nach herausgestellt, dass sehr wohl der eine oder andere gar nicht so unglücklich über Hinnerks Verschwinden gewesen sein dürfte.« Sie drehte sich zu Geert um, der zusammenzuckte. »Du, Geert, zum Beispiel. Da gab es diese seltsame Bareinzahlung von Hinnerk, sechs Wochen vor seinem Tod. Und drei Tage vor dieser Einzahlung wurde in deine Bankfiliale eingebrochen. Ich habe lange gedacht, dass Hinnerk vielleicht der Einbrecher war, erst recht, als ich Hinnerks Midsander Patientenliste bekommen habe – einer der Patienten wohnte in der Wohnung über der Bank. Es wäre also ganz praktisch: Hinnerk benutzt einen seiner spätabendlichen Patientenbesuche dazu, in die Bank einzubrechen. Andererseits – warum sollte er das tun? Er hatte schon Geld. Und es war riskant. Auf einer Hallig wird man schnell von irgendjemandem gesehen. Eigentlich spricht es also eher für Verzweiflung, es trotzdem zu versuchen und das Risiko auf sich zu nehmen. Jemand, der dringend Geld braucht, zum Beispiel, weil er wettsüchtig ist und ihm die Schulden über den Kopf steigen. Jemand, der sich Geld von Kredithaien wie Ronny Pitt leihen muss, der Wucherzinsen nimmt und nicht zimperlich ist mit denen, die nicht zahlen können.«

Geert starrte sie überrascht an.

»Ich habe dich heute beobachtet, wie du aus Ronnys Haus gekommen bist. Ich stelle es mir schwierig vor, den ganzen Tag neben dem Geldsafe zu sitzen und selbst nicht zu wissen, woher man noch etwas nehmen soll. Du wusstest, wann die Geldlieferung kommt, du konntest die Alarmanlage ausschalten. Es ergibt viel mehr Sinn, dass du damals das Geld genommen und den Einbruch vorgetäuscht hast, als dass Hinnerk selbst in eine Bank eingebrochen sein soll.« Sie machte eine Pause. »Ich glaube vielmehr, dass er dich gesehen hat. Er war tatsächlich bei diesem Patienten über der Bank, an dem Abend, an dem du das Geld gestohlen hast. Das konntest du ja nicht ahnen. Und er hat dich gesehen, habe ich recht?«

Geert antwortete nicht. »Aber er hat dich nicht nur gesehen, er hat dich auch erpresst.«

Es wurde still.

Schließlich sagte Geert: »Dieses Arschloch wollte nicht die Hälfte, er wollte drei Viertel, damit er die Klappe hält. Er hat das Geld nicht einmal gebraucht. Es hat ihm einfach gefallen, mich ärgern zu können.«

»Geert!«, Ruth sah ihn entsetzt an.

»Tut mir leid«, sagte Geert zerknirscht. »Und dann hat er uns ein paar Wochen später zum Essen eingeladen«, fügte er hinzu, »ich glaube, weil er es lustig fand, dass ich bei meinem eigenen Erpresser am Tisch sitze und gute Miene zum bösen Spiel machen muss. Ich hätte ihm am liebsten ...« Er ballte die Faust. Dann machte er ein erschrockenes Gesicht. »Oh Gott, das war nicht so gemeint. Ich hätte vielleicht gerne ... aber ich hab es nicht.«

Minke überging die Bemerkung. »Ja, das ist die wahre Geschichte dieses Abends, was Geert betrifft. Aber es gibt noch andere. Zum Beispiel die von Doktor Simon.«

»Wenn Sie jetzt schon wieder mit der Praxisübernahme anfangen, sind Sie verrückt. Ich würde niemals jemanden wegen so etwas töten.«

»Nein, aber für Ihre Patienten würden Sie es vielleicht doch tun«, sagte Minke ruhig. »Sie haben mir gesagt, wie gerne Sie Arzt sind, wie wichtig Ihnen Ihre Patienten sind.«

»Das stimmt auch. Alexander würde alles für seine Patienten tun«, warf Sybille ein.

»Okay. Was also, wenn Sie das Gefühl hätten, jemand wird zu einer unkontrollierbaren Gefahr für die Patienten? Ich habe Sie gestern gefragt, ob Sie wussten, dass Hinnerk Alkoholiker war. Sie haben es abgestritten.«

Sybille sah ihren Mann überrascht an. »Alexander!«, platzte sie heraus. »Das habe ich dir doch selbst damals gesagt.«

Alexander schloss die Augen.

»Frau Simon, dann erzählen Sie doch, wie es war.«

Sybille setzte sich aufrecht hin. »Na ja, ich war selbst Patientin bei Hinnerk – mein Mann hat ja damals noch im Krankenhaus gearbeitet, und da lag es nahe, dass sein Freund mein Hausarzt ist. An einem Morgen, das war im Herbst, bevor er starb, ging ich zu ihm, weil ich wegen einer Grippe eine Krankmeldung brauchte. Er roch nach Alkohol, es war ganz eindeutig. Und als ich in das Untersuchungszimmer kam, räumte er gerade eine Flasche Cognac in seinen Aktenschrank. Ich habe es gesehen, und er wurde deswegen wahnsinnig wütend. Er sagte, ich dürfe es niemandem sagen, aber natürlich habe ich es gleich Alexander erzählt. Es war ... nun ja, ich dachte, es ist meine Pflicht.«

Minke sah Alexander an. Schließlich seufzte er. »Stimmt, ich wusste es.«

»Und das, wo Hinnerk doch unbedingt wollte, dass Sie ihm eine Chirurgenstelle vermitteln, richtig? Das wäre doch nicht zu verantworten gewesen.«

»Nein«, sagte Doktor Simon müde. »Die Katastrophe wäre vorprogrammiert gewesen.«

»Aber er hat nicht lockergelassen, nehme ich an.«

»Nein. Das war wohl auch der eigentliche Grund, warum er mich spontan an dem Abend eingeladen hat. Er wollte nachbohren und Druck machen. Er war ganz wild auf diese Chirurgenstelle, weil er Karriere machen wollte.«

»Haben Sie an dem Abend mit ihm gesprochen?«

»Ja, als wir draußen auf der Terrasse waren. Es war schon spät, und Hinnerk wollte eine Zigarre rauchen. Es war der einzige Moment, in dem ich mit ihm alleine war. Also habe ich meinen Mut zusammengenommen und ihm auf den Kopf hin zugesagt, dass er Alkoholiker ist.«

»Und wie hat er reagiert?«

»Er hat nur gelacht. Hat mir mit seinem Cognac zugeprostet und gesagt, ich solle mich nicht so anstellen, die meisten Ärzte würden trinken. Und dass er auch ohne mich die Chirurgenstelle bekommt.«

»Dachten Sie auch an Stefanie? Daran, was Sie ausgesagt hatten?«

»Natürlich. Ich habe mich gefragt, ob er damals, bei Stefanies Unfall, vielleicht auch schon betrunken gewesen war – es also wirklich alles seine Schuld war.« Alexander tauschte einen flüchtigen Blick mit dem Mann in der Ecke. »Dann hätte ich eine Falschaussage gemacht.«

»Glauben Sie, dass er wirklich eine Chirurgenstelle bekommen hätte – völlig egal, ob durch Sie oder anders?«

»Ja. Er konnte sehr überzeugend sein.«

»Was haben Sie an dem Abend gedacht, als Sie mit Hinnerk dort draußen auf der Terrasse standen?«

Alexander antwortete nicht sofort. Schließlich sagte er: »Dass ihn jemand stoppen muss.«

»Das heißt doch aber gar nichts«, sagte Esther, die bisher stumm auf ihrem Stuhl gesessen hatte. Ihre Hände mit den perfekt lackierten Fingernägeln lagen in ihrem Schoß. »Oder willst du damit wirklich sagen, dass Alexander Hinnerk getötet haben soll?«

»Nicht unbedingt. Es gab ja noch andere am Esstisch an dem Abend.«

253

Esther wurde blass. »Das waren Ruth und ich ... Du wirst doch nicht andeuten wollen ...? Ich habe Hinnerk geliebt.«

»Stimmt, du hast ihn geliebt. Und darum hast du ihn nicht verlassen, egal, was er mit dir gemacht hat. Ich habe von meiner Mutter gelernt, dass es dafür einen psychologischen Ausdruck gibt: Hörigkeit.«

Esthers Gesicht war inzwischen zu einer bleichen Maske erstarrt. »Du warst wirklich verrückt nach ihm, das ist nicht übertrieben. Deswegen hast du ihn geheiratet, obwohl er zu alt für dich war, hast akzeptiert, dass er dich nicht wie seine Frau behandelt hat, sondern wie seine Schülerin. Meine Mutter hat Patienten, die in solchen Beziehungen leben. Sie nennt sie immer die Galateas, nach dieser alten griechischen Geschichte: Der Bildhauer Pygmalion verachtet normale Frauen, darum haut er sich Galatea, die perfekte Frau, aus Stein und verliebt sich in sie. Du warst Hinnerks Geschöpf.«

»Das stimmt doch überhaupt nicht!«

»Doch, das stimmt.« Ruth beugte sich vor und legte Esther die Hand auf den Arm. »Du weißt, dass es stimmt.«

Sie sah zu Minke. »Ich hatte gleich ein schlechtes Gefühl, als Hinnerk sich für Esther interessierte. Er hatte etwas – Kaltes an sich. Esther war für ihn wie irgendein hübscher Gegenstand, den er haben wollte. Und sie hat ihn völlig vergöttert. Nach der Hochzeit wurde es immer schlimmer.« Sie sah zu Esther, die den Kopf gesenkt hielt. »Er hat sie richtig ausgebildet. Wie seiner Meinung nach seine Frau zu sein hatte – und so war sie dann auch. Alles musste perfekt sein. Sie musste perfekt aussehen, kein Gramm zu viel, zweimal im Monat zum Friseur, immer schöne Kleider anhaben, nirgends einen Fleck. Das Haus musste perfekt sein, klinisch sauber und alles an seinem Platz. Er hat ihr einen Wochenplan gemacht, an welchem Tag sie was zu tun hat, und sie hat sich daran

gehalten.« Ruths Wut steigerte sich mit jedem Wort. »Sie hält sich
ja heute noch an alles, verdammt noch mal.«

Esther senkte den Kopf noch weiter.

»Es wurde immer schlimmer. Wenn sie in seinen Augen einen
Fehler machte, dann ist er ausgerastet. Ich war oft genug dabei,
das war ihm egal. Und irgendwann hat er sie auch geschlagen.«

»Ich weiß – du hast sie zur Polizeiwache gebracht.«

»Ja – ich bin doch ihre große Schwester. Ich musste etwas tun.
Aber sie hat es dann doch nicht über sich gebracht.«

Esther hob den Kopf. In ihren schönen Augen schwammen
Tränen. »Ich hatte solche Angst, dass er Linda auch etwas tut. Er
wollte nicht, dass sie sich mit Felix traf. Er war ständig so wütend. Ich hatte solche Furcht, dass er vielleicht auch sie schlagen
könnte.«

Esther sah durch die Glastür hinaus in den Flur. Dort saß
Linda und tröstete Emily, die weinte. Offensichtlich war der Streit
mit dem Freund schlecht ausgegangen. »Man muss sein Kind
schützen«, murmelte Esther, »das ist so angelegt in der Natur einer Mutter.«

»Warum bist du nicht gegangen?«

Esthers Wange rollte eine einzelne perfekte Träne hinunter.

»Er war mein Leben«, sagte sie. »Ich hätte ihn nie verlassen.«

»Er war ein Schwein«, sagte Ruth.

...

Im Wohnzimmer wurde es still. Schließlich sagte Minke: »Es
sieht so aus, als hätte jeder, der an diesem Abend auf Nekpen am
Esstisch saß, einen Grund gehabt, Hinnerk zu hassen.«

»Und wer war es?«, fragte Sybille Simon atemlos.

»Ich bin noch nicht fertig«, antwortete Minke. »Wir haben ja noch Christine und David vergessen, wobei ich sagen würde, dass wir David von der Liste streichen können; er war erst sechs. Aber was ist mit Christine?«

Jasper schien aus seinem Sessel hochfahren zu wollen. »Lütte«, knurrte er, »Das ist meine tote Frau, von der du da redest.«

»Stimmt. Aber warum ist sie eigentlich tot?«, fragte Minke. Sie griff in ihre Tasche und holte das Tagebuch heraus. Jasper schnappte nach Luft. »Das hier hat David mir geschickt, bevor er entführt wurde. Es hat Christine gehört«, sagte Minke.

»Das ist doch unmöglich – ich habe es damals überall gesucht.« Jasper nahm seine Pfeife aus dem Mund.

»David hat es wohl an sich genommen und seitdem gehütet. Darin steht auch Christines letzter Eintrag.«

Minke schlug die letzte Seite auf und las die ersten drei Sätze vor. Dann sah sie in die Runde. »Eine eigenartige Formulierung, finde ich. So ist mein Leben. Es ist ein einziger kalter dunkler Winterabend, wieder und wieder und wieder. Selbst wenn draußen die Sonne scheint und das Meer blau ist, sehe ich nur diese Dunkelheit und die Kälte, höre den Wind pfeifen und die Wellen schlagen. Ich bin gefangen in dieser Dunkelheit, schon viel zu lange, und ich finde keinen Ausweg daraus.«

»Ich habe doch gesagt, dass sie Depressionen hatte.«

»Ja, dieser Winterabend – das könnte ein Bild für eine Depression sein«, stimmte Minke zu. »Es könnte aber auch ein wirklicher Winterabend gemeint sein, den sie immer wieder und wieder erlebt und der sie verfolgt.« Minke schlug eine andere Seite auf. »Es ist nicht das einzig Interessante. Hier gibt es eine Stelle, in der sie von einer Fußoperation schreibt, die David bekommen hat. Sie schreibt, dass sie froh ist, dass er nun ›normal‹ ist und ihn niemand hänseln wird.« Minke sah zu Jasper. »Was meinte sie damit?«

Jasper räusperte sich. Nur widerwillig antwortete er: »David hatte eine Missbildung, eine Art sechste Fußzehe. Wir haben sie entfernen lassen.«

»Na und?«, fragte Alexander Simon. »Solche Anomalien kommen vor, auch wenn sie selten sind. Sie sind meistens vererbt.«

»Stimmt. Herr Holt, haben Sie so eine Anomalie an ihren Fußzehen?«

Jasper zog an seiner Pfeife und sah sie nur an. »Nein«, sagte er schließlich.

»Hatte Christine eine?«

»Nein, verdammt.«

»Hatte einer Ihrer Vorfahren, die Sie so verehren und deren Porträts überall auf der Holtwarft hängen, einen Fußzeh zu viel?«

Jasper sparte sich eine Antwort. Er blies den Pfeifenrauch in die Luft.

Minke antwortete für ihn: »Ich glaube nicht, dass irgendeiner der Deichgrafen Holt eine sechste Zehe hatte. Aber jemand anderes hatte eine, auch wenn er sie sich vor vielen, vielen Jahren hat wegoperieren lassen.« Sie machte eine Pause. »Hinnerk«, sagte sie dann. »Bo ist die Stelle aufgefallen, schon lange verheilt, bevor er gestorben war. Ich habe mir nichts dabei gedacht, bevor ich heute Christines Tagebuch gelesen habe.« Sie wandte sich an Jasper. »David ist Hinnerks Sohn. Er ist kein Holt, er ist ein Johannsen. Ich denke, das haben Sie an dem Abend erfahren – und deshalb musste Hinnerk sterben.«

Jasper lachte. »Da hast du dir ja ein ganz schönes Märchen zusammengesponnen. Ich war doch nicht einmal auf Nekpen. Ich war beim Deich.«

»Ja, die meiste Zeit jedenfalls. Aber Tjark hat mir vor ein paar

Tagen etwas erzählt – nämlich, dass Ihre Deichnadel in dieser Nacht kaputtging, Herr Holt. Und ein Deichgraf ohne Deichnadel – das geht nicht, das haben Sie mir gestern selber erzählt. Sie brauchen sie unbedingt, um den Deich auszubessern. Aber Sie hatten ja einen Ersatz – die Deichnadel Ihres Vaters, die mit dem Wappen, die ich gestern selber in der Hand hatte. Ganz schön schwer, mit einem massiven Knauf. Von der Größe her passend zum Loch in Hinnerks Schädel. Sie hatte nirgends auch nur einen Kratzer, also kann es nicht die sein, die Ihnen an dem Abend kaputtgegangen ist. Es ist die, die Sie geholt haben. Wahrscheinlich ist es kaum jemandem von Ihren Deichhelfern überhaupt aufgefallen, dass Sie weg waren – bei der Dunkelheit und der Länge des Deichs. Außerdem dachten ja sowieso alle, dass Hinnerk ein paar hundert Meter vor Midsand ertrunken ist. Aber Sie sind an diesem Abend kurz nach Nekpen zurückgefahren – da ist es passiert.«

. . .

Lange sagte keiner etwas in dem Raum.

»Und David?«, fragte dann Esther.

»Dem geht es gut. Klaus hat ihn rechtzeitig befreit.« Alle sogen die Luft ein. »Wo war er?«, »Wo ist er jetzt?«, »Ausgerechnet Klaus?«, für einen kurzen Moment erhob sich ein Stimmengewirr. Dann verschaffte sich Esther wieder Gehör: »Aber wer hat ihn überhaupt entführt?«

Minke lächelte. »Ja, das habe ich auch lange nicht begriffen, weil es so absurd klingt – das war auch der Deichgraf.«

»Wie bitte? Seinen eigenen Sohn?«

»Ja. Darum war es ja auch David und nicht irgendein beliebiges Entführungsopfer. Eigentlich ging es nämlich gar nicht darum, mich dazu zu bringen, mit den Ermittlungen aufzuhören. Das war nur eine Verzweiflungsidee, um mich abzulenken. Eigentlich ging es darum, David zu überzeugen, niemandem etwas zu erzählen.«

»Was zu erzählen?«, fragte Sybille.

»Dass er damals etwas gesehen hat. Ich habe es gestern selbst gesehen – Davids Kinderzimmer ging hinaus auf die Halligwiese. Ich nehme an, dass er aufwachte, sich ans Fenster stellte und sah, was dort draußen passierte. Er hat es vergessen oder verdrängt, aber als dann Hinnerks Skelett gefunden wurde, hat er sich wieder erinnert. Er wusste plötzlich, dass er seinen Vater gesehen hatte. Dieser Anruf auf Nekpen frühmorgens, der auf Davids Handyverbindung auftaucht – da ging es nicht um das kaputte Reetdach, sondern er hat Ihnen gesagt, dass er weiß, dass Sie Hinnerks Mörder sind. Und da mussten Sie etwas tun; ihm alles erklären, Zeit gewinnen. Also haben Sie Ihren eigenen Sohn entführt und zum alten Leuchtturm gebracht. Der gehört ja schließlich den Holts, das hat mir David selbst erzählt. Sie haben gehofft, dass er zur Vernunft kommt und einwilligt, nichts zu erzählen. Dass er das Tagebuch schon an mich geschickt hatte, konnten Sie ja nicht wissen. Das war sein Ausweg aus dem Dilemma – er wollte seinen Vater nicht verraten, aber gleichzeitig die Wahrheit darüber ans Licht bringen, warum seine Mutter gestorben ist. Weil sie nämlich die Erinnerung an diesen Abend nicht mehr ertragen hat.« Sie beugte sich zu Jasper vor. »Was Sie wohl aber auch nicht wussten, was mir David aber erzählt hatte: Die alten Mauern des Turms sind völlig marode. Als Klaus David gefunden hat, war schon viel Wasser hineingelaufen.«

Jasper wurde blass. »Oh Gott«, murmelte er. Dann sah er Minke an.

»Wie bist du dahintergekommen?«

»Jasper!«, Esther starrte ihn an, genau wie alle anderen.

Minke grinste. »Die Post. Heute auf der Beerdigung hat Jörg mir erzählt, dass er am Dienstag zweimal die Post brachte, am Mittwoch aber erst viel später als sonst. Sie hatten aber behauptet, dass Sie den Erpresserbrief am Mittwochmorgen in der Post hatten. Abgestempelt am Dienstag – ich nehme also an, Sie haben ihn mit der zweiten Post am Dienstag bekommen, und es war ursprünglich irgendetwas anderes in dem Umschlag.«

Jasper schnitt eine Grimasse. »Eine Einladung zum Kirchenchorkonzert.«

»Jasper ... warum hast du das gemacht?«, fragte Sybille entsetzt.

»Na ja, es sollte nicht alles umsonst gewesen sein, oder? Ich habe es für uns alle getan.«

»Wie bitte?«, rief Sybille. »Was meint er mit ›uns‹?«

Niemand antwortete ihr, alle sahen woanders hin.

Schließlich sagte Minke: »Das ist die Antwort auf die übrigen Fragen: Warum niemand etwas gesehen hat, wie ein neues, teures Boot explodieren konnte, warum alle dieselbe Geschichte erzählen und keiner den anderen beschuldigt.« Sie sah in die Runde. »Weil Sie es alle zusammen waren. Euch verbindet dieser Abend, darum ist heute auch genau diese Runde hier. Nachdem Jasper Hinnerk erschlagen hatte, habt ihr alle zusammen geholfen. Ihr habt gemeinsam das Grab in der schweren Marscherde ausgehoben, und ihr habt euch gemeinsam eine Geschichte ausgedacht – einen angeblichen namenlosen Patienten und einen Unfall. Ihr habt das Boot aufs Wasser geschickt und den Motor so manipuliert, dass er früher oder später explodieren musste. So glaubte jeder an einen Unfall, und Fingerabdrücke gab es auch keine.« Sie holte tief Luft. »Übrigens glaube ich nicht, dass jemand von euch sieben das mit dem Boot hinbekommen hätte. Das ist eher eine Arbeit für einen Profi. Einen Elektriker zum Beispiel.« Minke wandte den Kopf zu dem Mann, der vollkommen unauffällig und schweigsam in der Ecke stand. »Ich nehme an, das sind Sie. Alle haben mir erzählt, dass es einen Stromausfall auf Nekpen gab an diesem Abend. Der Generator war kaputt, und es wurde jemand gerufen. Und ein Elektriker könnte es auch durchaus schaffen, ein Boot so zu manipulieren, dass es einen gesteuerten Kurzschluss gibt.«

Seine Miene verriet, dass sie ins Schwarze getroffen hatte. »Nur eines verstehe ich nicht: Warum haben Sie da mitgemacht?«

Der Mann räusperte sich. »Ich bin Erik Straub«, sagte er. »Stefanie ist meine Schwester.«

Für einen Moment wirkte alles wie eingefroren. Alles, was so viele Jahre nicht ausgesprochen worden war, lag jetzt offen da. Es war das passiert, wovor jeder von ihnen so lange Angst gehabt hatte, das ans Licht gekommen, was jeder von ihnen mit einer ganz eigenen Strategie so lange zu verdrängen versucht hatte.

»Was passiert jetzt mit uns?«, fragte Esther.

»Wahrscheinlich nichts. Totschlag verjährt nach zwanzig Jahren.« Minke sah zu Jasper. »Eine Anzeige wegen Irreführung und Erpressung bekommen Sie. Ob David Sie anzeigen will, müssen Sie mit ihm klären.« Sie musterte ihn. Er wirkte plötzlich um Jahre gealtert. Die wasserblauen Augen wirkten müde. »Warum eigentlich die Stelle aus dem Schimmelreiter?«

Jasper lächelte schief. »Ich mag eben Literatur. Und es kam mir passend vor: Hinnerk ist wie der Schimmel – all die Jahre ein Skelett im Wattenmeer, aber es ist ihm auch zuzutrauen, mit rot glühenden Augen nachts über das Meer zu geistern.« Er schüttelte den Kopf. »Du hast ihn nicht gekannt, Lütte. Er war ein Teufel.«

Später, als sie Minke zur Tür brachte, hielt Ruth sie noch einmal zurück: »Weißt du – ja, diese Nacht verfolgt mich, und ja, darum verkrieche ich mich in meine heilen Welten. Aber es tut mir nicht leid, was wir damals gemacht haben. Und wenn es Jasper nicht getan hätte – wer weiß, vielleicht hätte ich es gemacht. Es musste aufhören.«

»Das entspricht aber nicht unbedingt einer deiner Rosamunde-Pilcher-Geschichten.«

»Rosamunde Pilcher war bei der Kriegsmarine. Wusstest du das?« Ruth lächelte.

...

Der Sturm hatte sich gelegt. Die Nordsee war noch sandig aufgewühlt, die Flut sank erst allmählich. Die Halligwiesen von Midsand und Nekpen waren überflutet und würden es auch noch eine Weile bleiben. Aber in den Straßen von Jüstering begannen die Leute das aufzusammeln, was der Sturm umgeworfen oder meterweit weggeweht hatte: vergessene Blumentöpfe, umgefallene Fahrräder, sogar das Ladenschild eines Teegeschäfts.

Währenddessen nahm in der Heringsgasse Klaus' Ausstandsparty Fahrt auf. Jetzt, wo der Sturm vorbei war, trudelten die Gäste ein, und bald war die Polizeiwache beinahe überlaufen. Riesige Partypizzen wurden geliefert, Salate und Kuchen stapelten sich beinahe auf dem Büfett, Luftschlangen hingen überall, eine Bierkiste nach der anderen wurde aus dem alten, kühlen Keller nach oben getragen und verteilt. Der Klootschieß-Verein war vollzählig, um auf die Rente des Präsidenten anzustoßen. Aus der Musikanlage in Minkes Büro dröhnten Pur und Wolfgang Petry; die Tanzfläche vor Minkes Zettelwand füllte sich langsam. Über all dem Lärm hätte Minke beinahe das Krächzen der Möwen aus ihrem Handy überhört. Sie nahm den Anruf an und ging in die Teeküche, wo es etwas ruhiger war. »Minke van Hoorn?«

»Kommissarin van Hoorn, schön, dass ich Sie noch vor dem Wochenende erreiche. Ich habe eine gute Neuigkeit für Sie – wir haben eine Assistentin gefunden!«

»Super! Woher kommt sie denn? Husum? Kiel?«

»Nein, nicht direkt«, sagte der Mann gedehnt.

»Woher dann?«

»Stuttgart?«

Minke stutzte. Sie kam gar nicht mehr dazu, weiter nachzufragen. »Ich habe sie auf der anderen Leitung, sie wollte unbedingt gleich mit Ihnen reden. Moment, ich verbinde.« Es klickte in der Leitung.

»Hallöle«, sagte einen Moment später eine gut gelaunte weibliche Stimme. »Sprech ich mit der Minke?«

»Ja.«

»Ich bin die Lisa, und wir sind bald Kolleginnen – des isch doch total spannend, oder?« Lisa lachte. »Ein totales Abenteuer – eine Schwäbin und eine richtige Friesin. Spätzle und Krabbe, sozusagen. Des wird toll, ganz bestimmt!«

»Ja, ähm, bestimmt.« Aus dem Augenwinkel sah sie, wie Klaus in ihre Richtung fuchtelte. »Lisa, es ist gerade ganz schlecht. Ich habe zu tun.«

»Net schlimm – ab nächster Woche haben wir ja viel Zeit zum Kennenlernen. Tag und Nacht praktisch. Ich freu mich.«

Minke legte auf. Plötzlich hatte sie das merkwürdige Gefühl, Klaus bald zu vermissen. Er winkte immer noch. Auf seinem Kopf saß ein selbst gebastelter Hut, auf dem »Jetzt beginnt die Freiheit« stand. »Mäuschen!«, rief er. »Komm doch mal!«

»Was ist denn los?«

»Ich finde, für meinen mutigen Einsatz habe ich einen Tanz verdient.« Er grinste und streckte seine Hand aus.

Minke verdrehte die Augen. »Ich tanze nicht.«

»Aber ich.« Klaus schnappte sie und zog sie auf die Tanzfläche, direkt vor ihre Zettelwand. Einen Augenblick später
schwenkte er sie zu Matthias Reim geradezu durch das Büro.
Schnell bildete sich ein Kreis von angetrunkenen Klootschießern
um sie, die johlten und mit Luftschlangen warfen.

»Achtung – jetzt eine Drehung!«

In diesem Moment sah Minke einen Mann in der Tür stehen –
im Norwegerpullover und mit muskulösem Oberkörper. Er
grinste ihr zu. Minke drehte sich entschlossen aus Klaus' Fängen
und ignorierte das enttäuschte Murren der Zuschauer.

»Du kannst also tanzen?«, fragte David, als sie vor ihm stand.

»Nein.« Minke grinste. »Wie geht es dir?«

»Gut. Ich bin wieder aufgewärmt. Beim nächsten Mal, wenn
mein Vater mich einsperrt, muss ich ihm rechtzeitig sagen, dass
das Gebäude baufällig und wasserdurchlässig ist. Er wusste das
wirklich nicht. Als er es erfahren hat, sah er aus, als würde er einen Herzinfarkt kriegen.«

Minke schnitt eine Grimasse. »Du hast also schon mit ihm geredet?«

David nickte. Sein Gesicht verdüsterte sich für einen Moment.
»Es war völlig daneben, was er gemacht hat – aber ich glaube, er
war einfach schrecklich verzweifelt. Er hat mir alles erzählt. Ich
denke, zwischen ihm und mir wird es sich wieder einrenken –
über kurz oder lang.« Er machte eine Pause. »Andere Frage – was
ist mit uns? So über kurz oder lang?«

»Was schwebt dir denn vor?«

»Wie wäre es erst einmal mit Essen? Jetzt?«

Minke lächelte. »Morgen gerne. Heute bin ich schon verabre-
det – aber keine Sorge, nicht mit einem Konkurrenten.«

Sie sah ihm in die Augen. Kurz blieb die Zeit stehen. Ja, dachte
sie, das könnte etwas werden.

»Na gut, dann morgen.« Er küsste sie auf die Wange und ging. Schon auf der Heringsgasse drehte er sich noch einmal um. »Ich hol dich um sieben ab.«

Minke nickte. Dann griff sie nach ihrer Jacke.

...

Eine junge Frau mit hellblonden Haaren stand vor dem Friedhof von Hallig Midsand. Es war Abend, der Himmel, vor ein paar Stunden noch rabenschwarz, war inzwischen rosagolden. Die Sonne ging am Horizont über der Nordsee unter. Der Abendstern leuchtete als Einziger schon am Himmel. Alles war friedlich nach dem großen Sturm.

Minke holte tief Luft, dann betrat sie die schmalen Friedhofswege. In der Hand hielt sie eine Tüte. »Fischbrötchen Jüstering« war darauf gedruckt. Sie ging suchend durch die Grabreihen, am neu aufgeschütteten Grab von Hinnerk Johannsen vorbei, bis sie schließlich neben einem kleinen Zwetschgenbäumchen das Grab entdeckte, nach dem sie gesucht hatte. »Michael van Hoorn« stand auf dem Grabstein, davor war Heidekraut gepflanzt, das jetzt im Abendlicht beinahe golden aussah. Minke stand eine Weile einfach nur da, dann zog sie ihre Regenjacke aus und breitete sie vor dem Grab aus. Sie setzte sich darauf und sah sich um. Von hier aus hatte man einen guten Blick über Midsand, man sah den Bauernhof der Franks, Ruths Halligladen, den »Halligprinzen« – und Immas Haus, das auch einmal Michaels Haus gewesen war. Das Zwetschgenbäumchen stand neben dem Grab wie ein knorriger kleiner Freund, und auf der anderen Seite sah man auf das Meer und die Jüsteringer Küste. Wenn man ganz genau hinschaute, konnte man am Hafen von hier aus sogar den Fischstand erkennen, bei dem Minke kurz zuvor noch einen Halt eingelegt hatte. »Du hast einen guten Platz gekriegt, Papa«, sagte sie. »Wirklich.« Dann griff sie nach der mitgebrachten Tüte und holte ein Krabbenbrötchen heraus. Es hatte genau das richtige Verhältnis Krabben zu Remoulade zu Salat. Minke hob das Brötchen. »Auf dich«, sagte sie. Sie biss hinein; es schmeckte wie früher. Sie sah hinauf zum funkelnden Abendstern. So lange hatte sie Angst vor dem hier gehabt, aber jetzt war es einfach nur friedlich. Papa, Minke und Krabbenbrötchen.

»Ich hab heute meinen ersten Fall gelöst«, sagte sie. »Willst du wissen, wie es war? Alles hat angefangen, als der Postbote anrief ...«

Sie saß noch lange am Grab ihres Vaters. Erst als es dunkel wurde, ging sie über den noch nassen Halligweg nach Hause. Minke roch den salzigen Wind, hörte das leise Rauschen der Nordsee und das Kreischen der Möwen und war endlich, zum ersten Mal seit vier Jahren, froh.

16. Januar 1987,
Freitagabend, 23.17 Uhr
Jasper

»Jasper, was machst du denn hier?« Christine sah ihren Mann erstaunt an.

»Meine Deichnadel ist kaputtgegangen.« Er hielt ihr zum Beweis die zwei Hälften der Nadel entgegen. »Ich will nur schnell die von meinem Vater holen.«

Er stutzte, als er bemerkte, dass jemand in der Küche saß. »Ich wusste nicht, dass wir Besuch haben.«

»Das ist kein Besuch – das ist der Elektriker. Der Generator war kaputt.« Jasper nickte Erik zu. »Danke, dass Sie meine Frau nicht im Dunkeln haben sitzen lassen.« Er küsste Christine, dann ging er nach oben, um die Nadel zu holen. Als er wieder nach unten kam, verabschiedete er sich flüchtig und öffnete die Haustür. Er stutzte, als er sah, dass jemand über die Halligwiese auf ihn zukam. Es war Hinnerk, er war völlig betrunken.

»Hallo, Jasper«, grölte er. »Was machst du denn hier – sollte ein Deichgraf nicht beim Deich sein?« Er lachte. Hinter ihm kam nun auch Esther aus dem Haus und lief ihm nach, Ruth folgte ihr.

»Hinnerk«, rief sie. »Warte.«

»Hey, Jasper, bei uns ist das Licht aus. Mach mal was mit diesem verdammten Generator.«

»Der Elektriker ist da. Bei uns geht das Licht wieder.«

»Na und – bei uns geht es nicht. Also hopp, mach mal was!«

»Hinnerk«, Esther griff flehend nach seinem Arm. Er stieß sie grob weg. »Lass mich in Ruhe!« Er ging immer weiter auf Jasper zu. Es war offensichtlich, dass er in der Laune war, jemanden zu ärgern. »Wo ist denn deine Frau?«, fragte er jetzt in einem anzüglichen Ton. »Hat sie sich schon zu Tode gelangweilt mit deinen Deichen und Fischen?« Er lachte und prostete Jasper mit dem Glas Cognac zu, das er in der Hand hielt. »Aber eins muss man dir lassen – du hast dir da ein heißes Weib eingefangen. Gute Kurven, alles dran.«

Christine tauchte in der Haustür im Hintergrund auf, nach ihr auch Erik.

»Da sind sie ja – das heiße Weib und der Elektrokasper.«

Christine verschränkte die Arme. »Hinnerk, geh nach Hause, du bist betrunken.«

Sofort wurde er wütend. »Glaubst du, du kannst mir irgendetwas sagen? Ich gehe, wohin ich will. Und ich bleibe, wo ich will.«

Inzwischen hatte die ganze Szene mehr Zuschauer bekommen.

Auch Geert und Alexander waren aus dem Haus gekommen, standen nun in einigem Abstand und beobachteten, was geschah. Alles war dunkel, nur die Stalllaterne am Deichgrafenhof warf ein milchiges Licht auf die Wiese.

Jasper ging nun auch auf Hinnerk zu. »Wie redest du eigentlich mit meiner Frau?«, fragte er. »Aber du hattest ja noch nie Anstand.«

»Anstand? Frag doch mal deine Frau, ob sie nicht darauf steht. Auf so einen richtig unanständigen Mann.« Er lachte und lachte. »Oh, hat sie dir das nie erzählt?«

»Hinnerk!«, schrie jetzt Christine. »Hör auf.«

»Nein, warum denn? Das könnte lustig werden.« Hinnerk trank einen Schluck, wobei er ein wenig Cognac verschüttete. »Hey, Jasper, hast du dich eigentlich mal gefragt, warum dein Sohn dir nicht ähnlich sieht?« Der Mond tauchte für einen Moment zwischen den Wolken auf. Das silbrige Licht flutete das Meer und die Hallig. Hinnerk sah in diesem Licht beinahe unnatürlich aus.

»Er sieht Christine ähnlich.«

»Aber Christine hat keinen Zeh zu viel«, Hinnerk beugte sich vor und zwinkerte. »Ich schon, mein Freund. Ich hatte einen. Das ist erblich.«

»Liebling«, Esther zupfte an seinem Ärmel. »Lass uns ins Haus gehen.« Er drehte sich wild zu ihr um. »Ich hab dir gesagt, du sollst mich in Ruhe lassen. Hau ab.«

Esther taumelte erschrocken zurück, Ruth stellte sich neben sie und legte den Arm um sie.

Hinnerk nahm derweil wieder Jasper ins Visier. »Ich verrate dir jetzt mal ein Geheimnis. Ich hatte eine Zeit lang ein bisschen Spaß mit deiner Frau. Als sie schwanger wurde, haben wir es wieder gelassen – ich stehe nicht auf Schwangere. Viel zu dick.«

Jasper fühlte eine glühende Wut in sich aufsteigen. David hatte tatsächlich diesen Zeh gehabt.

»Seltsam«, hatten die Ärzte gesagt, »normalerweise wird das vererbt.«

»Oho, er denkt nach«, höhnte Hinnerk. »Das kann man ja direkt sehen, wie er langsam begreift.« Die Spannung in der Luft war beinahe mit den Händen zu greifen. Hinnerk lachte. Er ging immer weiter auf Jasper zu, weiter und weiter. Jasper stand nur da, seine Hand umklammerte die Deichnadel seines Vaters. Irgendwann stand Hinnerk genau vor ihm. Beinahe berührten sie sich, so nahe stand er. Jasper roch seinen Alkoholatem.

»Danke, dass du mein Kuckucksei aufziehst«, raunte Hinnerk. »Sehr freundlich von dir.«

In Jaspers Kopf explodierte in diesem Moment ein eigenartiges weißglühendes Licht, es war, als würden ihm alle Sicherungen durchbrennen, als wäre etwas aus der Verankerung ausgerastet. »David ist mein Sohn!«

»Dein Ziehsohn höchstens. Willst du noch einen? Wenn du schön bitte sagst, dann würde ich vielleicht deiner Frau …«, weiter kam er nicht. Jasper hatte die Deichnadel in die Luft erhoben und den schweren, geschnitzten Knauf mit dem Wappen der Deichgrafen Holt auf Hinnerks Kopf geschlagen. Es gab ein hässliches Geräusch. Auf Hinnerks Gesicht lag einen Moment lang

269

ein ehrliches Erstaunen. Dann fiel er wie ein gefällter Baum auf die aufgeweichte Halligwiese.

Niemand rührte sich, alle standen nur da und starrten auf den großen Körper, der regungslos in der Dunkelheit am Boden lag.

»Er ist tot«, sagte schließlich eine Stimme. Erik, der schmale Junge, schob sich an Christine vorbei ins Licht der alten Stalllaterne und sah auf Hinnerk hinunter. »Was tun wir jetzt?«

»Wir müssen ihn ins Meer werfen«, meinte Alexander. »Die Gezeiten nehmen ihn mit nach draußen aufs offene Meer.«

Esther, die zitterte und weinte, schüttelte den Kopf. »Nein, wir begraben ihn christlich.« Sie sah in die Runde. »Bitte! Es ist mir wichtig.« Ihre sonst so nachgiebige, untergeordnete Miene war entschlossen.

»Einverstanden«, sagte Jasper schließlich.

Sie holten Spaten und gruben verbissen. Die Erde war schwer, sie kamen nur langsam voran. Sie redeten nicht viel, gruben schweigend und unermüdlich. Schließlich legten sie den Körper in das Loch. Esther faltete seine Hände auf der Brust und sprach ein Gebet. Dann bedeckten sie ihn mit der kalten Erde.

»Was sagen wir, wenn uns jemand fragt?«, fragte Geert.

Eine Weile grübelten sie, dann sagte Erik: »Es gäbe da vielleicht eine Möglichkeit ... Ich habe es noch nie gemacht, aber ich könnte es versuchen.« Er erzählte ihnen seine Idee. Sie waren einverstanden.

...

Als Hinnerks neues Motorboot allein hinaus aufs Meer fuhr, standen sie alle am Ufer der winzigen Hallig und sahen ihm nach.

»Wann passiert es?«, fragte Christine.

»Gleich.«

Sie sahen gebannt zu, wie das Boot immer weiter und weiter herrenlos über das schwarze Wasser glitt. Gerade als Geert sagen wollte, dass es wohl doch nicht geklappt hatte, gab es einen Knall, und einen Augenblick später brannte das Boot auf der Nordsee lichterloh. *Der Schein erleuchtete auch Nekpen und die Gesichter der Menschen, die dort standen.*

Ruth hatte einen Arm um Esther gelegt, Christine griff nach Jaspers Hand. Geert nickte Erik anerkennend zu, während Alexander einfach nur dastand und in die Flammen sah. *Sie verband jetzt ein Geheimnis. An einem einzigen Abend waren sie eine Schicksalsgemeinschaft geworden. So standen sie und sahen zu, bis das Feuer erlosch. Dann gingen sie stumm, jeder für sich, nach Hause. Sie würden nie wieder über diesen Abend reden, das hatten sie sich versprochen. Und niemals würden sie aussprechen, was sie wirklich fühlten: Sie waren, jeder für sich, erleichtert.*

Danksagung

Mein Dank gebührt meiner wunderbaren Lektorin Inga Lichtenberg – für ihre unerschütterliche Begeisterung, für lange Telefonate, gute Ideen und gute Laune und ihre Gabe, mich zwischendurch davon abzuhalten, alles in den Papierkorb zu werfen! Danke auch an Michelle, die jederzeit geduldig all meine Polizeifragen beantwortet hat. Falls ich mich an der einen oder anderen Stelle trotzdem nicht strikt an die realen Vorschriften gehalten habe, liegt das nicht an ihr, sondern nur an der schriftstellerischen Freiheit. Zuletzt danke ich meiner Familie, die mich im größten Schreibstress ertragen und bekocht hat (allerdings keine Krabbenbrötchen), und außerdem die Geschichte um einen wesentlichen Einfall voranbrachte.